Sascha Reh

RASEREI

Roman

Schöffling & Co.

Der Autor dankt der Kulturverwaltung
des Berliner Senats.

Erste Auflage 2022

Satz: Fotosatz Amann, Memmingen
Druck & Bindung: Pustet, Regensburg
ISBN 978-3-89561-084-4

www.schoeffling.de

Das aber verdross Jona sehr, und er ward zornig (...).
Aber der HERR sprach: Meinst du, dass du mit Recht zürnst?

Jona 4, 1–4

Raserei

10|10

Obwohl er besser Italienisch spricht als Vera – sicherer in der Grammatik, mit größerem Wortschatz –, ist meistens sie es, die das Reden übernimmt. Sie ist zugewandt und herzlich und gibt ihren Kooperationspartnern und Gastgeberinnen fast immer das Gefühl, langjährige Freunde zu sein. Sobald das Eis gebrochen ist und das Reden einmal begonnen hat – wie jetzt mit Andrea, der ihnen das Apartment in den Sassi besorgt hat –, fällt es Jonas leicht, sich von ihrer Lebendigkeit anstecken zu lassen. Dann werden die Dinge, die ihm sonst nicht einfallen wollen, plötzlich wichtig genug, um Gegenstand einer Unterhaltung zu werden. Während Vera von ihrer Neugier auf Matera spricht und sich in die Besonderheiten ihres Reiseziels einführen lässt – den Orten abseits der Touristenpfade, den Gewohnheiten der Einwohnerinnen –, steuert er Fakten bei. Meistens ist er es, der ihre Reisedaten überblickt, die An- und Abfahrtszeiten der Busse oder Züge im Kopf hat, die Termine mit Sponsoren oder die der verschiedenen Veranstaltungen. Er kennt den Eventkalender von Matera auswendig, nicht für das gesamte Jahr, aber doch für die Dauer ihrer Anwesenheit. Er hat den Ablaufplan des Tages vor Augen, schätzt (unter Berücksichtigung der kurzen Beine zweier fünfjähriger Kinder) den Zeitbedarf für die Wegstrecken, scannt die Umgebung, sobald sie an einem neuen Ort angekommen sind, auf die vorhandene Infrastruktur. Wo gibt es einen Supermarkt oder zumindest einen Einkaufsladen? Welche Orte eignen sich als Treffpunkte, falls sie die Zwillinge im Gedränge verlieren? Gibt es einen Waschsalon? Wo können sie gebührenfrei Bargeld abheben? Er weiß das alles meist schon, bevor sie ankommen, recherchiert es auf den touristischen Homepages oder Google Maps. Dennoch ist er weniger der Tourmanager als Veras Assistent. Sie ist der Star des ganzen Unternehmens. Sie hat die Kontakte zu all diesen Leuten überhaupt geknüpft und ist der Grund, warum diese nach der ersten Kooperation selten abreißen. Alle haben sie gern um sich, weil sie unkompliziert und offen und leicht zu begeistern ist. Sie lässt die Dinge auf sich zukommen und interessiert sich für alles. Sie hat selten einen Plan, auch wenn sie sich meist so gelassen und zielstrebig gibt, als hätte sie alles, was sie später als Reisebericht posten wird, schon zahllose Male erlebt.

Sie erfahren, dass die Höhle, in der sie für die nächsten vier Tage wohnen werden, nur ein Zimmer hat – wenn »Zimmer« das richtige Wort ist. Die Sassi waren früher Zufluchtsstätten der Armen, erst in den 60er-Jahren des vorigen Jahrhunderts wurden einige modernisiert und an die Strom- und Wasserversorgung angeschlossen. Ihre gehört allerdings nicht dazu. Die Wände sind weiß getüncht, die Einrichtung ist zwar geschmackvoll, aber spärlich, gekocht wird auf einem Holzofen. Das Wasser zum Kochen und Zähneputzen müssen sie aus einer Zisterne schöpfen, die Lampen werden von einem Kabel mit Strom versorgt, das sich durch den Höhleneingang die Felswand hinaufschlängelt und in eine nach Süden gerichtete Solarzelle mündet. Vera lässt sich angesichts der kargen Ausstattung keinerlei Enttäuschung anmerken.

Das ist keine Verstellung: Er weiß, dass sie wirklich nicht enttäuscht ist. Sie nimmt alles, wie es ist. Sie urteilt nicht, es sei denn, sie ist begeistert. Das ist es, was ihn immer wieder an ihr erstaunt, hinreißt, überfordert: dass sie ihre Erlebnisse als Geschenk empfindet und dabei trotzdem nicht zu einer Klischeefigur aus einem Achtsamkeitsratgeber wird.

Matera ist natürlich erstaunlich, beeindruckend (vom touristischen Standpunkt aus), wenngleich er findet, dass der Trubel einer Kulturhauptstadt die Zwillinge überfordert. Die Ausstellungen, Konzerte und Events sind für kulturhungrige Erwachsene gedacht, nicht für Vorschulkinder. Schulkinder, korrigiert er sich: Nach diesen Ferien werden Mats und Enno Schulkinder sein.

Bislang haben sie als Nomaden gelebt, ländliche Nomaden: ob im Kanu den Tarn herunter, im Eselswagen durch die Voralpen (mit Übernachtungen in Almhütten und Heuschobern) oder mit dem Fahrrad entlang der irischen Südküste. Überall hatte er das Gefühl, den Jungs etwas Wertvolles zu offenbaren, etwas, das es in Berlin nicht gibt: Ursprünglichkeit und Abenteuer. Vera sagt, dass eine Kulturreise einfach der nächste Schritt in ihrer Entwicklung sei, und auch in Matera gebe es schließlich andere Kinder zum Spielen. Das ist richtig, aber es geht bei dieser Reise nicht nur um die Entwicklung der Kinder, sondern auch um das Portfolio ihres Blogs: LifeIsAJourney.com. Sie müssen ihr Repertoire erweitern. Nicht, dass Vera ihre geschäftlichen Interessen über das Wohl ihrer beiden Kinder stellen würde. Aber Vera ist es gewohnt, Gegensätzliches zu vereinen, Lösungen zu finden, Dinge möglich zu machen. Er lässt sich gern von ihrem Optimismus mitreißen, hat es immer getan. Dabei ist er selbst kein Optimist.

Er legt seine Hand auf Veras Bauch, lässt sie wandern. Es ist früher Morgen, aber die Zwillinge sind schon wach.

»Wie sieht's aus, Jungs?«, fragt er. »Habt ihr nicht Lust, ein paar Cornetti zu holen?« Vera, seine wahren Absichten erratend, lächelt.

»Hä? Eis? Wir sollen jetzt Eis essen?«

Der Bäcker ist unten an der Piazza Vittorio Veneto. Sie lassen die Kinder ihre Mission generalstabsmäßig planen.

»Wir sammeln Steine«, sagt Enno mit begeisterter Ernsthaftigkeit. Er ist es, der von den beiden für ausgefeilte Planungen zuständig ist. »Wir legen alle zwei Schritte oder so einen Stein hin. Und dann wissen wir ganz genau, welchen Weg wir zurück nehmen müssen.«

Auf Jonas' Frage, wer von den beiden die Schubkarre mit den Steinen schiebt, versetzt Mats, dass es ja wohl auch mit Kordel gehe, Adriana aus dieser einen Geschichte habe das doch auch so gemacht.

»Du meinst Ariadne? Das war aber Theseus.«

Ihr Vater, meinen darauf die Jungs, solle lieber nützliche Ideen beisteuern, anstatt sich durch Besserwisserei unbeliebt zu machen.

Jonas hofft, dass das Cornetti-Projekt Vera und ihm zwanzig Minuten, vielleicht eine halbe Stunde Qualitätszeit zu zweit verschaffen wird. Aber sie sind kaum bei der Unterwäsche angekommen, da knistert schon Ennos Walkie-Talkie.

»Hier Basislager, bitte kommen«, sagt Vera, während Jonas seiner Frau den Slip über die Hüften streift.

Sie hört aufmerksam zu, nicht besorgt, eher amüsiert. Jonas kann hören, dass Mats aufgeregt ist.

»Da haben sich zwei Jungs verlaufen und wollen abgeholt werden«, sagt Vera und greift nach dem Büstenhalter, den Jonas ihr bereits resigniert hinhält.

Von Matera bis Napoli sind es über fünf Stunden Busfahrt. Für Mats und Enno sind drei Stunden Fahrt am Stück die absolute Schmerzgrenze, schon die Hinreise ist eine Qual für die beiden gewesen. Für alle eigentlich. Der Tag in Neapel reicht trotz fabelhafter Pizza und einem passablen Bett in einer billigen Airbnb-Wohnung nicht zur Erholung. Die Weiterfahrt über Rom bis Verona, wenn auch im Zug, geht ihnen dann schon an die Reserven. Alle drei Minuten wollen die Jungs aufs Klo oder etwas trinken, sie kabbeln sich ohne Unterlass. Als Veras Vater sie vom Bahnhof in Verona abholt (worauf nicht Vera oder Jonas, sondern Veras Mutter bestanden hat), stehen die Zwillinge kurz vor der Kernschmelze.

Veras Vater kommt ohne Marlene, sonst hätte der Platz im Auto nicht gereicht. Er lenkt den Wagen ruhig die Etsch hinauf Richtung Bardolino. Er ist ein Mensch, dessen Ruhe und Geduld bei Jonas den Eindruck erwecken, als würde er das meiste von dem, worüber andere streiten, für längst geklärt halten. Er beneidet den Älteren ein wenig darum. Die Zwillinge rechts und links von ihm machen sich im Minutentakt sein Smartphone streitig, um darauf Laserbreak zu spielen. Natürlich gibt es zwei Smartphones, aber Veras Akku ist in Neapel in die Knie gegangen, und auch seiner schwächelt, was ein Glück ist.

»Du bist die Kröte einer neunschwänzigen Katze!«, sagt Enno zu seinem Bruder, was offenbar die schlimmste Beleidigung ist, die er sich vorstellen kann.

Den beiden geht es nicht um das Spiel, sondern um die Auseinandersetzung. Sie erleben es als die größtmögliche Ungerechtigkeit, in ihrer Spieldauer vom anderen übervorteilt zu werden: Für sie geht es um Würde oder Erniedrigung, Ehre oder Schande. Jonas versucht, sich auf seinen

Atem zu konzentrieren, auf das Lichterspiel der Sonne zwischen den Zypressen, die die Landstraße säumen.

»Die weite Fahrt!«, ruft Marlene statt einer Begrüßung, als sie die beiden erledigten Kinder sieht. Es wird das Thema dieses Abends: »Ob das so eine gute Idee war!«

Jonas würde darauf gern sagen: Danke für die nette Begrüßung. Aber erstens ist Marlene nicht seine Mutter, und zweitens hat sie recht. Die Reise war viel zu lang. Er hat das von Anfang an gewusst und letztlich Veras Zuversicht nachgegeben. Jetzt fühlt er sich ausgelaugt und gereizt.

»Matera war großartig«, sagt Vera unbeirrt.

»Wir haben in einer richtigen Höhle gewohnt«, ergänzt Mats aufgeregt, noch während sie sich an den großen Esstisch setzen, auf dem Marlene schon kalte selbstgemachte Holunderlimonade bereitgestellt hat. Mats erzählt von den grob behauenen Felswänden, Kerzen am Abend, von nicht vorhandenen Fenstern.

»Gemütlich«, sagt Marlene ironisch, und als Mats und Enno draußen beim Planschbecken sind, an Veras Adresse, aber so, dass Jonas es hören kann: »Wie lange wollt ihr das eigentlich noch machen?«

Jonas weiß, was die Frage soll. Marlene ist der Ansicht, dass ein Blog kein Beruf ist, auch kein Ersatz dafür. Bei mehr als einer Gelegenheit hat sie ungefragt ihre Überzeugung deutlich gemacht, dass die beiden ihr Talent vergeuden, um einer naiven Vorstellung von Freiheit hinterherzuhetzen.

»Vielleicht lassen wir uns ja irgendwo nieder«, sagt Jonas und bemüht sich, es nach einem Scherz klingen zu lassen. »Auf Belle-Île vielleicht. Oder Elba.«

Marlene versteht die Provokation. »Ein Haus bekommt ihr nicht gesponsert wie ein paar Übernachtungsgutscheine.«

»Sie meint es nicht so«, sagt Vera, als die Zwillinge schlafen und sie beide allein am Ufer auf der Bank sitzen, die Robert, wie beinahe alles hier, selbst getischlert hat. Hinter ihnen räumen Veras Eltern mit leisem Klirren die Weingläser vom Verandatisch. Als sie das Licht hinter dem großen Gartenfenster und wenig später auch die Außenbeleuchtung löschen, treten langsam ein paar Sterne aus der Dunkelheit hervor.

Veras Mutter hat bei Jonas einen wunden Punkt getroffen. Sie führen dieses Leben nun schon eine Weile. Als Programmierer in einem Start-up oder etablierten Konzern hätte er längst genug Geld auf die Seite legen können, um die viel zu kleine Wohnung in Mitte aufzugeben und tatsächlich zu leben, wo immer sie wollten, in einem Haus wie diesem vielleicht. Er kann ihr Nomadenleben anderen gegenüber als Selbstverwirklichung verkaufen, aber tief in ihm fühlt es sich seit einer Weile an wie ein schmerzhaftes, unumkehrbares Versagen.

Er hat einen Viererplatz reserviert, natürlich hat er das, er ist in diesen Dingen so pedantisch, dass es Vera manchmal ganz kirre macht. Dabei nennt sie ihn nicht zwanghaft. Sie erkennt voll und ganz die Vorteile an dem, wie Jonas seine Welt organisiert. Ihre gemeinsame Welt.

In ihrer persönlichen Welt ist es vollkommen verzeihlich und jedenfalls kein Anlass zur Aufregung, dass ein Zug ausfällt, auch nicht, dass stundenlang kein neuer bereitgestellt wird. In Veras Welt ist so etwas zwar mühsam, aber kein Grund, nicht noch ein Foto von dem Chaos am Bahnsteig zu machen, um ihren Followern einen lebensechten Blick darauf zu ermöglichen, dass nachhaltiges Reisen mit kleinen Kindern eben auch seine fordernden Momente hat. Statt sich zu ärgern, liest sie den Zwillingen am Ende des Gleises aus dem Ritter Trenk vor, kauft Eis, moderiert einen Springseilwettbewerb und tut tausend andere Dinge, um sie bei Laune zu halten.

In Jonas' Welt aber ist eine solche Panne ein Affront, mehr noch, eine Demütigung. Er ist still und in sich gekehrt; dabei kocht er vor Wut. Da sie, eine vierköpfige Familie mit haufenweise Gepäck, es niemals und auch jetzt nicht als Erste in den Waggon schaffen, der schließlich im Gleis steht, bedarf es eigentlich geduldiger, charmanter und vielleicht sogar unterwürfiger Überzeugungsarbeit, um eine akzeptable Sitzgelegenheit für alle zu ergattern. Aber während Vera den Zwillingen für die Heimkehr Limo und kalten Hund verspricht, wenn sie nur endlich die Zankerei um das Ninjago-Heft bleiben ließen, hat Jonas längst keine Nerven mehr für freundliche Bitten.

»Wieso soll es mir weniger ausmachen, zu stehen, als deinen Kindern?«, fragt ihn der hippe München-Berlin-Pendler zurück, ohne von seinem iPhone aufzusehen.

»Weil du ausgewachsene Muskeln und Knochen hast«, antwortet Jonas. Er sollte es dabei belassen. Aber Schnösel wie dieser hier machen ihn fertig. Ohne bewusste Willensentscheidung hört er sich sagen: »Was ist das denn überhaupt für eine bescheuerte Frage? Wir sind seit um acht in der Früh unterwegs, das sind Kinder, verdammt noch mal!« *Bescheuert, verdammt noch mal*: wie viel Autosuggestion er bislang auch darauf verwendet hat, sich solche Entgleisungen abzugewöhnen, bislang war es vergeblich.

»Was hast du denn für ein Problem?«, fragt sein Gegenüber mit einem Gesichtsausdruck, als schiebe er auf seinem Teller ein Fitzelchen verkohltes Antipasto an den Rand. »Der Zug ist halt voll.«

»Aber ich hab reserviert.«

»Na und, die Bahn hat's verkackt. Fährst du nächstes Mal halt mit dem Auto.«

»Ich will aber nicht mit dem Auto fahren, und deine Vorschläge kannst du dir in den Arsch schieben!«

Manchmal, obwohl er sie gut kennt, überrascht ihn seine Wut, die vulgäre Plötzlichkeit, mit der sie sich zur Stelle meldet, darauf brennend, nur auf ein Stichwort hin alles in seiner Nähe in Schutt und Asche zu legen. Sein Gegenüber verstummt. Selbst in seiner überheblichen Ignoranz hat er mitbekommen, dass sie beide mit unterschiedlichen Einsätzen spielen. Jonas, abgekämpft, schwitzend, mit wutverzerrtem Gesicht, wendet den Blick nicht von ihm. Der Energieaufwand, seine Wut zu kontrollieren, ist jetzt größer, als ihr einfach freien Lauf zu lassen. Er wird den Mann auffordern, aufzustehen und zu verschwinden. Dieser wird sich weigern, sich womöglich Verbündete suchen, eine Front der Gerechten würde sich gegen den Aggressor – Jonas – formieren, aber Jonas ist das gleichgültig. Er will den Druck loswerden, der sich seiner bemächtigt hat, ohne anderen Ausweg als diesen. Er sehnt den Eklat herbei.

In diesem Moment ruft Vera vom Ende des Waggons her, dass sie einen Viererplatz für sie alle gefunden hat. Für Vera stehen die Menschen freiwillig auf. Er tritt einen Schritt zurück, sieht, wie der Schnösel sich aus seiner Verspannung löst. Jonas wendet sich ab und geht auf seine Frau zu. Manchmal, ziemlich oft sogar, wundert er sich über sein Glück, dass sie an seiner Seite ist und es bleiben will.

Mats und Enno teilen sich einen Kopfhörer, um sich Madagascar 2 über das Bahn-Portal anzusehen. Jonas' Kopf lehnt an Veras Schulter. Er sagt: »Ich weiß nicht, wie lange ich das noch machen kann.« Die weitreichenden Themen, die dieser

Satz abkürzt und verdichtet, haben sie tausendmal angeschnitten und noch nie zu Ende diskutiert. Seine Haltung ist, dass die Kinder spätestens jetzt, da sie in die Schule kommen, ein geregeltes Leben brauchen, einen Freundeskreis, Alltagsroutinen. Vera sagt, dass die Kinder das Unterwegssein lieben, dass sie überall Freunde finden, dass Reisen die beste Schule sei, die man sich wünschen kann – und was das Reisen sie nicht lehrt, bringen ihre Eltern ihnen bei. Beide haben sie auf ihre Weise recht; sie haben eine unterschiedliche Auffassung von derselben Sache. Aber die Sache ist ihr künftiges Leben. Wenn keine Entscheidung getroffen wird, bleibt alles so, wie es ist. Er schluckt herunter, was er noch sagen will: Dass ihm dieses improvisierte Leben zum Hals heraushängt. Die ständige Akquise, Selbstvermarktung, die Mühsal sich unablässig reproduzierender Aufgaben wie Bildbearbeitung, Webdesign, dem Layout von Veras Texten, Softwareanpassungen, Abrechnung ihrer Provisionen, Planung der nächsten Reise, Buchhaltung und die Gitarrenstunden, die er zusätzlich gibt, damit das Geld auch ganz sicher für die Miete reicht, gar nicht zu reden von der Erziehung zweier hochenergetischer Vorschulkinder in ihrer indiskutabel kleinen Wohnung – der rasende Stillstand, in dem sie leben – zermürbt ihn, nimmt ihm in Momenten wie diesen alle Kraft. Das kann er Vera, für die ihr Leben ein ständig aufs Neue sich verwirklichender Traum zu sein scheint, nicht sagen. Jonas ist 35, er schaut auf seines und sieht nichts als Baustellen.

Als könnte Vera seine Gedanken lesen (und er hat keinen Grund, daran zu zweifeln), legt sie den Arm um ihn, fährt mit der Hand unter sein T-Shirt und flüsterte dicht an seinem Ohr: »Mach dir nicht so viele Sorgen. Da ist noch ein Pinot im Kühlschrank.«

Gegen zweiundzwanzig Uhr, nach fünfzehn Stunden, kommen sie am Alexanderplatz an. Es ist das letzte Wochenende der Sommerferien. Die Obdachlosen haben ihre Nachtschicht angetreten, einer von ihnen spielt »Here comes the sun«, nicht einmal schlecht und obendrein ohne etwas dafür zu verlangen. Es ist warm. Nach all dem beengten Herumgesitze im Zug gehen sie den Rest des Weges zu Fuß, es sind nur ein paar hundert Meter bis nach Hause. Vielleicht ist es wegen der Musik oder der milden Abendstunde, dass Jonas alle anstehenden Probleme mit einem Mal als weniger bedrängend empfindet, sich im Gehen sogar gut fühlt, befreit zumindest von der Bürde des Reisens. Hier sind sie zu Hause. Es ist nur klein, ein Basislager; aber überhaupt ein Zuhause zu haben sollte man als wertvoll betrachten, wenn man überall sonst nur zu Gast ist.

»Das gute alte Berlin«, sagt er und freut sich darauf, die todmüden Jungs ins Bett zu bringen, dann mit Vera noch ein Glas Wein auf dem Balkon zu trinken, um sich an der stickigen Berliner Luft und den krakeelenden Partyleuten zu freuen, und dann ... Vielleicht würden sie nackt schlafen gehen, vielleicht würde eins zum anderen führen, ganz sicher sogar, und das wäre ein stimmiger Schlussakkord für diese Reise.

Am Ende der Straße bemerkt er einen Wagen. Die tiefstehende Sonne blendet ihn, aber er erkennt einen schwarzen SUV, der von der Holzmarktstraße kommend um die Kurve ruckelt und schlingert, fast stehen bleibt, laut den Motor aufheulen lässt, dann einen Satz nach vorne macht und beschleunigt. Obwohl der Wagen noch kein Teil von Jonas' Leben oder dem seiner Familie ist, nicht darin eingreift und es im Moment kaum an der Peripherie berührt, empfindet er den Fahrstil als störend und bedrohlich. Es kann sich eigentlich nur um einen Betrunkenen handeln; hoffentlich wird er bald aus dem Verkehr gezogen. Jonas hasst diese protzigen Autos und ihre Fahrer.

Er hat die birkenbestandene Vorwiese der Siedlung schon fast ganz überquert und sieht nun rückwärtsgehend nach Enno, der zu ihm aufzuschließen versucht. Vera, am Rand der Wiese, überredet Mats mit Engelszungen zu den letzten Metern. Gleich werden sie zu Hause sein, es ist nicht mehr weit.

Der Supermarkt im Alexa gegenüber ist noch geöffnet. Nur wenige Fußgänger sind auf der Alexanderstraße unterwegs, keine Kunden mehr, sondern Nachtschwärmer, junge Leute, die ihre Startpositionen für die Nacht einnehmen, in der Holzmarkt Pampa etwa, um dann später ins Kater Blau zu wechseln oder den KitKatClub.

»He, schlaft nicht ein da hinten«, ruft Jonas.

Das Röhren des Wagens, viel lauter jetzt, lässt ihn wieder in dessen Richtung blicken. Zu seinem Erstaunen ist er bereits viel näher herangekommen, und er beschleunigt weiter. In den seltsam unkontrollierten Lenkbewegungen, mit denen der Fahrer die Spur mehr zu verhöhnen scheint, als dass er sie zu halten versucht, ist die Gewalt des viel zu großen, massiven Wagens zu spüren, der dunkel und schwer der Sonne davonzurasen scheint. Jonas öffnet den Mund, um in seinem stärker werdenden Ärger etwas zu rufen, eine Verwünschung, eine Beleidigung. Er bleibt stehen. In Veras mattem Lächeln sieht er, dass auch sie mit ihren Kräften am Ende ist. Er setzt einen Schritt in ihre Richtung, dann noch einen. Enno kommt allein auf ihn zu; Vera kehrt um und geht die paar Meter zu Mats zurück, um ihn huckepack zu nehmen.

»Nur noch ein kleines Stück!«, ruft er ihnen aufmunternd zu.

Der Wagen beschleunigt weiter, die schlingernden Bewegungen haben plötzlich aufgehört. Er rast einfach. Ein Wettrennen? Jonas sieht keinen weiteren Wagen. Soll er Vera warnen? Aber sie hat mit Mats, ebenso wie Enno, bereits die Vorwiese erreicht, in sicherer Entfernung zur Straße. Es scheint, als beschleunige der Wagen immer weiter, er mag bei 80, 90, jetzt schon 100 Stundenkilometern sein. Ein Raser, ein rücksichtsloser Prolet. Jonas will seiner Empörung Luft machen, aber das unbeherrschte Beispiel, das er im Zug abgegeben hat, hindert ihn; er brüllt nicht. Später wird er noch oft daran denken. Im nächsten Moment bricht das Auto scharf zur Seite aus und driftet steil von der Straße weg Richtung Gehsteig.

»Hinter dir!«, ruft er jetzt, aber es ist zu spät.

Vera dreht sich um; der Wagen springt an der Bordsteinkante hoch wie ein Raubtier beim Angriff und erfasst, scheinbar noch immer beschleunigend, sie und Mats.

So wird er es später in der Zeitung lesen: *Der Wagen kam von der Straße ab und erfasste zwei Personen.* Jetzt aber erfasst Jonas nicht, was das bedeutet, und er wird sich später nicht einmal erinnern können, was er überhaupt gesehen hat. Alles geschieht unbegreiflich schnell, das Bild ist schon im Moment seiner Entstehung ausgelöscht. Das einzige, was er hört, und sogar durch seinen ganzen Körper hindurch spüren kann, ist der gewaltige Aufprall, mit dem der Wagen eine Sekunde später an einer Birke, die dem Angriff splitternd widersteht, zum Stehen kommt.

10|10

Als er erwacht, sind die Geräusche verstummt. Es ist still, aber still ist nicht das richtige Wort. Jetzt ist da ein gleichmäßiges Piepen, davor waren es Granateinschläge und menschliche Schreie. Ein Traum?

Dies ist nicht sein Bett. Das Licht ist kalt und unpersönlich, er ist nicht zu Hause. Die Frage »Wo bin ich?«, stellt sich dennoch nicht. Das muss ein Krankenhaus sein. Es ist eher ein Gefühl als eine Erinnerung: Etwas Schlimmes ist geschehen.

Er hebt eine Hand. In seinem Arm steckt eine Kanüle. In seiner Nase spürt er einen Beatmungsschlauch. Etwas ist mit seiner Brust. Er zieht die Bettdecke ein Stück herunter und versucht, den Kopf zu heben. Hat er sich jemals so schwer angefühlt wie jetzt?

»Radomir.« Theresias Stimme. »Du bist wach.«

Er kann nicht lächeln. Sein Gesicht schmerzt.

»Du hattest einen Unfall. Du hast geschlafen.«

»Wie lange?«, will er fragen, aber sein Mund funktioniert nicht, seine Stimmbänder, gar nichts. Er kann Theresia nur undeutlich sehen. Nur ihre Stimme versichert ihm, dass er wirklich wach ist, und selbst das könnte geträumt sein. Der Mund so trocken; er hat schrecklichen Durst. Theresia sagt etwas, aber es ist sehr weit weg.

Er nimmt die Straße, die Umgebung, die gesamte Realität zugleich verschwommen und kontrastreich wahr. Der Moment scheint sich endlos zu dehnen. Der Wagen beschleunigt so stark wie ein Flugzeug beim Start – so kommt es ihm zumindest vor –, und er hat keinerlei Einfluss darauf. Es gibt kein Noch nicht und kein Nicht mehr: Ein Gefühl, als ginge die Zeit ihn nicht länger an. Nichts von dem, was geschieht, unterliegt seiner Kontrolle. Er ist sicher, gleich zu sterben, aber das ist nichts, wovor er sich fürchten müsste. Er driftet zur Seite, vermutlich wird der Wagen zerschellen, an einer Wand oder einem Baum, sein Körper zerquetscht. Vielleicht wird er verbrennen. Das alles spielt keine Rolle, er spürt nichts. Auch sein Tod geht ihn schon nichts mehr an.

Als er aufwacht, diesmal klarer, zweifelloser, ist Theresia nicht mehr da. Er ist außerstande zu sagen, wie viel Zeit vergangen ist. Aber jetzt ist sein Verstand einigermaßen bei Kräften. Er hat noch immer Schmerzen, im Gesicht und auch in der Brust, doch er kann sie jetzt einordnen. Er muss operiert worden sein. Die Jalousie ist heruntergelassen, dahinter ist trübes Licht zu ahnen: Es ist Tag. Trotz der Schmerzen genießt er die unvermittelte Sicherheit, nach wie vor ein Teil dieser Welt zu sein.

»Geht es dir besser?«, fragt Theresia. Sie sieht übernatürlich gesund aus: Rouge, Make-up, die Fingernägel knallrot, dazu die blonden Haare. Der Rock ist sehr figurbetont, eigentlich etwas für Frauen, die zwanzig oder dreißig Jahre jünger sind.

»Was ist passiert?«, fragt er. Seine Stimme ist nur ein Flüstern.

»Bald geht's dir besser, Radi.«

Er versucht, tief einzuatmen, doch es geht nicht. Der Schmerz ist sowohl innerlich als auch äußerlich, wie eine Wunde. »Was ist da?«

Theresia setzte sich zu ihm und nimmt seine Hand, die sich unendlich langsam zu dieser Wunde auf den Weg gemacht hat.

»Was du für Sachen machst!«, sagt sie mit zärtlichem Tadel.

»Wie lange habe ich geschlafen?«

Sie nimmt ein Glas von seinem Nachttisch und füllte es zur Hälfte mit Wasser. Fragend hält sie es ihm hin, und als er nickt, stützte sie seinen Nacken. Er stöhnt und spuckt das meiste über sein Krankenhemd, die Bettdecke.

»Soll ich den Arzt holen?«

Er schüttelt schwach den Kopf. »Ich hatte einen Unfall«, hört er sich sagen.

Theresia streichelt seine Hand. Ihre ist trocken und kühl. »Du wirst wieder gesund«, sagt sie, wie um mit der guten Nachricht anzufangen. »Es wird etwas dauern, aber du wirst wieder ganz gesund.«

»Wann?«

Sie drückt seine Hand und lächelt zuversichtlich. Nicht zuversichtlich: unverbindlich.

»Ich fühle mich gut«, sagt er.

»Nein. Tust du nicht.«

Er schließt die Augen. Ein weiteres Stückchen Erinnerung kehrt zurück: Die Erkenntnis, dass nichts den schrecklichen Ausgang mehr verhindern kann. Dann lässt er los, akzeptiert die Katastrophe. Die ganze Welt löst sich in Nebel auf, wie bei einem Musikstück, das im lautesten Crescendo abrupt abbricht. »Was ist mit dem Wagen?«

»Der Wagen ist egal«, sagt Theresia bestimmt. »Du brauchst jetzt Ruhe. Das ist das Wichtigste. Der Arzt sagt …«

Er dreht den Kopf zur Seite, versucht, aus dem Fenster zu sehen. »Kannst du die Jalousien hochziehen?«

Sie steht auf und geht zum Fenster.

»Was ist passiert?«, fragt er noch mal.

Sie verharrt in der Bewegung, die Jalousie halb geöffnet. »Der Wagen ist Schrott, Radi. Es ist ein Wunder, dass du da lebend rausgekommen bist.«

Er bekommt schlecht Luft, hustet; der Schmerz zerreißt ihm die Brust. Er stöhnt auf.

Theresia kommt an sein Bett und drückt die Klingel.

»Hast du von Gell gehört?«, fragt er mit kaum hörbarer Stimme.

»Du solltest nicht so viel sprechen, Radi.«

Während er versucht, die Fragen der Ärztin mit einem Nicken oder Kopfschütteln zu beantworten – »Haben Sie Schmerzen? Bekommen Sie genug Luft?« –, drängt auf einmal der Gedanke an den Termin, den er verpasst hat, mit Macht in sein Bewusstsein. Ein Schock geht durch seinen Körper: Er hätte Gell abholen sollen. Jalayer hatte ihm eine Stunde vorher den Ort mitgeteilt, alles sollte sehr schnell gehen. Radomir hatte in seinem Büro die Verträge zusammengesucht und Gell informiert, noch bevor er Khaled und Sherif angerufen hatte, um auch ihnen den Treffpunkt mitzuteilen. Bajrami würde am frühen Morgen bereits wieder zurückfliegen, auch Jalayer würde nur für dieses Treffen in der Stadt sein. Er sah vor sich, wie sie alle sich in der Lobby des Park Inn hätten begrüßen sollen: Gruppenbild mit Anwalt. Es müsse nicht die Lobby sein, hatte Gell gesagt, von ihm aus auch das Parkhaus, Hauptsache Familienfoto. Als ob es nicht schon schwierig genug gewesen wäre, dieses Treffen überhaupt zu arrangieren.

Monatelang hatte er auf die Zusammenkunft hingearbeitet, Telefonate mit Unbekannten geführt, Kontaktpersonen geschmiert, immer wieder neue Modalitäten vorgeschlagen und ihre Risiken durchgespielt. Auf dem Weg zum Park Inn waren ihm tausend Dinge durch den Kopf gegangen, die auch jetzt noch schiefgehen konnten. In keinem dieser Szenarien war ein Unfall vorgekommen.

Durch diesen Unfall ist sein Leben nun völlig aus den Fugen geraten. Sein Fehlen hat das Treffen vereitelt; Monate der Vorbereitung waren umsonst; sehr viele Menschen werden nun enttäuscht von ihm sein. Geschäftspartner im allgemeinen, und diese besonders, sehen alles, was bei derartigen Treffen schiefgeht, als verdächtig an. Das führt in den meisten Fällen zum sofortigen Ende der Geschäftsbeziehungen. Sollte dies der Fall sein, wird es Auswirkungen haben, auf ihn, auf Theresia, auf ihr ganzes restliches Leben. Er steht wieder am Anfang, ein Sklave seiner Identität.

Er muss sein Telefon haben. Sofort.

»Sie werden vielleicht eine Zeit lang Schlafstörungen haben. Schwindelgefühle, beunruhigende Träume. Engegefühle, Angstzustände. Womöglich sogar Panikattacken. Das ist nicht ungewöhnlich nach einem solchen Eingriff.«

Er nickt zum Zeichen, dass er verstanden hat. Und um zu verheimlichen, dass ihre Voraussagen schon jetzt zutreffen.

»Brauche ich mein Telefon, bitte«, sagt er mit schleppender Stimme.

Die Ärztin, eine sehr junge Person, die ehrgeizig und steif in ihrem gestärkten Kittel steckt, nickt und schüttelt dann sofort den Kopf. »Das geht nicht. Telefon bedeutet Aufregung. Aufregung bedeutet erhöhte Pulsfrequenz. Das können Sie sich nicht leisten. Wenn Sie jetzt ein Telefon in die Hand nehmen, bringt es Sie um.«

Die Pflegerin neben der Ärztin zuckt kaum merklich zusammen, auch Theresia erhebt sich unwillkürlich von der Bettkante und macht Anstalten, etwas zu entgegnen, vielleicht über angemessene Wortwahl vor einem Patienten, der sich auf keinen Fall aufregen sollte.

»Hat die Psychologin schon mit Ihnen gesprochen?«, will die Ärztin wissen.

»Er ist doch gerade erst aufgewacht«, sagt Theresia schnell. Am Klang ihrer Stimme erkennt Radomir erleichtert, dass sie die Ärztin loswerden will.

Er muss zumindest Jalayer anrufen. Unbedingt. Und Khaled und Sherif. Ihnen erklären, was passiert ist. Sherif wird es glauben, natürlich, er hat ja keinen Grund, es nicht zu tun. Ebenso Khaled. Sie können sich ja selbst davon überzeugen, dass Radomir im Krankenhaus liegt. Und Gell, denkt er, schockiert darüber, dass es ihm erst jetzt einfällt: ob er verletzt ist?

Er muss die Stationsärztin fragend angesehen haben, denn sie sagt nun an Radomir gewandt: »In der Reha gehört eine Psychologin ganz normal zum Standardprogramm.«

»Warum?«, fragt Radomir zerstreut.

»Ein Schuldtrauma kann den Genesungsprozess negativ beeinflussen.«

»Er ist noch nicht …«, beginnt Theresia und unterbricht sich, was sie sonst nie tut. »Können wir das nicht alles später besprechen? Mein Mann muss jetzt erst mal zu Kräften kommen!«

»Wieso Schuldtrauma?«, fragt Radomir.

»Oh«, sagt die Ärztin und blättert im Krankenblatt. »Ich dachte, man hätte Ihnen das …« Jetzt ist sie es, die sich unterbricht. »Das ist ja jetzt …«

Die drei Frauen sehen sich verlegen an, selbst für Radomir

ist die Panne offensichtlich. »Ist er ... ist ihm was passiert? Gell?«

»Ihm nicht«, sagt die Ärztin. »Seiner Frau.«

»Seiner Frau?« Radomirs Gedanken überschlagen sich in Zeitlupe. Er hat Gells Frau noch nie gesehen und ist sich sehr sicher, dass er sie niemals kennenlernen wird. Sie ist für die ganze Sache überhaupt nicht relevant. »Verstehe ich nicht.«

»Wir wollen das später fortsetzen«, sagt Theresia bestimmt. »Mein Mann braucht jetzt Ruhe. Das haben Sie selbst gesagt.«

Verlegen ziehen sich die Ärztin und die Pflegerin zurück.

Als die beiden draußen sind, wiederholt Radomir leise: »Mein Telefon.«

Er versucht, in sieben Richtungen gleichzeitig zu denken. Dass er das Treffen hat platzen lassen, ist ein Unglück, aber er kann es reparieren. Er braucht nur sein Telefon. Alles andere ist unwichtig. Er muss seine Gedanken sammeln und den richtigen Leuten alles erklären, in kurzen, klaren Sätzen. Er muss mit dem Anfang anfangen. Ein Unfall. Es hat einen Unfall gegeben. Er muss ruhig atmen. Sich konzentrieren. Er braucht sein Telefon.

Theresia setzt sich zu ihm auf die Bettkante und nimmt abermals seine Hand. Sie beugt sich herunter und küsst ihn auf die Stirn. »Radomir. Dafür kommt die Zeit. Hab Geduld. Jetzt ist nur eins wichtig ...«

»Durst.«

Er trinkt und lässt erschöpft den Kopf ins Kissen fallen. Eine lange Weile ist es still, kein Geräusch außer Theresias Atem und das leise Summen irgendeines Geräts ist zu hören.

»Was ist passiert, Theresia?«, fragt er noch einmal. »Ich muss das wissen.«

Theresia drückt wieder seine Hand, ohne etwas zu sagen.

»Ist jemand verletzt?«

Eine endlose Weile lang dehnt sich das Schweigen, fast dämmert er wieder weg. Er wünscht sich, er hätte nicht gefragt. Dann schreckt er wieder hoch. »Theresia?«

Als nähme sie Anlauf für einen vielleicht zu waghalsigen Sprung, sagt sie gepresst: »Du hattest keine Kontrolle mehr über den Wagen. Er ist von der Straße abgekommen. Nichts davon ist deine Schuld.«

»Nichts wovon?«

»Da war eine Familie. Der Vater und eines der Kinder sind wohlauf. Aber das andere Kind und die Mutter ...«

»Was?«

»Sie sind gestorben, Radi. Sie sind beide tot.«

9|9

Der Widerschein des Feuers erhellt die Dunkelheit. Die Flammen schlagen unter der aufgesprungenen Motorhaube hervor und verbrennen die Blätter der Birke, an der der Wagen zum Stehen gekommen ist. Asche wirbelt durch die Luft, schwebt herab, steigt in der Wärme nach oben und sinkt wieder nieder. Enno hat sein Gesicht in seinem Schoß vergraben.

In das Flackern des Feuers stimmt kontrapunktisch das Blaulicht des Feuerwehrwagens ein. Männer in Schutzuniform und Gasmasken laufen herum. Einer schreit ihn über seine Maske hinweg an. War das eine Frage? Ein weiterer Wagen kommt hinzu. Innerhalb weniger Sekunden (sind es Sekunden?) werden die Flammen des Wagens mit Schaum erstickt, nur das Blaulicht zuckt weiter.

Das Feuer in der Baumkrone qualmt stark, der Strahl der Löschflasche reicht nicht bis ganz hinauf. Schläuche müssen entrollt und in Betrieb genommen werden. Auch das Auto qualmt nach. Die Feuerwehrleute bewegen sich durch die Schwaden, angsteinflößende Gestalten wie aus einem Nebelwald. Eine Bahre wird herangetragen. Ein Mann, etwas abseits im Gras, wird wiederbelebt. Der Fahrer des Wagens? Man trägt ihn zu einem Ambulanzwagen. Der Ambulanzwagen fährt unter Sirenengeheul weg.

Indessen stemmen Feuerwehrleute mit einem hydraulischen Apparat den Wagen seitlich hoch. Ein Sanitäter kommt mit einer Rettungsdecke zu ihm. Gerade in dem Moment, als er sie ausbreitet, entdeckt Jonas einen einzelnen Schuh in der Nähe des Wagens. Einen Sportschuh. Veras Schuh. Dann verschwindet er hinter der Goldfolie, die weniger Wärme spenden, als vielmehr seine Sicht begrenzen soll. Der Sanitäter zieht ihn vorsichtig am Arm hoch, so vorsichtig, dass wiederum Jonas Enno mit sich ziehen kann. Innerhalb der wenigen Sekunden, in denen der Mann mit der Folie vor ihm stand, ist ein Sichtschutz hochgezogen worden. Er soll verhindern, dass man unter den Wagen sehen kann. Dass er und Enno unter den Wagen sehen können.

Er lässt sich von einer Polizistin in die Wohnung führen. Sie stellt ihm Fragen. Enno weint. Er weint schon die ganze Zeit; es ist ein geräuschloses Weinen. Stumme Tränen rinnen dem Jungen die Wangen herunter. Er sieht seinen Vater fragend an. Er kann ihm keine Antwort geben.

Gleichmäßig pulsierendes Blaulicht erfüllt die ansonsten dunkle Küche. Er geht zum Fenster, sieht hinaus; die Beamte kann es nicht rechtzeitig verhindern. Wo der Wagen aufgebockt wurde, liegt ein Haufen. Es sieht aus wie Erde, vermischt mit Kleidung, vermischt mit noch etwas anderem. Die Polizistin nimmt ihn am Arm, fordert ihn auf, sich zu setzen. Sie stellt ihm weitere Fragen. Jonas nickt an einigen Stellen, an anderen schüttelt er den Kopf. Dann steht er auf und geht ins Badezimmer. Er schließt sich ein und setzt sich in die Duschkabine. Er zieht die Beine an den Körper, bis die Knie sein Kinn berühren. Sekunden oder Stunden später wird gegen die Tür gepoltert, Rufe, dazwischen Ennos Weinen, diesmal laut. Er hört, wie die Tür aus den Angeln fliegt. Dann holen sie ihn raus.

Alle sind weg. Es ist schon hell. Jonas steht regungslos am Fenster und starrt auf die verkohlte Birke mit dem rostigen Wrack des Wagens davor. Rotweißes Absperrband flattert in einem schiefen Rechteck ringsherum. Es ist Sonntag. Die Hitze macht da weiter, wo sie gestern aufgehört hat; die Teerpappe bei den Fahrradständern hat Wellen geschlagen. Draußen tauchen einige Heimkehrer singend und lachend aus der durchzechten Nacht an die Tagesoberfläche. Er schließt das Fenster.

Nach einer Weile – die Zeit scheint stillzustehen – sieht er nach Enno. Er hofft, dass der Junge schläft. Die Schlafzimmertür ist einen Spalt angelehnt; Enno liegt auf Veras Seite und atmet gleichmäßig. Sein Schlaf ist eine Gnade. Sie waren wach, bis die letzten Feuerwehrleute und Polizeibeamten gegangen sind. Jede von Ennos erstickten Fragen ließen sein Herz aussetzen: »Was ist mit Mama? Wann kommt sie wieder? Hat sich Mats verbrannt?«

»Wir reden morgen darüber.«

Jetzt ist morgen. Er hat nur noch eine kleine Frist. Solange Enno schläft.

Weil er nichts anderes tun kann, geht er wieder zum Fenster und sieht hinaus. Ein Mann steht bei dem Wagen. Er duckt sich unter dem Flatterband hinweg und fotografiert das Innere des Wagens. Ohne nachzudenken öffnet Jonas das Fenster. »Was machst du da? Geh da weg!«

Der Mann antwortet nicht. Er interessiert sich offenbar überhaupt nicht für Jonas. Er schreitet die Bresche ab, die der Wagen in die Wiese geschlagen hat. Jonas läuft so, wie er ist – T-Shirt, Shorts, barfuß – durchs Treppenhaus hinunter, raus auf die Wiese.

»Was hast du hier zu suchen?«, ruft er.

Der Mann trägt einen Rucksack und Sandalen. Er ist älter

als Jonas. Brille, Jeans, Karohemd. Er sieht aus wie ein Journalist. »Ich mache Fotos. Von dem Auto. Waren Sie unfallbeteiligt?«

»Mach, dass du wegkommst!« Jonas steht jetzt einen Meter vor ihm. Was wird er tun? Er kann nicht verhindern, dass Leute kommen und Fotos machen. Oder doch?

»Jetzt mal ganz langsam«, sagt der Mann. »Ich bin Sachverständiger. Bin erst jetzt benachrichtigt worden. Deswegen.«

»Was sind Sie?« Jonas tritt einen Schritt zurück, wie um den Mann im Ganzen sehen zu können.

»Ich nehme den Unfallhergang auf.«

»Das hat die Polizei schon gemacht.«

»Ja, das kann schon sein. Doppelt hält besser.«

»Sind Sie von der Polizei?«

»Nein. Nein, wie gesagt. Ich bin Kfz-Sachverständiger. Unabhängiger Gutachter.«

Die Fragen hängen ebenso in der Luft wie die Antworten. Der Mann sieht aus, als habe er sämtliche Erklärungen, die zu seiner Legitimation notwendig sind, vorgebracht. Er sieht aus, als würde er nun gern weitermachen mit dem, weswegen er hier ist.

»Der Fahrer war betrunken«, sagt Jonas.

»Haben Sie mit ihm gesprochen?«

»Was? Nein. Nein. Meine Frau ist ...«

»Ich weiß schon«, sagt der Sachverständige ohne eine erkennbare Regung. »Deswegen bin ich ja hier.«

»Deswegen sind Sie hier«, wiederholt Jonas, ohne sich im Klaren zu sein, ob es eine weitere Frage sein soll oder Ausdruck seines Unglaubens.

Auch der Sachverständige scheint nicht zu wissen, wie er darauf reagieren soll. Er sieht sich verlegen nach dem Wagen um und sagt, als hätte er es zuvor vergessen: »Tut mir leid.«

Jonas wendet sich zu dem offenen Fenster im dritten Stock, dann zur Haustür. Erst jetzt fällt ihm auf, dass er keinen Schlüssel mitgenommen hat. Er lässt den Sachverständigen stehen. Die Haustür schließt bei der Wärme nicht richtig, aber die Wohnungstür ist im Durchzug zugefallen. Er will klingeln, zögert aber im letzten Moment.

Und wenn er einfach wartet? Worauf? Enno wird sich zu Tode erschrecken, wenn er aufwacht und allein ist. Aber wenn Jonas jetzt klingelt, wird Enno ihn sofort mit Fragen bestürmen und Antworten von ihm erwarten.

Er setzt sich auf die oberste Stufe und lehnt den Kopf an die nackte kühle Betonwand dieses viel zu engen Plattenbau-Treppenhauses. Auch die Türen sind eigentlich zu klein und schmal für Menschen, fast denkt man an ein Mauseloch oder einen Hasenbau. Eine standardisierte Wohneinheit für das Standard-Dasein von Standard-Menschen.

Bleib noch einen kurzen Moment sitzen, Jonas. Schließ die Augen; versuch nicht zu denken.

Draußen macht der Sachverständige mit seinem Sachverstand weiter.

Irgendwann hört er Enno drinnen weinen. Er klopft gegen die Tür. »Enno, ich bin's. Mach mal die Tür auf, ja? Ich hab mich ausgesperrt.«

Enno versteht nicht gleich. »Papa?« Offenbar sieht er erst in der Küche nach, dann im großen Zimmer.

»Hier, Enno. Papa ist draußen.«

Schließlich öffnet der Junge mit verheulten Augen die Tür. Er muss seine Verwunderung nicht in Worte fassen. Jonas nimmt ihn in den Arm und hält ihn lange fest. »Ich bin da, Kumpel. Ich bin ja da.«

Er durchsucht die Schränke nach etwas Essbarem. Eine

Motte flattert ihm entgegen, kraft- und erfolglos schlägt er nach ihr. Er findet ein Paket Hirseflocken, die er aufkocht und kalt werden lässt, bis die Oberfläche aussieht wie ein längst vertrocknetes Wasserloch. Enno ist im Kinderzimmer.

Im Flur knistert ein Walkie-Talkie. Das Herz bleibt ihm stehen: Als würde Mats sich melden von dort, wo er jetzt ist. Dann entdeckt Jonas den geöffneten Rollkoffer. Eins der Geräte fehlt. Durch den Spalt der Kinderzimmertür sieht er Enno. Er liegt auf dem unteren Bett – dem seines Bruders –, mit dem Gesicht zur Wand. Er spricht in das andere Walkie-Talkie. »Hallo? Mats? Bitte kommen!«

Jonas zögert kurz, dann nimmt er das Walkie-Talkie und setzt sich in die Küche. Er drückt die Sprechtaste. »Hallo? Bitte kommen.«

»Mats? Bist du es?« Er hört Ennos Stimme zugleich durch das Sprechgerät und aus seinem Zimmer.

»Nicht so richtig. Nein. Tut mir leid, Kumpel.«

»Oh.« Pause. »Wo ist Mats jetzt? Kommt er bald wieder?«

Er zwingt sich zu schlucken. »Nicht so bald, Kumpel. Ich glaube, er kommt erst mal nicht wieder.«

»Und Mama?«

»Auch nicht.« Seine Stimme wird dünner, fast ein Flüstern, das vom Rauschen verschluckt wird.

»Warum?«

Er drückt die Sprechtaste, bevor er weiß, was er sagen will. Das ist der schwierigste Teil. Davor hatte er die ganze Zeit Angst. Doch jetzt geht es plötzlich ganz wie von selbst. »Jemand hat sie uns weggenommen.«

»Wer?«, fragt Enno. »Ein böser Mann?«

»Ja. Ein böser Mann.«

»Aber warum?«

»Ich weiß es nicht, Enno. Ich habe keine Ahnung. Aber ich werd's herausfinden. Okay?«

Eine Weile rauscht es zwischen ihnen. Nichts als Rauschen. Ist das eine gute Erklärung für einen Fünfjährigen? Ein böser Mann hat ihm Mama und Bruder weggenommen, aber er weiß nicht, warum? Wie wird er sich die Teile erklären, die er nicht versteht? Wie wird er die Lücken füllen? Was wird das aus ihm machen?

»Und Papa?«, fragt er schließlich. »Ist Papa da?«

Er fühlt, dass seine Stimme jetzt fester klingen wird. »Und ob, Kumpel. Papa ist hier. Papa ist bei dir. Er wird nie weggehen. Hörst du?«

Während dieses Sonntags – des ersten Tages ohne Vera und Mats – fühlt er sich, als hätte er eine kleine, aber wichtige Einzelheit, an die er unbedingt hatte denken wollen, vergessen und irre nun in zerstreuter Selbstvergessenheit herum. Aber er kommt nicht darauf, was es war, und seine Gedanken driften ab, und während das geschieht und er versucht, sich wenigstens an diesem Gedanken – etwas Wichtiges vergessen zu haben – festzuhalten, vergisst er selbst diesen, wenn auch nicht restlos.

Im Bad hängt der Geruch von Lotionen und Cremes, die behaupten, Vera sei noch eben hier gewesen. Ihr eigener Geruch hat sich unter den industriell hergestellten längst verflüchtigt; reproduzierbare Molekülketten sind alles, was von ihr geblieben ist.

Am Montagmorgen kommt Esther. Sie fragt nicht, aber er spürt, dass sie wissen will, wie es passiert ist. Oder ist er es, der ungefragt davon anfängt? »Er ist viel zu schnell gefahren.«

Esther nickt. Ihre Haare sind ungewaschen. Als sei sie direkt aus dem Bett ins Auto gesprungen und hergekommen. Sie muss schon auf dem Weg in die Werkstatt gewesen sein, ihr T-Shirt ist lehmbeschmiert, genau wie die Leinenhose.

»Sie mussten ihn hochstemmen.«

Esther nimmt seine Hand. Sie wird den Wagen gesehen haben; ein verkohltes Monster mit klaffendem Maul im Vorgarten kann man nicht ignorieren.

Er müsste jetzt mit seiner Familie hier sitzen. Sie müssten gefrühstückt haben. Sie müssten alle miteinander dieses erleichterte Gefühl der wohlbehalten Heimgekommenen haben.

Esther steht auf, um Wasser aufzusetzen. Sie hält ihm fragend die Teepackung hin, er zeigt stattdessen auf die Flasche Grappa.

Es ist schön, dass du so schnell gekommen bist. Das bedeutet mir viel. Das könnte er sagen, denn das ist es auch, was er empfindet. Er sagt: »Du kannst dir nicht vorstellen ...«

»Nein. Kann ich nicht. Und es ist auch besser, wenn ich es nicht versuche.«

Esther sieht nach Enno, spricht und spielt mit ihm, liest ihm vor. Später kocht sie Nudeln, die ungegessen kalt werden, packt die Reisetaschen aus, wäscht, kauft Lebensmittel, ruft Veras Eltern an. Für die nächsten Tage übernimmt sie Jonas' Leben – oder das, was davon übrig ist.

Alle Zeitungen schreiben, was er schon weiß. »Crash am Alex, 2 tot«. Sie nennen es »Unfall« oder »Unglück«; ein großer Wagen sei von der Straße abgekommen und habe zwei Personen erfasst, die Ursache sei »zunächst« unklar. Die BZ bringt am Dienstag eine erste echte Neuigkeit: Aus dem »Umfeld des Krankenhauses« heiße es, der Fahrer sei alkoholisiert gewesen, 1,1 Promille. Später greifen andere

Blätter die Meldung auf, auch ein illegales Autorennen könne nicht ausgeschlossen werden, die Ermittlungen dauerten an. Der Fahrer sei »unbestätigten Berichten zufolge« ein Anwalt, später konkretisiert sich das um den Zusatz »mit Clanverbindungen«; eine »Größe« solle der Mann in der Szene sein. Ein Name wird allerdings nicht genannt. Obwohl Jonas den ganzen Nachmittag recherchiert, kann er diese Informationen nicht eindeutig einer bestimmten Person zuordnen. Die Landschaft der organisierten Kriminalität in Berlin ist unübersichtlich, es gibt eine ganze Reihe mehr oder weniger prominenter Anwälte. Warum will er wissen, wer der Mann ist? Jonas stellt sich diese Frage nur kurz, denn es ist ganz klar, dass er es wissen muss. Was wird er tun, wenn er es weiß? Das ist unwichtig. Er wird es wissen, wenn es so weit ist.

Am nächsten Morgen ruft Marlene noch einmal an. Esthers Telefonat mit ihr muss entsetzlich gewesen sein, sie habe nicht aufgehört zu weinen. Sein Magen zieht sich zusammen, als er rangeht. Doch wider Erwarten klingt sie zwar verheult, aber gefasst; tatsächlich hält sie sich nicht einmal mit einer Begrüßung auf. »Wie geht es Enno?«

»Den Umständen entsprechend.« Er spürt lähmenden Unwillen angesichts des Gesprächs, das man ihn zu führen zwingt.

»Wir kommen so schnell es geht«, sagt Robert.

»Esther ist hier«, sagt er schnell. Eine Fliege knallt immer wieder summend gegen das Fenster. Sie wird nie verstehen, warum sie gefangen ist. Draußen strömt geräuschlos der Verkehr der Alexanderstraße vorüber, ein normaler Mittwochvormittag. Die Sonne scheint hell und heiß wie schon den ganzen Sommer über. Keine Wolke am Himmel.

»Der Fahrer war betrunken«, sagt Jonas.

»Wo ist Enno jetzt?«, will Marlene wissen. Ihr Ton ist eine Idee zu fordernd. Verunsichert antwortet Jonas: »Ich … ich weiß nicht.«

»Was soll das heißen?«

»Esther ist draußen mit ihm.«

Sein Blick fällt auf den Poststapel aus dem Briefkasten, fast ausschließlich Werbung oder Rechnungen. Obenauf liegt eine Broschüre, von der er nicht die geringste Ahnung hat, wie sie dorthin gelangt ist. Er nimmt sie in die Hand, ein Ratgeber für Hinterbliebene: *Weiter leben*.

»Mats geht es gut.« Er bemerkt seinen Versprecher sofort. »Enno. Ich meinte Enno.«

Eine Weile ist es still in der Leitung.

»Wie wirst du zurechtkommen?«, fragt jetzt Robert. Seine sonst so selbstgewisse Stimme klingt dünn und zerbrechlich; Jonas ist verblüfft, wie viel Anteilnahme und aufrichtiges Interesse dennoch darin liegt.

»Gar nicht.«

»Wenn du Hilfe bei der Beerdigung brauchst …«

Jonas kann nicht glauben, was ein Begräbnis kostet, der Grabplatz, Blumen, ein Sarg. Er hat überhaupt kein Geld auf dem Konto. Für ihre Provisionen und Honorare haben sie ein Geschäftskonto, aber was drauf ist, reicht jetzt, nach der Reise, gerade noch für die Miete. Die Finanzen sind ein Abgrund.

»Sollen wir Enno nehmen? Für eine Weile?«

»Was?«

Es ist still am anderen Ende. Offenbar ist das Mikrofon abgedeckt. Dann räuspert sich Robert. »Er wird doch jetzt ohnehin die Schule nicht beginnen können, meinst du nicht?« Und Marlene, deutlicher: »Er kann jetzt auf keinen Fall eingeschult werden. Er muss zur Ruhe kommen.«

»Ruhe?«, sagt Jonas. »Warum sollte er bei mir nicht zur Ruhe kommen?«

Wieder Robert. »Darum geht es nicht. Es ist doch nur natürlich, dass du jetzt abgelenkt bist.«

Jonas versteht nicht, was das bedeuten soll. Das Wort »abgelenkt« hallt in seinem Kopf wider. Die Fliege an der Fensterscheibe macht ihn zornig. Der Impuls einer Millisekunde – kein Gedanke kann je so schnell gedacht werden – genügt, um seine Muskeln zu spannen und das Heft, das er noch in der Hand hat, hinüberschnellen zu lassen. Ein verschmierter Fleck bleibt auf dem Fenster zurück.

9|9

Das Treffen war für den 4. August um 22 Uhr geplant gewesen. Khaled war der Erste, der anrief, nachdem dieser Zeitpunkt überschritten war: um 22 Uhr 03. Von da an versuchte er es innerhalb der nächsten Viertelstunde noch elfmal. Um 22 Uhr 14 rief Sherif an, um 22 Uhr 19 Jalayer, danach Sherif noch zweimal.

Niemand hinterließ eine Nachricht auf der Mailbox oder schrieb eine Nachricht. Am meisten erschreckt Radomir die Tatsache, dass Jalayer es nur dieses eine Mal versucht hat, danach nicht mehr, bis heute.

Das Display seines Telefons zeigt noch weitere Anrufe an. In der Nacht des Unfalls, als er schon im Krankenhaus lag, hatte Theresia versucht, ihn zu erreichen. Am folgenden Tag dann immer wieder Khaled und vereinzelt Sherif, außerdem eine Nummer, die er zwar nicht kennt, bei der es sich aber höchstwahrscheinlich um Gell handelt. Gell ruft ihn immer unter neuen Nummern an, sie wiederholen sich niemals. In der Regel ist er es, der Radomir anruft; wenn Radomir es unter einer der alten Nummern versucht, kommt die Ansage, dass diese nicht vergeben sei. Gell meldet sich selten später als fünf Minuten danach unter einer neuen Nummer zurück.

Ohne zu überlegen, probiert Radomir einen Rückruf. Aber hier drinnen hat er keinen Empfang. Überhaupt läuft der Akku auf den letzten drei Prozent, er muss ihn aufladen und dann zum Telefonieren nach draußen. Aber man wird ihn nicht durch die Gegend spazieren lassen mit seinem Tropf, und selbst wenn, wird er es in seiner Verfassung nicht einmal bis zum Aufzug schaffen. Schon der Weg vom Bett bis zum Kleiderschrank hat ihn erschöpft. Er braucht einen Rollstuhl.

Als Theresia ihm den Zeitungsartikel zeigt, ist er zunächst wütend, weil seit dem Erscheinen inzwischen vier Tage vergangen sind. Sie haben ihm nichts davon gesagt. Auch Theresia nicht. Er macht ihr keinen Vorwurf; sie weiß nicht, wie wichtig diese Sache ist, wichtig für sie beide. Zumindest versteht er die Zeitung als Signal, dass er jetzt offenbar nicht mehr geschont werden muss.

»Verschwiegenheitspflicht!«, sagt er zu der Chefärztin und wedelt kraftlos mit der Zeitung. »Schon mal gehört?«

»Ich verstehe Ihren Ärger, aber ich kann Ihnen versichern, dass wir unsere Pflichten sehr ernst nehmen!«

»Wie kommt das in die Zeitung?«

»Herr Milić, Sie sollten …«

»Wissen Sie, wie schädlich das ist? Rufschädlich?«

»Aber es steht ja nicht einmal ein Name …«

»Soll das Ihre Rechtfertigung sein, die Schweigepflicht zu verletzen?«

Theresia fasst ihn am Arm. Ihm wird schwindelig. Er will der Ärztin nicht den Triumph gönnen, ihn am Limit seiner Kräfte zu sehen, außerdem ist es sinnlos. Egal, ob sie oder irgendeine übermüdete Schwester in der Notaufnahme es war, die ihre Klappe nicht halten konnte, es steht nun in der Zeitung, und jeder – erst recht die Leute, auf die es ankommt – wird die Puzzleteile zusammenfügen können. Er holt tief Luft bis zu der eingebauten Grenze in seiner Brust.

Der Atemzug bleibt das Entscheidende schuldig, er hat das Gefühl, als sei zu wenig Sauerstoff in der Luft, wie ein Bergsteiger mit Höhenkrankheit.

»Was wissen wir über diese Leute?«, fragt er Theresia, als sie endlich im Wagen sitzen. Das Cabrio liegt viel tiefer als der Porsche; trotz ihrer Hilfe hat er das Gefühl, beim Einsteigen zu fallen.

»Diese Leute?«

»Weißt schon. Die Leute aus dem Unfall.«

»Warum? Du bist nicht schuld. Du …«

Er schüttelt aufgebracht den Kopf. »Es geht nicht darum. Die Sache ist …« Er sucht nach der richtigen Formulierung. *Eine Katastrophe. Eingetreten zum schlimmstmöglichen Zeitpunkt. Ein Armageddon.* Er holt die Zeitung aus seiner Jackentasche, ohne noch einmal auf die Schlagzeile und das Foto seines zerstörten Porsches zu blicken.

»Die Ärztin hat recht. Nirgendwo ist bislang dein Name aufgetaucht.«

Sie weiß selber, dass das ein schwacher Trost ist. Es gibt nicht allzu viele Männer in Berlin, für die der Titel »stadtbekannter Clananwalt« infrage kommt.

»Ich will nur wissen, wer die sind, diese Leute.«

Sie sieht ihn forschend von der Seite an, wie immer, wenn sie zu wissen glaubt, was in ihm vorgeht. Vielleicht weiß sie es wirklich.

»Natürlich können wir herausfinden, wer die Leute sind, wenn du …« Sie spricht nicht weiter.

»Wenn ich was?«

»Ich weiß nicht. Mit ihnen sprechen willst. Mit dem Mann.«

»Mit ihm sprechen? Warum?«

Die Frage hängt in der Luft. Die Ventile des Wagens sind nicht gut eingestellt, der Motor rasselt, wenn er Gas bekommt. Er hat den Spider zu wenig gefahren diesen Sommer. Für den nächsten Monat ist eigentlich die Tour nach Zypern geplant. Er hat den Wagen längst überholen wollen, den ganzen Sommer lang, aber er war zu beschäftigt. Ohne den Unfall hätte er auch jetzt noch genug Zeit gehabt. Tschechien, Ungarn, Rumänien, Bulgarien und die Türkei, 3000 Kilometer zu den knapp 150 000, die der Wagen schon runter hat. Er hat schon immer von einer solchen Reise geträumt.

»Vielleicht war die Beerdigung noch nicht«, sagt Theresia.

Er entgegnet darauf nichts. Er hat nicht die Absicht, auf eine Beerdigung zu gehen. Als sein Schweigen sogar ihm selbst zu schroff wird, streckt er den Arm aus und legte ihr die Hand in den Nacken. »Wie geht es Natascha?«, fragt er.

»Sie kommt morgen. Sie hat keinen früheren Flug bekommen.«

Er nickt, ohne etwas zu denken. »Gut«, sagte er schließlich. »Gut gut.«

Der Rasen hinter dem Haus ist vertrocknet. Noch ein weiterer Sommer wie dieser, dann wird der Apfelbaum eingehen.

Diese Nummer ist nicht vergeben.

Samson kommt angetrottet. Der Hund ist halb taub und hat einen Hüftschaden. Er bewegt sich nur noch selten von seinem gemütlichen Plätzchen in der Garage weg, erst recht, wenn es so heiß ist. Radomir geht in die Hocke und krault ihm das fettige Fell. Es ist gut, wieder zu Hause zu sein.

Diesmal dauert es viel weniger als fünf Minuten, bis sich Gell zurückmeldet.

»Adi«, sagt er. »Dass ich das noch erleben darf.«

»Es geht mir gut«, sagt Radomir, als hätte Gell danach gefragt. »Dir offenbar auch.«

»Dir ist schon klar, dass du mir das Leben versaust?«

»Ist mein Beruf.«

»Ich bin wohlauf, danke der Nachfrage.«

»Keine Blessuren?« Es ist wie ein Spiel. Anstrengend, aber inzwischen Routine. Radomir hat sich früh entschieden, es mitzuspielen.

»Tatsächlich habe ich mir den Knöchel gebrochen«, sagt Gell ohne erkennbare Regung. »Malleolarfraktur! Keine Ahnung, wie ich das geschafft habe.«

»Ist nicht gut gelaufen«, sagt Radomir unbestimmt. Er fragt sich, ob Gell von dem Zeitungsartikel weiß.

Wie zur Antwort sagt dieser: »Das mit dem Artikel ist natürlich scheiße. 1,1 Promille. Du bist strenggläubiger Muslim, weißt du noch?«

Er weiß es.

Gell ist noch nicht fertig. »Die Toten machen natürlich auch keinen guten Eindruck.«

»Spielt keine Rolle«, sagt Radomir schnell. »Der Promillewert ist ein Problem, richtig. Konnte ich nicht wissen, dass wir uns an diesem Abend treffen.« Er rechtfertigt sich. Wer sich rechtfertigt, hat Unrecht. Er kann nichts dagegen tun. »Hab ich einfach nicht mit gerechnet …«

»Ich hab mich darum gekümmert«, unterbricht Gell ihn.

»Was?«

»Mit dem Krankenhaus hat nur ein Typ von der BZ gesprochen. Ein einziger Reporter. Von dem haben alle anderen abgeschrieben. Wir können den Schaden begrenzen.«

Gell scheint zu erwarten, dass Radomir sich bei ihm bedankt, und tatsächlich besteht Grund dazu. Allerdings gibt es auch gute Gründe, Gell nicht allzu dankbar zu sein.

»Das Wichtigste ist, dass sie nicht abspringen. Kalte Füße bekommen. Hast du in Beirut angerufen?«

»Hatte ich noch keine Gelegenheit zu. Ich rede mit allen.«

Er hört, wie Gell kaut. Vielleicht ist es Einbildung, aber Gell scheint immer zu essen, wenn sie telefonieren. »Du klingst sehr zuversichtlich.«

»Es geht um viel Geld, sie wollen dieses Geschäft genauso wie wir. Sogar mehr, glaub mir. Ich kläre das.« Radomir weiß, wie seine Stimme klingen muss, damit Mandanten Vertrauen zu ihm haben. Immer dann, wenn er etwas behauptet, ohne davon überzeugt zu sein, klingt seine Stimme wie jetzt, heiser und durchsichtig. Dann empfindet er ganz besonders deutlich, dass er ein Lügner ist.

»Bin schon gespannt auf deinen Plan. Vielleicht machen wir demnächst mal einen Ausflug, du und ich«, sagt Gell. Seine Stimme klingt beiläufig. »Ich melde mich.«

Damit ist das Gespräch beendet.

Das letzte Mal saß er in der Hollywoodschaukel, als Natascha noch klein war. Was hat ihn bewogen, sich ausgerechnet jetzt hineinzusetzen, da er weiß, dass Theresia jeden Moment mit ihr ankommen wird?

Er fühlt sich matt und angeschlagen. Vorhin wollte er zu seinem Arbeitszimmer in den ersten Stock hinaufsteigen. Auf der Hälfte des Weges musste er stehen bleiben und schließlich umkehren, weil ihm schwindlig wurde.

Theresia hatte ihn, bevor sie zum Flughafen losgefahren war, eindringlich ermahnt, solche Manöver bleiben zu lassen. »Ich weiß, dass du es dir beweisen willst, und du kannst es ja auch. Aber nicht jetzt. Nicht im Moment.« Sie bemühte sich, nicht so zu klingen, als spräche sie mit einem starrsinnigen Greis.

Er sitzt still und versucht, an nichts zu denken, mit dem Ergebnis, dass alles zugleich auf ihn einstürzt. Die Arbeiten am Haus, im Garten und an seinem Alfa Romeo, die zu lange liegen geblieben sind. Der Ärger mit der Leasingfirma, die erst das Gutachten der Versicherung abwarten will, ehe sie einen neuen Wagen herausrückt. Die Kaufunterlagen für das Haus in Pegeia. Und das alles ist nichts im Vergleich zu seiner größten Sorge. Die größte Sorge bereitet ihm der abgerissene Kontakt nach Beirut. Jalayer hat seine Anrufe bislang nicht beantwortet. Es würde Monate dauern, einen vergleichbaren Kontakt zu knüpfen, wenn es überhaupt noch einmal gelingen würde, an ein so hochrangiges Mitglied der libanesischen Regierung zu kommen, es würde mehr Nerven kosten als zuvor angesichts seines angeschlagenen Zustands, größeres Investment von Zeit und Geld, und es ist gut möglich, dass letztlich nichts dabei herumkommen würde. Unzuverlässigkeit spricht sich herum, dazu sein beschädigter Leumund, den die Meldung verursacht hat. Man wird vorsichtig sein. Vielleicht nicht nur das. Vielleicht wird man ihn meiden.

Natascha sieht blendend aus. Das ist meine Tochter, denkt er stolz, als sie im Garten erscheint. Sie trägt die langen dunklen Haare offen, die Sonnenbrille dient als Haarreif. Ärmelloses Top und Jeans mit hoher Taille, casual; ihr Körper wirkt entspannt und energiegeladen zugleich.

»Bleib sitzen!«, sagt sie, als sie sieht, dass er aufstehen will, aber natürlich kommt das nicht infrage. Er hat sie seit über einem halben Jahr nicht gesehen, von zwei kurzen Gesprächen über Facetime abgesehen. Er versucht, die Schaukel mit den Zehenspitzen zu stabilisieren, damit er sich am Rahmen hochziehen kann. Doch weder bekommt er die

Füße auf den Boden noch die Arme über den Kopf, es ist, als kugele ein Käfer auf dem Rücken umher.

»Bleib doch sitzen!«, wiederholt Natascha, diesmal fast bittend.

»Es ist nichts«, sagt er. »Ich werd doch wohl meine Tochter ...«, und dann rutscht er abermals ab, die Schaukel schwingt nach vorne, und er fällt hart an die Lehne. Natascha stoppt das Schwingen; er schaut zu ihr auf. Die Sonne steht hoch über ihrem Kopf und blendet ihn.

Dann sitzt sie plötzlich neben ihm, so leicht und mühelos wie ein Schmetterling. Sie lächelt. »So geht es auch!«

Aber seine Absichten haben den Bremsweg eines Containerschiffs, er kann sie nicht einfach anhalten.

»Hilf mir doch mal!«, sagt er ungeduldig. »Ich wollte doch sowieso aufstehen!« Theresia kommt hinzu, Natascha steht wieder auf, und zu zweit schaffen sie es schließlich, ihm aus der Schaukel herauszuhelfen und dabei so zu tun, als hätte er es ganz allein geschafft. So ein Unsinn, sich dort überhaupt hineinzusetzen. Das alles ist vorauszusehen gewesen. Er bemerkt den mitleidigen Blick, den Theresia und Natascha sich zuwerfen.

»Da«, sagt er und zeigt auf den gedeckten Tisch auf der Veranda. Es hätte ein ganzer Satz werden sollen, aber ihm fehlt der Atem.

»Ich bin gekommen, so schnell ich konnte«, sagt Natascha.

»Ja«, sagt er und lässt sich, gestützt von den beiden Frauen, auf das Kissen sinken, das Theresia ihm untergelegt hat. »Schon gut«, keucht er. »Es geht schon.«

»Die Ärztin sagt, dass er in ein paar Tagen wieder Marathon laufen kann«, sagt Theresia. »In der Reha kann er sich dann richtig hängen lassen.«

Er verzieht das Gesicht. Eine Reha kommt nicht infrage.

Theresia weiß das ganz genau. Er hat aber keine Kraft, sich jetzt darüber zu streiten. »Wie war der Flug?«

»Gut«, sagt Natascha. »Die Kontrollen sind heftig gewesen.« Sie erzählt, dass zwei Leute vom Zoll sie nach der Landung in Tegel in einen Raum geführt und dort ihr Gepäck durchsucht haben.

»Zoll?«, fragt er.

»War ja nicht das erste Mal«, sagt Natascha und bindet ihr Haar hinten zusammen. Er weiß nicht, ob das ein Vorwurf an seine Adresse ist.

»Schikane«, sagt er unbestimmt und nimmt ein Stück Kuchen. Er schmeckt süß und herrlich, nach Zitrone und Schokolade. Jetzt erst spürt er, dass er die ganze Zeit Hunger gehabt hat. »Hast du nicht Prüfungen?«

Natascha scheint sich für den Kuchen nicht zu interessieren. »Ich recherchiere für meine Diss«, sagt sie. »Interviews. Mit Überlebenden und ihren Kindern. Ich war gerade in Banja Luka, als Mama angerufen hat. Ich musste dann erst irgendwie nach Tuzla zum Flughafen …«

Radomir sieht auf. »Ich dachte, du bist in England. In London.«

»Nein, ich bin seit drei Wochen in Bosnien.«

»Hatte ich dir erzählt«, sagt Theresia ohne merklichen Vorwurf.

Er nimmt die Kaffeetasse. Der Inhalt schwappt über und sammelt sich in der Untertasse. »Dissertation? Jetzt schon?«

»Manche sind alt. Und krank. Sie kriegen nichts vom Staat, weil der ihre Ansprüche nicht anerkennt. Wer das ändern will, muss sich beeilen.«

Sie sieht ihn an, dann ihre Mutter, dann wieder zurück zu ihm. Nicht herausfordernd, aber auch nicht kleinlaut. »Nicht alle hatten so viel Glück wie du und Mama.«

»Und du«, sagt Theresia in einem Ton, den er gut kennt. Ihre Privilegien lässt sie sich ungern vorwerfen, am wenigsten von ihrer Tochter.

»Ja«, sagt Natascha, als wenn nichts wäre. »Ich auch.«

Eine Wespe fliegt neugierig heran und umkreist seinen Teller. Er scheucht sie mit der Hand weg, aber sie lässt sich unerschrocken auf seinem Tellerrand nieder.

»Wenn es überhaupt mit Glück zu tun hat«, setzt Theresia nach. »Wir sind nicht einfach weggelaufen. Wir waren mutig und fleißig und haben uns etwas aufgebaut.« Sie klingt dabei weniger defensiv als angriffslustig.

»Sicher. Aber viele hatten keine Gelegenheit dazu«, beharrt Natascha. Auch in ihrer Haltung sieht er Unnachgiebigkeit. Nur gut, dass ihm nicht nach Grabenkämpfen zumute …

Da saust am Rande seines Gesichtsfeldes die Zeitung nieder, die auf dem freien Stuhl neben Theresia gelegen hatte. Seine Gabel springt hoch und fliegt durch die Luft, die Wespe ist tot.

»Jetzt geht das wieder los mit diesen Viechern«, sagt Theresia wie zur Rechtfertigung.

»Ich dachte, du bist in England«, wiederholt Radomir. Eine Pause entsteht; möglich, dass Natascha und Theresia sich ansehen, um zu entscheiden, ob sie das Thema fortsetzen wollen oder nicht.

»Bis zu fünfzigtausend Euro Geldstrafe«, sagt Natascha, während Theresia die Gabel aufhebt. »Wespen stehen unter Artenschutz. Keine Angst, ich werde dich nicht verpfeifen.«

»Als Nächstes erklären sie Tuberkulose zum Weltkulturerbe«, sagt Radomir.

Natascha lächelt; die gereizte Stimmung ist verflogen.

»Es ist bestimmt schwer für dich gerade«, sagt sie vorsichtig an seine Adresse.

»Na. Hörst ja, was deine Mutter sagt. In einer Woche laufe ich wieder Marathon.«

Sie bleibt ernst. »Ich meinte … generell. Das mit der Familie.«

Er nickt. »Traurig.«

»Machst du dir Vorwürfe deswegen?« Sie sieht ihn an, aufrichtig neugierig. Die Frage findet er dennoch infam.

»Natürlich nicht. Ich mache mir keine Vorwürfe. Was sollte ich mir vorwerfen? Ich hatte einen Herzinfarkt.«

»Ich dachte, vielleicht fühlst du dich …«

»Mir muss niemand sagen, wie ich mich zu fühlen habe. Das ist meine Sache. Ich kenne diese Leute nicht, habe nichts mit ihnen zu tun.« Fast hätte er gesagt: Sie sind mir egal.

Er muss sich beruhigen. Schon wieder steigt Schwindel auf, und wenn ihm schwindlig ist, kann er nicht klar denken, und wenn er nicht klar denken kann, kann er keine Probleme lösen. Er muss die wichtigen Dinge im Blick behalten. Er muss die wichtigen Dinge von den unwichtigen unterscheiden. Er muss die unwichtigen Dinge ignorieren.

8|8

Und trotz allem ist noch immer Sommer.

Die Trauerrednerin listet die Meilensteine aus Veras und Mats' Leben auf: Die Reiseleidenschaft zum Beruf gemacht; die Kinder unterwegs zu Hause; das gemeinsame Familienleben ein Traum von grenzenloser Freiheit. Je länger sie redet, desto weniger erkennt Jonas die Frau und das Kind, an deren Seite er gelebt hat. Der Ton der Rednerin, überhaupt die Form der Trauerrede machen aus ihrer vertrauten, reichen, nicht selten antithetischen Beziehung eine Art ungelenken Schüleraufsatz. Dabei benutzt sie teilweise seine eigenen Formulierungen oder das, was sie davon aufgeschrieben hat. *Wo Vera erschien, da war plötzlich Licht und Wärme, da war ein Lachen. Sie konnte niemanden kränken, sogar wenn sie es versuchte. Bei all ihrem Geschäftssinn standen ihre Mitmenschen immer an erster Stelle.* Das alles klingt jetzt so profan wie Beschreibungen aus einem kostenlosen Drogerie-Fachblatt. Es gelingt ihm nur schwer, durch die Rede irgendeine emotionale Verbindung zu Vera und Mats aufzunehmen. Wo sind die unzähligen beiläufigen Momente, so flüchtig, dass die Erinnerung daran tief in seinem Körper gespeichert ist, unzugänglich für sein Gedächtnis? Gibt es überhaupt irgendein anderes Medium als den Körper, das diese Flüchtigkeit für ein ganzes Leben aufbewahren könnte? Weder Fotos noch Videos können Bilder vom blinden Vertrauen zwischen ihnen liefern, von ihrer tiefen Vertrautheit, von der Intensität ihres Begehrens. Der Text der Rednerin lässt alles Wesentliche aus: Auf wie viele Arten Vera ihm Halt gab, ihre Sorgfalt und Chuzpe, ihre zärtliche Ironie, wenn er nach drei Gläsern Wein ihre gemeinsame Familie pathetisch zu seiner »Rettung« erklärte. Die grenzenlose Geduld, die Vera den Jungs entgegenbrachte, wenn seine Nerven am dritten Regentag in Folge längst zu zerreißen drohten. Was die Rednerin salbungsvoll würdigen will, wirkt wie ein Leben, an dem er nie teilgehabt hat. Und was in ihrer Rede von Vera und Mats übrig bleibt, ist nichts als ein stumpfer Abglanz dessen, was war. Dass er in dieser ganzen Prozedur, die nicht seine Idee war, sein altes Leben als den Stichwortzettel einer mäßig inspirierten Vortragskünstlerin heruntergerattert bekommt, ist nichts anderes als eine demütigende Grausamkeit.

Bezahlte Fremde sind es auch, die die Särge zur Grabstelle tragen. Hinter ihnen Enno und er, Robert und Marlene, dann mit weitem Abstand niemand, so als strahle von ihnen etwas ab, das für gewöhnliche Menschen toxisch ist. Dadurch wird ihm die Tiefe seiner Trauer noch bewusster. Robert stützt Marlene, oder sie ihn. Jonas hält sich selbst aufrecht, er geht in Ennos Tempo, wenngleich er es vermeidet, seinen kleinen Sohn neben sich anzusehen. Ennos Hand in seiner wiegt schwer. Zusätzlich zu seinem eigenen muss Jonas auch den Schmerz des Jungen auf sich nehmen. Er zwingt sich weiter, bis sie beim Aushub angekommen sind.

Die Rednerin sieht würdevoll aus und wie jemand, der aufrichtig um Vera trauert. Aber ihre Anteilnahme ist eine professionelle Fassade, und das Wenige hinter dieser Fassade wird schon am Nachmittag wieder vergessen sein. Jonas würde gern glauben, dass aus den Versen, die er ausgesucht hat und die die Rednerin nun frei vorträgt, Veras Geist heraustritt und für alle sichtbar wird. Dass es nicht möglich ist, macht den Versuch unerträglich. Er hat Beerdigungen immer gehasst. Jetzt knallt die Sonne auf sie herunter, und er schwitzt erbärmlich unter seinem schwarzen Jackett. Irgendwo singen ein paar Vögel.

Als er aufsieht, streift sein Blick Ennos tränenüberströmtes Gesicht. Jonas weiß, er müsste etwas tun, sich hinhocken und seinen Sohn zu sich ziehen, einen stillen Raum um sie erzeugen, nur einen kleinen Moment lang. Aber er bleibt stehen, als seien seine Knie für diese Bewegung nicht vorgesehen. Gleichzeitig kommt er sich schäbig und gemein vor. Er wünscht sich, er wäre tot anstelle von Vera.

Wieder greift Enno nach seiner Hand.

Sie sind schon auf dem Rückweg zur Kapelle, als eine Frau ihn anspricht. »Verzeihen Sie. Ich bin hier, um Ihnen im Namen meines Mannes unser aufrichtiges Bedauern mitzuteilen.«

»Ihres Mannes?«

Die Frau wirkt einen Moment verunsichert, fasst sich dann aber, als nähme sie all ihren Mut zusammen. »Er war der Fahrer.«

Jonas braucht einen kleinen Moment, um sich zu sammeln. Enno steht neben ihm, seine Schwester wartet in Hörweite, bereit, den Weg gleich fortzusetzen. Er beugt sich zu Enno hinunter.

»Geh schon mal zu Esther. Ich komme gleich nach.«

Er sieht Enno an, dass er nicht gehen will, aber er schiebt ihn sanft von sich.

»Was wollen Sie?«

»Mein Mann bedauert sehr, was geschehen ist.«

Jonas sieht der Frau fest in die Augen. Sie versucht offenbar, jünger auszusehen, als sie ist – ohne großen Erfolg. Ihre Haare sind auf eine Weise blondiert, dass Jonas auch ohne ihren Akzent auf Osteuropa gekommen wäre. Sie trägt aufdringliches Make-up, ein zu knappes schwarzes Kleid und Goldschmuck. Alles an ihr sieht nach schamlos neureichem, schlechtem Geschmack aus.

»Er bedauert es wohl so sehr, dass er Sie vorgeschickt hat«, sagt Jonas.

Sie schlägt die Augen nieder, es wirkt wie einstudiert. »Meinem Mann geht es sehr schlecht. Er hat einen Herzinfarkt gehabt. Dadurch ist der Unfall passiert. Es tut ihm sehr leid.«

»Ein Herzinfarkt«, sagt Jonas. Es klingt, als wiederhole er ein längst widerlegtes Gerücht, das dadurch seine Absurdität von ganz allein offenbart. Er ist im Begriff, sich wortlos wieder Esther und Enno anzuschließen, die in einiger Entfernung auf ihn warten, da holt die Frau etwas aus ihrer Handtasche. Einen Umschlag. »Mein Mann möchte, dass ich Ihnen das gebe.«

»Was ist das?« Er sieht auf den Umschlag wie auf die Schatulle einer Duellpistole.

Unter ihm bewegt sich die Erde. Ameisen schleppen einen Käfer fort, der um ein Vielfaches größer und schwerer ist als jede einzelne von ihnen. Sie ahnen nicht, dass der Fuß eines noch weitaus größeren Lebewesens ihren Bemühungen achtlos ein Ende setzen könnte. Da sie es nicht ahnen, haben sie keine Angst.

»Nehmen Sie es. Bitte. Es ist ein Zeichen seiner Anteilnahme.«

Jonas sieht den Umschlag an und hebt dann entgeistert den Blick. »Ist das Geld? Sie wollen mir Geld geben?«

Die Frau zeigt ein Lächeln, eine Fratze unter all ihrer Schminke. »Wir wissen, in was für einer schwierigen Lage Sie sind. Mein Mann will Ihnen helfen.«

Jonas ist sprachlos. In einem unwillkürlichen Schwall steigen Abscheu und Hass in ihm hoch wie Magensäure. »Scheren Sie sich bloß weg. Ich will Ihr Geld nicht.«

»Sie dürfen das nicht missverstehen«, beginnt die Frau und tritt einen Schritt auf ihn zu.

»Scheren Sie sich weg!« Er ist nicht nur lauter geworden, er schreit.

Esther und die anderen beobachten ihn und kommen zögerlich in seine Richtung.

»Nehmen Sie Ihr verdammtes Geld und gehen Sie mir aus den Augen, oder …« Er bricht ab, dreht sich um und lässt sie stehen.

Er ist in einem Tunnel. Ein Tunnel aus Glas, unter Wasser, aus dem heraus man die Korallenwelt und bunte Fische über sich beobachten kann. Statt Fischen schwimmen Menschen vorüber, Menschen, die er zum Teil Jahre nicht gesehen hat. Mette und Ramona aus Hamburg sind da, mit denen Vera studiert hat, Veras Bruder mit seiner Frau und seinen Kindern, die in Delft leben, ein paar Onkel und Tanten, deren Namen er weiß oder mal gewusst hat, dann ihre Freunde aus Berlin, die hauptsächlich Veras Freunde sind: Annika Zobel, die bis vor Kurzem mit seinem Freund Henning liiert war und die er aus irgendeinem Grund immer bei ihrem vollen Namen genannt hat; Mesut, mit dem Jonas zur Schule gegangen ist und Musik gemacht hat, und natürlich Esther. Er sieht all diese Menschen mehr aus den Augenwinkeln.

Das Lokal war ebenfalls nicht seine Idee. Er hatte dieses rituelle Besäufnis einmal bei seinem Opa mütterlicherseits miterlebt, als Kind. Durch das Erzählen von Anekdoten gemeinsamer Erlebnisse hatte sich irgendwann die Spannung gelöst und sogar Heiterkeit Einzug gehalten. Als Kind hatte er es erleichternd gefunden, dass man seiner Traurigkeit zum Trotz essen durfte, trinken, sogar lachen. Er wünscht Enno, der neben ihm sitzt und genauso leer vor sich hinstarrt wie er damals, dass er heute eine ähnliche Erfahrung machen wird.

Aber niemand lacht. Niemand erzählt eine Geschichte. Marlene und Robert unterhalten sich leise mit Veras Bruder, aber ansonsten ist es verlegen still. Tassen klappern, einige kauen Brötchen mit Käse oder Aufschnitt, darauf saure Gurken. Er bekommt keinen Bissen herunter. Worüber soll er reden? Mit wem? Würden ihm überhaupt Wörter einfallen, und würde er es zuwege bringen, sie auszusprechen? Es fühlt sich mühsam und zwecklos an, hier zu sitzen, wenn man den eigentlichen Zweck nicht erfüllen kann: Die Trauer zu teilen.

Anfangs hatte Vera unerreichbar auf ihn gewirkt, in ihrer Souveränität geradezu hochmütig. Nur wenig später hatte er entdeckt, dass er sich in ihrer Gegenwart keineswegs unzureichend und klein fühlte, wie er befürchtet hatte, sondern dass die Kraft und Zuversicht, die sie ausstrahlte, auf ihn überging, wenn er mit ihr zusammen war. Jetzt, unter all diesen Menschen, versinkt er in dem Bewusstsein, wie sehr Vera ihm fehlt, wie sehr sie ihm sein ganzes restliches Leben lang fehlen wird.

Er steigt die Treppe zur Toilette hinunter und nimmt eine Neurexan. Als er wieder heraufkommt, hält Marlene eine Tischrede. Wie ein unversehrtes Stoppschild, das unter den Trümmern eines Hurrikans als einziges aufrecht stehen geblieben ist, denkt er den Satz: *Sie hat damit in dem Moment angefangen, als ich rausgegangen bin.*

Er findet nicht hinein in ihre Rede, die, soviel ist zu spüren, improvisiert ist und kaum inneren Zusammenhang hat. Er merkt auf, als sie sagt: »Wir haben Jonas angeboten, Enno eine Weile zu uns zu nehmen, bis er wieder in der Lage ist, sich um ihn zu kümmern.«

Hat sie das wirklich gesagt? Er sieht auf, sucht den Blick seiner Schwester, ob auch sie es gehört hat, dann den seines Sohnes, der aber ebenso teilnahmslos vor sich hinbrütet wie noch zuvor.

Dann sind die Teller abgeräumt. Er trinkt aus einem Glas Bier. Er fragt Enno: »Hast du das auch gehört? Was Oma da vorhin gesagt hat?«

Enno zuckt verunsichert die Achseln.

Er steigt die Treppe noch einmal herunter und schließt sich auf der Toilette ein. Das Bier summt in seinen Ohren; seine Betrunkenheit am helllichten Tag verwirrt ihn. Als er herauskommt, steht Annika an dem Zigarettenautomaten im Durchgang. »Jonas«, sagt sie und lächelt mitfühlend. »Darf ich dich mal in den Arm nehmen?«

Ihre Berührung tut gut. Als würde man sich an einem kalten Tag in eine Badewanne voll wohlriechendem, warmem Wasser gleiten lassen und ganz leicht werden. Als er sich löst, fällt sein Blick auf ihre Schuhe, Onitsuka Tiger. Das Bild eines einzelnen Schuhs blitzt vor ihm auf, ein einzelner Schuh auf dem Rasen vor ihrem Haus. »Die hatte Vera auch«, sagt er.

Dann raucht er draußen mit Annika einen Joint, den sie ihm angeboten hat. Sie erzählt von einer Ausbildung zur Heilerzieherin, die sie begonnen hat, und sagt, dass er sie jederzeit anrufen könne, egal um welche Uhrzeit. Er lässt sich von der Kellnerin ein weiteres Bier nach draußen bringen, als sei er hier Gast. Was zutrifft.

»Hier bist du!« Robert scheint ihn gesucht zu haben. Sein Blick ist missbilligend; Jonas kann nicht sagen, ob die Missbilligung ihm, dem Joint oder noch etwas anderem gilt. Es ist ihm egal. Er ist wütend, wenn auch eher auf Marlene.

»Dieser Scheck«, sagt Robert. »Du musst vor Gericht gehen!« Seine weise Sanftheit, die Jonas immer bewundert hat, ist einer finsteren Entschlossenheit gewichen. »Das ist ganz eindeutig ein Bestechungsversuch. Der Mann hat Dreck am Stecken. Du darfst dich auf keinen Fall darauf einlassen. Wenn du Geld brauchst …« Er spricht nicht weiter. Marlene hinter ihm nickt. Ihr Gesicht sieht verheult und kränklich aus.

»Überleg es dir noch mal«, sagt sie.

Was soll er überlegen? Worüber hatten sie zuletzt gesprochen? Widerwillig dreht er sich weg.

Mesut fasst ihn bei der Schulter. »Alter«, sagt er leise und umarmt ihn. »Wenn du was brauchst.«

Es rührt ihn an, dass man ihm Hilfe anbietet; Menschen, die lange verschwunden waren, sind plötzlich wieder aufgetaucht. Aber was er braucht ist tiefer, langer Schlaf, an dessen Ende er sich in nichts aufgelöst haben wird.

8|8

Er war dagegen gewesen, den Spider einer solchen Strapaze auszusetzen, ohne ihn vorher gründlich zu warten. Aber jetzt ist er verwundert, wie dankbar der Oldtimer die Herausforderung annimmt. Das Verdeck lässt sich reibungslos öffnen; außer dem Rasseln der Ventile hört er kein Schleifen und kein Klopfen, abgesehen von dem Wagenheber im Kofferraum, der bei jeder Bodenwelle auf sich aufmerksam macht. Die Strecke ist herrlich, besonders, als Natascha bei Landsberg die Autobahn verlässt und für die letzten 20 Kilometer die Landstraße nimmt. Es gibt nichts Besonderes zu sehen; andererseits sieht man Kühe, reife Maisfelder oder gepresste Heuballen in der Stadt nur selten. Die hügeligen Felder mit ihren alten Gehöften, die totale Abwesenheit alles Großstädtischen genügen schon, um ihn zu entspannen.

Die Fahrt war lang und anstrengend, nicht nur wegen der harten Federung des Wagens, auch wegen des vielen Redens. Ihm ist nicht nach reden. Er möchte keine Fragen zu seinem Gesundheitszustand beantworten und sich auch nicht dafür rechtfertigen, dass er die Beerdigung dieser Leute nicht besucht hat. Natascha ist zu rücksichtsvoll, als dass sie es direkt ansprechen würde, aber schon allein diese Rücksichtnahme bringt ihn auf. Er sieht, dass sie ihm seine Begründung – sein körperlicher Zustand – nicht abnimmt. Sie ist enttäuscht von ihm. Aber er ist nicht verantwortlich für ihre Enttäuschung, ebenso wenig, wie er für den Tod dieser Menschen verantwortlich ist. Jetzt, da es ihm besonders schlecht geht, ist er zunächst für sich selbst verantwortlich.

Um das Thema zu vermeiden, spricht sie von ihrem Studium an der London School of Economics and Political Science. Er hat sie danach gefragt, aber ihre Antwort gerät viel ausführlicher, als ihm lieb ist. Es fällt ihm schwer, ihrem Thema – Hemmnisse der Entschädigung von Opfern sexualisierter Kriegsgewalt in Bosnien und Herzegowina – etwas anderes als Unwillen entgegenzubringen, schon gar nicht wohlmeinende väterliche Unterstützung. Višegrad, Prijedor, Banja Luka: Von allen Orten, die ihr von London aus offen stehen, kehrt sie ausgerechnet dorthin zurück, woher sie gekommen ist. Er versteht es nicht. Das Unverständnis beruht allerdings, wie er ebenfalls deutlich spürt, auf Gegenseitigkeit.

Auf dem Papier sind ihre Fachgebiete nicht so weit voneinander entfernt – Wirtschafts- und Finanzrecht versus sustainable governance –, aber praktisch (und ethisch) gesehen sind es völlig gegensätzliche Disziplinen. Natascha weiß, was er tut, selbst im Ausland gibt es keine Möglichkeit, darüber hinwegzusehen. Bislang haben sie es wie ein offenes Geheimnis behandelt, über das nicht geredet werden muss. Ihm ist schon lange klar, dass das nicht ewig so bleiben kann.

»Der Mann, der vorgestern bei dir war«, sagt sie vorsichtig, ohne ihren Blick von der Straße zu nehmen. Links weht eine Natursteinkirche vorüber, vor der, wie Pferde vor einer Tränke, drei schwere Motorräder geparkt stehen. »Wer war das?«

Er ist sich sicher, dass sie genau weiß, wer es war. »Ein Mandant.«

»Ach, komm.« Sie versucht, ihre Stimme beiläufig klingen zu lassen, aber ihr Blick ist etwas zu konzentriert auf den nicht vorhandenen Verkehr gerichtet.

»Du weißt genau, dass ich das nicht sagen kann, Natascha.«

»Nicht mal mir?«

»Niemandem. Entweder man nimmt seinen Beruf ernst, oder man tut es nicht. Wirst du noch lernen.«

»Es steht ja in den Zeitungen, wen du verteidigst. Das war dieser Khaled, oder? El-Halabi.«

Er bemüht sich um ein Lächeln. »Was soll das, Natascha?«

»In London nennen mich alle Natalie.«

Er stutzt. »Warum denn?«

»Weil ich dort so heiße.«

»Was bedeutet das? Ist das ein Spitzname? Oder hast du dich so vorgestellt?«

»Ich mag Natascha nicht besonders.«

»Seit wann?«

»Schon immer.«

Er hört das zum ersten Mal. Will sie ihn provozieren?

»Du hast ja all dieses Zeug über ihn in den Zeitungen gelesen. Zeitungen lieben Monster.«

Sie sieht ihn kurz an, als habe sie Angst, den Blick von der Straße zu nehmen. Ihm ist schon die ganze Zeit aufgefallen, dass sie außerordentlich langsam fährt, sogar für eine Frau. Das ist in Ordnung. Er hat es nicht eilig.

»Er schüchtert Leute ein, Papa. Vor laufender Kamera. Schlägt Journalisten nieder. Und keiner traut sich, was zu sagen. Er macht sich über unsere Gesetze lustig. Ich verstehe nicht …«

»Natascha.«

»Und dann kommt er zu uns nach Hause und brüllt dich an. Das ist ein Gangster, ein Asozialer, und du weißt das.

Wieso erlaubst du so jemandem, in unser Haus zu kommen und dich anzubrüllen?«

Radomir will Einspruch erheben; Khaled hat keinesfalls gebrüllt. Er war lediglich aufgeregt gewesen, verständlich bei allem, was auch für ihn auf dem Spiel steht. Aber er verschluckt sich, hustet und greift sich an die Brust. Er hat keine Schmerzen; er tut es trotzdem.

»Entschuldige. Ich will nicht, dass du dich aufregst. Bitte entschuldige. Ich lass es sein.«

Sie fahren an einer Hügelkette vorüber. Oberhalb eines Weinhangs, hoch über einer kleinen Zitadelle, kreist ein Bussard. Er glaubt, dass es ein Bussard ist. Bei der Vorstellung, dass der Vogel das gesamte Gelände unter ihm überblicken kann und dabei jede noch so kleine Bewegung wahrnimmt, spürt er so etwas wie Erhabenheit.

»Das ist vielleicht schwer zu verstehen für dich«, sagt er schließlich. Er wartet auf eine Antwort, so als hätte er eine Frage gestellt.

»Schutzgeld, Drogen, Zuhälterei, das verstehe ich sehr gut. Natürlich brauchen auch solche Leute Anwälte. Ich erkenne ja an, dass auch diese Leute ein Recht auf Beistand haben. Das weiß ich alles. Aber« – hier sieht sie ihn länger an als zuvor, als sei ihr der Verkehr jetzt egal – »die meisten der Frauen sind jünger als ich. Weit jünger. Manche sind noch halbe Kinder. Sie sind ihm völlig ausgeliefert. Er verspricht ihnen das Blaue vom Himmel, holt sie ins Land und lässt sie anschaffen gehen, bis sie nicht mehr können.«

Er lächelt nachsichtig. »Mein liebes Kind. Beschuldigen kann jeder jeden. Das ist leicht.«

»Das sind nicht nur Beschuldigungen. Jeder weiß, dass er das macht. Er ist ja sogar stolz darauf. Du kannst mir nicht erzählen, dass du das nicht siehst.«

»Objektivität in der Presse ist ein unerreichtes Ideal.« Es soll salbungsvoll klingen, aber es ist ein Satz, den er bei solchen Gelegenheiten hinter sich ins Schloss wirft wie ein schmiedeeisernes Gartentor.

Natascha versucht, sich ihren Ärger nicht anmerken zu lassen. »Genau wie in der Strafverteidigung.«

Auf die Vehemenz ihrer Vorwürfe ist er nicht vorbereitet.

»Khaled hat viele Anwälte«, sagt er und weiß, dass sie durchschaut, dass es ebenfalls ein Manöver ist. »Ich habe mit Strafverfahren schon lange nichts mehr zu tun.«

»Aber du arbeitest für ihn.«

»Ein Anwalt muss nicht die Wertvorstellungen seiner Mandanten teilen. Ein Anwalt ...«

»Lass das, Papa!« Ihr Ton ist unerwartet scharf.

Er setzt neu an. »Wie gesagt: Ich arbeite für viele Menschen.«

Das ist nah an der Wahrheit. Er würde ihr gern sagen, für wen er arbeitet. Dass er es nicht kann, ist ein Gefühl, als stecke er in einer Straße fest, die sich von beiden Seiten als Sackgasse erweist. »Wir alle müssen unsere Arbeit tun, ob es uns gefällt oder nicht.«

»Ja«, sagt sie. »So ist das wohl.«

Die Rehaklinik liegt am Ammersee. Ein altes Kloster. Der Empfang verspricht höchste Servicequalität. Ein kurzer Begrüßungstext auf einer gravierten Messingtafel führt in die geschichtlichen Stationen des Klosters ein: Augustiner, Dominikaner, religiöse Fanatiker vergangener Zeiten, um schließlich zur Fortschrittlichkeit der heutigen Behandlungsansätze zu kommen: »Denn oberste Priorität hat immer der Mensch in seiner Individualität.« Radomir muss bei der Selbstgewissheit dieses Satzes lächeln: eine naive

Behauptung, die sich als bewiesener Grundsatz verkleidet. Man hat ihn an einen Ort geschickt, wo behütete Menschen ihre Arglosigkeit feiern.

Im Klostergarten wachsen bunte Pflanzen – Gladiolen, Stiefmütterchen, Rizinusbäume –, denen die Dürre der wirklichen Welt nichts anzuhaben vermag. Das Gemäuer ist weiß getüncht und in tadellosem Zustand, der Innenausbau wurde mit modernem Sachverstand der alten Bausubstanz angepasst, die Bewässerungsschläuche für die Beete hat man unter den Kies versenkt. Viel Geld ist dezent, aber für das geschulte Auge deutlich sichtbar investiert und verbaut worden. Er versteht, warum Theresia ihn so sehr genötigt hat, es wenigstens zu versuchen.

Sein Zimmer ist ausgesprochen komfortabel. Schichtholzmöbel kombiniert mit antiken Stücken, USB-Anschlüsse in den Wänden, moderne Badezimmer-Armaturen und farbige LEDs mit Sprachsteuerung. Natascha stellt seinen Trolley vor dem Kleiderschrank ab und macht Anstalten, sich von ihm zu verabschieden.

»Es wird bald dunkel.«

»Willst du nicht noch etwas essen?«

Sie schüttelt den Kopf.

»Du könntest hier schlafen.«

Sie sieht sich im Zimmer um. Es gibt ein Sofa, Zweisitzer, und ein Einzelbett.

»Sicher ließe sich eine Lösung finden«, sagt er. Will er tatsächlich, dass sie bleibt? Oder ist es nicht eher pflichtschuldig-väterliche Sorge, mehr noch eine Art Entschuldigung für den Verlauf ihrer Unterhaltung vorhin? Er fühlt sich müde und ausgelaugt. Aber jetzt ist es gesagt.

»Eine Kleinigkeit zu essen könnte ich schon vertragen«, lenkt Natascha ein.

Das Café ist eher hochpreisiges Restaurant als Krankenhauskantine. Sie essen Dorade mit Salzkartoffeln und grünem Spargel, dazu stilles Heilwasser. Als sie fertig sind, begleitet er sie zum Parkplatz, aber anstatt gleich in den Wagen zu steigen, geht sie mit ihm noch gemeinsam hinunter zum Ufer, wo man von der Seepromenade auf die imposante Bergkette der Voralpen sehen kann. Die Hitze des Tages lässt langsam nach. Auf dem See tutet einer der Ausflugsdampfer, die sich zum letzten Mal an diesem Tag zur Anlandung bereitmachen.

Das Gespräch von vorhin ist noch nicht beendet, aber er will es auch nicht wieder aufnehmen.

»Warum«, beginnt er dennoch, sucht die richtigen Worte und findet sie nicht, »warum vergeudest du deine Zeit mit so etwas? Dieses Thema?«

Sie scheint mit der Frage gerechnet zu haben. Mehr noch: Ihr Lächeln, das keine Spur von Verunsicherung zeigt, verrät ihm, dass sie stolz ist. »Es liegt doch nahe, dass mich das beschäftigt«, sagt sie. »Bei unserer Geschichte. Eurer und meiner.«

»Der Krieg ist vorbei. Du solltest …«

Sie fällt ihm ins Wort. »Für einige ist er nicht vorbei.«

Er schüttelt den Kopf. »Diese Reparationen. Das ist nichts als Politik. Das sind doch alles Leute, die …« Er zögert. Er ist unbedacht weit hinausgeschwommen, jetzt muss er selber dafür sorgen, wieder ans sichere Ufer zu gelangen. »Politisches Kapital daraus schlagen wollen.«

Sie runzelt die Stirn. »Das sagst ausgerechnet du?«

»Ich sage das. Ich habe keine Vergewaltigungen gesehen.«

»Okay, aber … okay.«

Der Graben, den die Zeit zwischen damals und jetzt ausgewaschen hat, breiter und immer breiter, sodass zuletzt von seiner Seite aus die andere kaum noch zu sehen war, ist innerhalb eines Augenblicks verschwunden. Plötzlich ist es wieder 1992, er ist in Omarska, er riecht den schweren Lehmboden, den Gestank ungewaschener und hungriger Männer, den trockenen, unbedarften Geruch von Kalk.

»Weil du im Männertrakt warst. Deswegen hast du nichts davon mitbekommen. Ich meine, wie kannst du wissen, was bei den Frauen war? Dich haben sie auch schlecht behandelt. Sie haben euch hungern lassen. Geschlagen. Schikaniert.«

»Ist lange her, das.«

»Das ist lange …? Ist das dein Ernst?«

Er spürt ihre Empörung, ihren Wunsch nach Bestätigung dieser Empörung. Erst jetzt erkennt er die Falle, in die er getappt ist. Er wollte dieses Thema nicht anschneiden, es ist viel zu gefährlich. Wie konnte er so sorglos sein?

»Wenn es schlimm war, dann war es schlimm für mich, Natascha. Und für deine Mutter. Aber nicht für dich. Wir waren in dem Lager, nicht du. Und jetzt ist es vorbei.«

Aber sie lässt sich nicht einschüchtern. »Für die Frauen ist es nicht vorbei. Und auch nicht für die Kinder, die sie bekommen mussten. Ich habe sie getroffen, Papa. Viele von ihnen. Alle, die ich finden konnte. Ich habe Glück gehabt, aber sie nicht. Sie gehören nirgendwo hin. Manche wissen bis heute nicht, wer ihre Eltern sind. Und die, die es wissen, wüssten es lieber nicht. Für sie ist es kein bisschen vorbei.«

Ihre Zurechtweisung beeindruckt ihn, auch wenn sie anmaßend ist. Eine Bank erscheint am Wegesrand; er ist außer Puste und würde sich gern setzen. Doch er bleibt stehen, betrachtet den See, gibt sich versunken.

Sie ist noch nicht fertig. »Hast du je an Rache gedacht?«

»Woran?«

»Rache. An denen, die dich eingesperrt haben. Dich und Mama.«

»Wozu?«

Sie denkt nach, aber nur sehr kurz; sie hat es offenbar schon viele Male getan. Sie weiß, worauf sie hinauswill. »Um dich nicht mehr als Opfer zu fühlen. Um deine Selbstachtung wiederherzustellen.«

Er antwortet nicht. Stattdessen dreht er sich langsam um und tritt den Rückweg an. Er sieht keinen Grund, mit seiner Tochter über seine Selbstachtung zu sprechen.

»Manche der Frauen haben Rachefantasien«, sagt Natascha, ohne sein Signal zu akzeptieren und das Thema zu beenden. »Manche wünschen sich, nicht mehr untätig sein zu müssen. Das ist für viele Opfer ein Thema: Selbstermächtigung.« Jetzt doziert sie.

»Selbstermächtigung«, wiederholt er, als würde er einen glitzernden Stein auf seinen Goldgehalt prüfen. »Wozu ermächtigt man sich, wenn man sich rächt? Was für eine Art Macht hat man dann?«

Auch die Antwort darauf steckte schon im Lauf. »Die über die eigene Geschichte.«

In einem Ton, als würde er das Thema endgültig abschließen wollen, sagt er: »Meine Meinung ist, diese Menschen sind keine Studienobjekte.«

Aber Natascha weigert sich, klein beizugeben. »Es geht nicht nur um mein Studium. Diese Frauen haben eine Geschichte, und sie muss erzählt werden. Immer und immer wieder. Weil die Täter ihre Schuld nicht anerkennen. Du hast sie selber gesehen in Den Haag: Milošević, Mladić, der jahrelang unbehelligt in Serbien gelebt hat, als Held gefeiert sogar, genauso wie Karadžić, der sich bis heute als Friedensstifter des Balkans bezeichnet. Du weißt ja, erst im März ist seine Berufung endgültig abgelehnt und sein Strafmaß auf lebenslänglich heraufgesetzt worden. Ich war natürlich nicht beim Prozess, aber ich war zu der Zeit in Bosnien. Du kannst dir nicht vorstellen, wie groß die Erleichterung bei den Opfern war. Und trotzdem ist er noch immer von seiner Unschuld überzeugt. Wirklich überzeugt. Er glaubt selbst an die Lügen, die er erzählt. Weil er muss. Weil die Schuld ihn sonst unter sich begraben würde. Während die Opfer lebenslänglich leiden, klammert er sich an seine Geschichte, um sich weiter seine Unschuld einreden zu können.«

Er hat sich mit kleinen Schritten von ihr entfernt. »Das weißt du nicht.«

Sie verzieht das Gesicht. »Du willst mir nicht erzählen, dass sie Scham oder Reue empfinden für das, was sie getan haben.«

Er zuckt leicht die Schultern. »Ich denke nicht darüber nach.«

Sie sieht ihn mit einem Blick an, in dem Befremden, wenn nicht sogar Entsetzen liegen. »Aber ich will nicht wegsehen. Ich will sehen, dass diese Leute bestraft werden. Nur Strafe kann sie mit ihrer Schuld konfrontieren. Jeden Tag, allein in ihrer Zelle. Vielleicht dauert es lange, aber eines Tages wird die Langeweile sie dazu zwingen, über das nachzudenken, was sie getan haben. Die Gedanken werden zu nagenden Zweifeln, und wenn sie aufhören, an ihre Lüge zu glauben, werden sie anfangen, ihre Taten zu bereuen.«

Ihrem naiven Idealismus hat er nichts entgegenzusetzen. Den Rest des Rückwegs schweigen sie.

Als sie im Klostergarten anlangen, hat gerade ein Kammerkonzert begonnen. Mendelssohn Bartholdy, sechs Geigen, zwei Celli. Patienten und Kurgäste sitzen auf Klappstühlen im Halbrund. Die Musik wirkt wie der Soundtrack zu einer Literaturverfilmung. Sie bleiben einen Moment am Durchgang stehen und hören zu. Die Klänge erfüllen den Innenhof, steigen an bis zum Dachfirst und entschweben wie erlöste Seelen über den Ammersee. Radomir hat sich derartiger Süßlichkeit stets verweigert, jetzt gestattet er sich, den Moment zu genießen. Wie zivilisiert es ist, hier unter friedvollen Menschen zu stehen und gemeinsam mit ihnen dieser erlesenen Musik zu lauschen. Nichts ist falsch daran, oder erfunden, oder gelogen. Die meisten empfinden solch ein Konzert als angemessene Würdigung ihrer Existenz.

»Stimmt das? Dass du bei dem Unfall betrunken warst?«, fragt Natascha völlig überraschend, als sie sich beim Wagen verabschieden. In ihrer Stimme liegt nichts von der Schroffheit, die sie ihm heimzuzahlen durchaus berechtigt wäre. Es ist kein Payback, sondern eine einfache Frage, die letzte, die noch offen ist. Längst beginnt es zu dämmern; dass sie trotzdem nicht hierbleiben will, ist offensichtlich.

»Nein«, sagt er, ohne zu zögern. »Nein, ich war nüchtern.« Wenn man sich einmal daran gewöhnt hat, fühlt sich eine Lüge genauso an wie die Wahrheit. Alles, was man tun muss, ist, daran zu glauben.

Am Morgen, nach dem Frühstück, lässt er sich von einer der Oberärztinnen seinen Therapieplan erklären. Sie ist eine jung gebliebene Frau in weißem Poloshirt und weißer Cargohose, die ihn auffordert, sie Elise zu nennen (mit stummem »e« am Ende). Sie ist auf diese ganz besondere Art freundlich zu ihm, warm und zugewandt, anders als die geschäftsmäßige Höflichkeit, die er von seinen Mandanten kennt – wenn sie sich überhaupt Höflichkeit abringen. Elises Sanftheit drängt ihn unmerklich dazu, sich ihrer Freundlichkeit für die Dauer seiner Anwesenheit zu fügen. Er hat längst zur Kenntnis genommen, dass die Schönheit der Umgebung es dem Gast zusätzlich erschweren will, diese Spielregel zu missachten.

Sein Telefon brummt. Eine Nachricht von Gell.

»Sie werden sich allerdings daran gewöhnen müssen, Radomir«, sagt Elise mit kaum spürbarem Tadel, »das Telefon auf dem Zimmer zu lassen, am besten ausgeschaltet. Sie werden verstehen warum, wenn Sie es einmal getan haben.«

Unmöglich, die Nachricht zu lesen, solange Elise ihm lächelnd von seinem Kardioprogramm erzählt und dem Pool, der jederzeit zu seiner Verfügung steht. Er muss warten, bis sie gegangen ist, damit sie nicht mitbekommt, dass der Pool nicht im Zentrum seiner Aufmerksamkeit steht, weder jetzt noch später.

Die Nachricht ist kurz. »Es gibt ein Problem. Wir müssen reden.« Er öffnet den Link, den Gell mitgeschickt hat. Er führt zu Facebook: Zu einem Foto von Radomir. Es ist aus einer Zeitungsmeldung herauskopiert worden, die schon einige Jahre alt ist. Er erinnert sich, wo es aufgenommen wurde, damals war er Teil eines Verteidigerteams gewesen: im Foyer des Landgerichts Mitte. Ursprünglich war auch Khaled mit zwei anderen Beschuldigten darauf zu sehen gewesen. Radomir sieht jünger aus, weniger füllig im Gesicht, dafür ist das Haar voller und noch nicht schlohweiß.

In dem Post unter dem Foto steht: »Das ist der Typ, der meine Familie getötet hat.«

7|7

Die Tage beginnen damit, dass Jonas nicht aufstehen kann. Oft liegt Enno bereits Stunden vor ihm wach und wälzt sich unruhig hin und her. Seit dem Unfall schläft er nicht mehr im Kinderzimmer, betritt es nicht einmal mehr.

»Warum?«, fragt Jonas.

»Ich habe Angst.«

»Wovor?«

Enno zuckt die Schultern und blickt zu Boden. Er kann nicht sagen, was mit ihm los ist, weil er ein Kind ist, und weil, was mit ihm los ist, unaussprechlich ist. Er klagt über Bauchschmerzen und isst so gut wie nichts. Dafür bleibt er ungewöhnlich lange auf der Toilette sitzen, ohne dass etwas kommt.

Abends kann er manchmal über zwei Stunden und mehr nicht einschlafen, döst nur und schreckt dann, unverständliche Schreckenslaute ausstoßend, wieder hoch. »Ich glaube, Mama ist wiedergekommen!«

»Sh, schlaf weiter. Es ist okay.«

Enno wird wieder still, bis Jonas erneut aufwacht, weil der Junge im Flur herumgeistert.

»Was ist los, Kumpel? Komm wieder ins Bett.«

»Ich hab was gehört.«

Dann nimmt er ihn und trägt ihn wieder zurück ins Bett, wo er erst gegen Mitternacht in tief erschöpften Schlaf fällt, der kaum länger als drei Stunden andauert. Und so geht es jede Nacht.

Auch ohne Enno würde Jonas kaum Ruhe finden. Oft träumt er undeutliche, diffus verstörende Träume, bei denen er nicht herausfinden kann, wovon sie handeln, bis er aufwacht. Meist bleiben Bilder zurück, undeutliche Bestiarien voll chaotischer Bezüge und geheimnisvoller Gesichter, und die Frage, ob er es hätte verhindern können, wenn er nur gebrüllt hätte.

Seit dem Unfall trinkt er abends eine Flasche Wein. Er schläft dadurch leichter ein, kann aber meist nach vier Uhr nicht mehr weiterschlafen. Ohne Schlaf und mit fortschreitendem Abbau des Alkohols beginnt sein Gehirn unautorisiert damit, seine ungelösten Probleme zu bearbeiten, ohne Tagesordnung und alle auf einmal. Das Kulturamt in Matera zahlt das Honorar nicht ohne den Reisebericht, den Vera hätte schreiben sollen; die letzten Geldreserven liegen auf dem gemeinsamen Geschäftskonto, zu dem er schon früher immer die Zugangsdaten vergessen hat, die wiederum irgendwo zwischen Veras Unterlagen liegen, die er nicht durchsuchen kann, weil … weil er es nicht kann. Und dann muss er dringend mit Enno Schulsachen besorgen, weil morgen seine Einschulungsfeier ist, aber Enno hat nichts Sauberes mehr zum Anziehen, denn die Wäsche aus dem Urlaub, die Esther ausgepackt und gewaschen hatte, ist schon wieder schmutzig. Für neue Sachen hat er ohne Zugriff auf das Geschäftskonto kein Geld, auch für das Schulzeug nicht, und gleichzeitig hat er den Anspruch, besonderes Schulzeug zu besorgen, weil Enno ein besonderer Junge ist und Jonas den Gedanken nicht ertragen könnte, dass Enno, gerade in dieser Situation, mit einem Allerweltsranzen und Allerweltsbuntstiften in die Schule startet; er soll das Zeug schließlich gern benutzen, er soll das Lernen lieben lernen, ohne Druck und falschen Ehrgeiz, so wie Vera und er es sich immer vorgestellt haben: Zwei selbstsichere Jungs, die sich in allem ausprobieren dürfen und mit der Zeit ganz von alleine merken, dass der eine, zum Beispiel Enno, besser lesen und rechnen kann und der andere, zum Beispiel Mats, für den Part des Klassenclowns zuständig ist, wofür er von den Lehrerinnen mild getadelt und insgeheim umschwärmt wird.

Aber es wird acht Uhr, es wird neun, Enno ist längst wach und liegt neben ihm, zum zehnten oder vielleicht auch zwanzigsten Mal die Bilder in dem Ninjago-Heft ansehend und dazu leise den Inhalt der Sprechblasen flüsternd, die Jonas den beiden an die hundert Mal vorgelesen hat. Und Jonas liegt hilflos wach und denkt darüber nach, wo er nach diesen besonderen Schulsachen suchen soll, die er für Enno kaufen will, so besonders, dass sie ihn vielleicht sogar über den Verlust seiner Mutter und seines Bruders hinwegtrösten, ein kleines bisschen nur. Er kennt einige kleinere Geschäfte Richtung Friedrichshain, in denen es schöne handgemachte Sachen für Kinder gibt, rund um den Boxhagener Platz, dort hatten sie, als die Jungs noch kleiner waren, Filzanzüge oder handgenähte Lederpantoffeln gekauft, wenn sie Geld übrig hatten, nur dass das eben jetzt nicht der Fall ist, und er kann auch keines ziehen, und zu den Telefonaten, durch die er sich vielleicht welches besorgen könnte, ist er nicht imstande. Gleichzeitig muss er die Angebote seiner Schwiegereltern zurückweisen, ihm bei all dem, genauso wie bei der Beerdigung, unter die Arme zu greifen, weil er inzwischen weiß, dass es vergiftete Angebote sind, die ihm nur unter die Nase reiben wollen, wie unfähig er ist, für diese Dinge selbst zu sorgen als der Vater, der er ist. Seine Gedanken werden unterbrochen vom Telefon, und er steht auf, um es von der Ladestation in der Küche zu holen, und es ist niemand dran, und als er auflegt, weil er an eine gescheiterte Verbindung denkt, meldet sich, nachdem das Telefon tatsächlich erneut geklingelt hat, wieder niemand, und so geht das drei Mal, bis er beschließt, das Telefon auszuschalten.

Da er nun schon aufgestanden ist, versucht er, in seinem E-Mail-Account die Mail zu finden, in der Vera ihm irgendwann einmal die Zugangsdaten zum Geschäftskonto hinterlegt hat. Aber plötzlich ist es Nachmittag, weil er alle E-Mails von Vera aus den letzten fünf oder sechs Jahren angesehen und durchgelesen hat, Fotos von ihm und den Zwillingen, das demonstrativ unverkrampfte Bewerbungsschreiben für den Kinderladen, unzählige Artikel über potenzielle Destinationen und verrückte Projekte (Eismofa am Krater des Etna, ein Bungeesprung zu viert), medizinische Pros und Contras zum Thema Impfen, neuer Content für ihre Website und Liebesbezeigungen in allen Variationen (Emojis, kurze Texte, Fotos aus allen embryonalen Phasen der Zwillinge, Textzeilen aus Songs, ein albernes Selfie von ihren Brüsten mit einem schwarzen Balken über den Nippeln, Einladungen zu Candle-Night-Dinnern mit Vorschlägen für verfügbare Babysitter, Anzeigen für Remote-Vibratoren und Reizwäsche für Männer). Er spürt weder Hunger noch Durst, aber Enno liegt auf dem flusigen Läufer vor dem Bett im Schlafzimmer und hört die Ritter-Trenk-Folge mit dem ganz gemeinen Zahnwurm in Endlosschleife. Schließlich hat Jonas zumindest die PIN für die Kreditkarte des Geschäftskontos gefunden, und ob nun etwas drauf ist oder nicht, er muss Essen einkaufen, was er im Untergeschoss des Alexa tut, dem Vorhof der Hölle.

Als würde sich ein Fenster zur Matrix öffnen, erscheint

ihm zwischen den freudlosen Warenreihen die Tristesse der sich unablässig wiederholenden menschlichen Verrichtungen als so verzweifelt wie unausweichlich: diese Regalmeter voll unter Lohndumping hergestellter Produkte von immer mieserer Qualität, die kaum ihre Erzeuger, noch weniger die Packer- und Kassiererinnen und am wenigsten die Ehrenamtlichen ernähren können, die sie illegal aus dem Müll fischen, um sie an jene zu verteilen, die aus eigener Kraft zu gar nichts mehr taugen; diese billig gemachten Werbespots für Mundspülung und Abflussreiniger, unterlegt mit massentauglicher Durchhaltemusik nach immergleicher Bauart, die das Individuelle feiert, wo das wirklich Eigenständige doch längst marktoptimiert und zu seiner Negation verkommen ist; das blinde Weitermachen aller Geschäftigkeit, das nicht den Schnäppchenjägern, sondern allein den golfspielenden Aktionären hilft; die falschen Verlockungen, das gehorsame Mitmachen, die fortwährende Selbstherabsetzung zum lückenlos durchschauten Bedürfnisautomaten. Wo soll man anfangen, wenn so offensichtlich alles am Ende ist?

Minutenlang steht er mitten im Gang, ins Leere starrend, lautere Käufer behindernd, und schafft es nicht, seine Gedanken zu beschwichtigen. Er sieht so wenig Hoffnung, dass ihn buchstäblich alle Kraft verlässt und er sich am Boden gegen eines der Regale lehnt, während Enno sich einen Gang weiter bunte Comichefte in ihrer Plastikhülle ansieht, die einzig dazu erdacht wurden, über den Erstkauf hinweg Suchtdruck aufzubauen und damit stetigen Absatz zu generieren, um den Preis gleich welcher Stumpfsinnigkeit und mentalen Deformation der Kinder. Erst, als eine bekittelte Verkäuferin mit einer Sorge, die sie zweifellos für echt hält, sacht an ihm rüttelt und fragt, ob er sich nicht wohlfühle, kommt er wieder halbwegs zu sich. Und reißt sich zusammen, damit Enno ihn nicht abermals so jämmerlich sieht, steht auf und tut, was von allen erwartet wird: über das Unübersehbare hinwegzusehen.

Wodurch er die Hauptzutat der Spaghetti Carbonara, die sich Enno wünscht – Nudeln – vergisst und noch mal runter muss. Dann gerinnt ihm der erste Versuch, beim zweiten trickst er mit abgelaufener H-Sahne, was allerdings Enno bemerkt und sich weigert, weiter zu essen, weil Mama das nie so gemacht hat, und schließlich muss es mit den letzten beiden Eiern unbedingt gelingen, und Jonas ist von der Gefahr, abermals zu scheitern und Enno zu enttäuschen, so eingeschüchtert, dass er, um die Wirkung des Weins zu beschleunigen, mit Grappa nachhilft. Nachdem sie gegessen haben (nachdem Enno zwei Gabeln Nudeln gegessen hat), ist es zwanzig vor sieben, und die meisten kleinen Läden in Friedrichshain sind schon geschlossen oder kommen ohnehin nicht (und kamen auch nie) für den Kauf von Schulranzen in Betracht. Schließlich landen sie um fünf vor Ladenschluss bei Mäc Geiz, wo sie den billigsten Ranzen mit Bob dem Baumeister darauf kaufen, dazu Stifte und eine kleine Schultüte aus Plastik.

Enno nickt zu allem. Aber Jonas hasst sich für die Lieblosigkeit dieser erbärmlichen Ausstattung, er verzweifelt daran, Enno mit diesem Billigzeug zum Schulstart schicken zu müssen. An diesem Abend werden es fast zwei Flaschen, während er bis spät in die Nacht YouTubes Ablenkungsvorschlägen in die entlegensten Winkel des Internets folgt.

Ausgerechnet am nächsten Morgen verschlafen sie beide. Oder nicht sie beide: nur Jonas. Enno hat beinahe erfolgreich versucht, sich in der Küche zwischen leeren Flaschen und dreckigen Tellern ein Nutellabrot zu schmieren. Jonas wacht erst vom Klingeln an der Tür auf. Er hat vergessen, dass Marlene und Robert, die gestern am Abend angekommen sind und ein paar hundert Meter weiter im Park Inn übernachtet haben, sie zur Einschulungsfeier abholen. Als sie hereinkommen, sehen die beiden sich betreten um, verlieren aber kein Wort über den Zustand der Wohnung, oder seinen. Sie haben eine Überraschung für Enno: Die Scout-Schulanfänger-Komplettausstattung Genius Premium mit Sporttasche, zwei Federmappen, Heftbox, Brustbeutel, Regenschirm, Edelstahl-Trinkflasche und Edelstahl-Lunchbox, alles inklusive großer gefüllter Schultüte.

Enno lächelt und mimt Freude, sein Blick sucht den seines Vaters.

»Das wäre nicht nötig gewesen«, sagt Jonas kühl.

»Wir haben dich nicht erreicht«, heißt es, aber das hält Jonas für eine Ausrede. Er hat das Gefühl, absichtlich hintergangen worden zu sein, und er kann sich nur deswegen beherrschen, weil er sieht, dass Enno sich genauso fühlt wie er. Natürlich soll er das Premium-Zeug haben, den Bob-der-Baumeister-Schund wird Jonas gar nicht erwähnen und später in die Gemeinschaftstonne werfen. Oder vielleicht versuchen, ihn umzutauschen.

»Sollen wir ein paar Flaschen mit zum Container nehmen?«, fragt Robert, als sie alle gemeinsam hinausgehen. Jonas weiß nicht, ob das hilfsbereit oder als mahnender Fingerzeig gemeint ist, und reagiert nicht darauf.

Jetzt passen sie alle ins Auto.

Noch bei der Ankunft in der Singerstraße, während sie in Schrittgeschwindigkeit an Schulanfängern mit ihren Eltern und unter dem großen Transparent hindurchfahren (»Schule startet – Verkehr wartet«), ja, sogar noch in der Aula der GutsMuths-Grundschule ist er mit seinem Ärger über die

Schulsachen beschäftigt, Ärger, von dem er weiß, wie unangebracht er ist, ichbezogen und kleinherzig, er weiß es und verabscheut sich dafür. Doch das stellt den Ärger nicht ab, im Gegenteil, es verstärkt ihn noch. Er kennt sich nicht mehr. Zwar ist es sein Körper, in dem diese etwas undeutliche Wärme entsteht, als sein Sohn zu den anderen Kindern auf die Bühne gerufen wird und sich als Erstklässler präsentiert, aber viel klarer noch spürt er den Zorn, als gleich nach Ennos Namen der von Mats aufgerufen wird. Kein Kind folgt diesem Aufruf. Noch mal: Mats Nimrod? Der Zorn ist ein Stellvertreter für alle anderen Gefühle, vor allem für die Scham, die er jetzt nicht spüren will: Scham über das Versagen, die Schulleitung nicht informiert zu haben, über Marlenes und Roberts vorwurfsvollen Blick, über Ennos Bestürzung, über das Getuschel in den Sitzreihen. Er weiß nicht, was er tun soll. »Mein zweiter Sohn wird nicht kommen«, könnte er rufen. »Er wird nicht kommen, weil er von einem rücksichtslosen Raser überfahren wurde«, wie ein hilfloser Vorwurf ohne Adressaten. Aber er würde keinen Ton herausbekommen, selbst wenn er es versuchte. Schließlich erreicht Marlene, die schon beim ersten Aufruf aufgestanden ist, die Konrektorin und flüstert ihr etwas zu, das diese sofort an die Klassenlehrerin auf der Bühne weitergibt. Sofort ruft die den nächsten Namen auf der Liste auf, und die Situation ist geklärt, ohne dass Jonas, gelähmt wie ein totales Opfer, irgendwie dazu hätte beitragen können.

Esther hat ihm das Faltblatt einer Beratungsstelle dagelassen, an die er sich wenden soll. Und tatsächlich, er lässt sich beraten: Die Anwältin, die er über Veras Rechtsschutzversicherung gefunden hat, heißt Susanne Meier und verkörpert in ihrer anthrazitfarbenen Bluse und der passenden

Bundfaltenhose auf geradezu abstoßende Weise eine Welt, in der jedes Ereignis, selbst eine Tragödie, klassifiziert und mit einer Schadensnummer versehen ist. Er hat solchen Leuten noch nie vertraut. An der Wand hängt das Hochglanzfoto einer Standard-Yacht vor Standard-Sonnenuntergang in einem Standard-Fjord, an der Garderobe eine Jack-Wolfskin-Regenjacke für alle Fälle, aus ihrem BREE-Rucksack ragt eine rote Bambuslunchdose mit irgendeinem fettreduzierten Quinoafraß. Er fühlt sich zu antriebslos, um gleich wieder zu gehen; Susanne Meier ist jetzt seine Anwältin.

Seine Anwältin sagt: »Ich habe aus ziemlich zuverlässiger Quelle erfahren, nämlich vom Staatsanwalt, dass er keine Anklage erheben wird.«

Jonas wippt nervös auf seinem kunstlederbespannten Design-Imitat und nickt, als hätte er die routinemäßige Rechtsbelehrung ohne Weiteres verstanden. Hat er aber nicht.

»Also, es war ja nur ein inoffizielles Gespräch, aber wenn ein Staatsanwalt keine Klage erheben will, dann weil er keine Indizien für eine Straftat sieht.«

Jonas hört auf zu wippen. »Der Mann ist fast hundert gefahren. Und betrunken war er auch. Wie soll das keine Straftat sein?«

Sie kratzt sich mit dem Ende ihres Kulis im Nacken.

»Ja, Herr Nimrod, genau das ist das Problem. Also, ich nehme an, es wurden keine Hinweise dafür gefunden, dass Alkoholmissbrauch für den Unfall ursächlich war. Es sieht so aus, als habe sich dann doch eher die Herzinfarkt-Variante bestätigt.«

»Aber es stand in der Zeitung!«

»Ja, also erstens mal bedeutet das nicht wirklich etwas, und zweitens, ich weiß nicht, ob Sie das mitbekommen haben, aber die BZ musste ja eine Gegendarstellung bringen.«

»Eine was? Wann?«

Susanne Meier sieht ihn prüfend an. »Vor ein paar Tagen. Sie haben etwas von einer fehlerhaften Quelle oder so geschrieben. Keine Ahnung. Für mich ist das auch gar nicht wichtig, was die BZ schreibt. Wenn der Staatsanwalt …«

Jonas' Magen fühlt sich an, als sei er mit Zement gefüllt und in einen abstürzenden Aufzug verfrachtet worden. »Aber für mich ist das wichtig. Was denn für eine fehlerhafte Quelle?«

»Ganz ruhig! Auch wenn der Staatsanwalt nicht mitmacht, Ihnen steht ja in jedem Fall die Hinterbliebenenrente zu, das ist schon mal sicher, auch wenn das natürlich eher kleine Beträge sind. Aber dann können wir auch noch den Unterhaltsschaden Ihres Sohnes geltend machen, und selbstredend muss der Versicherer des Schädigers die Bestattungskosten …«

Er hört nicht, was Susanne Meier redet.

»Und Sie können selbstverständlich auch immer noch Zivilklage erheben. Schmerzensgeld hat in solchen Fällen eine gute …«

»Kann der Fahrer dann auch verurteilt werden? Bei einer Zivilklage?«

»Sicher, zu Schadensersatz.«

»Nein, aber geht er auch ins Gefängnis?«

»Sehen Sie …«

Jonas weiß, was diese Einleitung bedeutet. »Damit bin ich nicht einverstanden. Sie können sich doch bestimmt die Krankenakte besorgen. Ich meine, da stimmt doch was nicht. So wie der gefahren ist …«

»Ich fürchte, das wird nicht möglich sein«, sagt Susanne Meier mit Nachdruck. »Das ist einfach kein Fall, Herr Nimrod.«

Die Worte hallen in seinem Kopf wider, mit der gleichen Schwingungsamplitude, mit der er kurz zuvor auf seinem Stuhl vor- und zurückgewippt ist. Hat sie das wirklich gesagt? Oder meinte sie vielleicht, es sei kein einfacher Fall? *Das ist einfach kein Fall.* Das hatte sie gesagt. *Das ist einfach kein Fall, Herr Nimrod. Es ist bedauerlich, dass Sie meine Zeit vergeuden mit Ihrer Unkenntnis der Jurisprudenz und fixen Idee, den Tod zweier vollkommen unbedeutender Menschen sühnen zu wollen, wo Sie doch selbst ein vollkommen unbedeutender Mensch sind. Im Grunde kann man mit einem Trottel wie Ihnen nur Mitleid haben. Und jetzt husch, husch!*

Er stellt sich vor, wie er Susanne Meier den Kugelschreiber aus der Hand reißt und in ihr Auge rammt. Sein Herzschlag beschleunigt sich für einen Moment, dann ist der Gedanke wieder verflogen. Erst jetzt bemerkt er den angebissenen Apfel auf dem Tisch von Susanne Meier. Das offen liegende Fruchtfleisch ist bräunlich verfärbt. Eine unwillkürliche Kette von Assoziationen beschwört das Bild von Würmern in abgestorbenem menschlichem Gewebe herauf.

»Sie haben Angst«, sagt Jonas. »Weil er auch Anwalt ist. Und ein Krimineller.«

»Bestimmt nicht«, sagt Susanne Meier mit einem schlecht gespielten Lächeln. »Es tut mir sehr leid, aber.« Sie klingt nicht, als wolle sie sich die Mühe machen, den Satz noch zu beenden.

Er fährt mit dem Fahrrad zur Axel-Springer-Straße. Zu den Fluren der BZ-Redaktion hat er zwar keinen Zutritt, aber er geht zielstrebig am Pförtner vorbei, als gehöre er hierher, fährt mit dem Aufzug hinauf und öffnet eine Glastür.

Er hat sich Zeitungsredaktionen immer anders vorgestellt: rauchverhangene Luft, das Geklackere vieler Schreibmaschinen, Schweißflecken unter den Ärmeln. Das hier sind alles Leute in seinem Alter oder darunter, eher BWL-Studierende als rasende Reporter. Eine Frau, die ihre Brille an einer Kette um den Hals trägt, obwohl sie maximal Mitte zwanzig ist, stellt sich ihm in den Weg und sagt, dass hier keine Besucher erlaubt seien, sorry. Sie versucht, die Tür wieder zu schließen.

»Ich will hier einen Simon Fegres treffen.«

»So einen haben wir hier nicht«, sagt die Frau mit einer Herablassung, die Jonas sich nicht erklären kann. Sie lässt die Tür nicht los. Sie scheint Spaß daran zu haben, ihn dumm aussehen zu lassen. Er beobachtet, wie die Brille vor ihrer Brust baumelt. Irrt er sich, oder bricht sich das Licht in dem Glas kein bisschen? Ihre Bluse hat ein Wellenmuster, und die Linien verlaufen hinter dem Glas genauso, wie sie darunter wieder hervorkommen. Ist es möglich, dass das nur ein Accessoire ist? Eine Fake-Brille? Er hebt den Blick. Das Gesicht der Frau ist verschlossen, geradezu abweisend.

»Wohin gucken Sie denn?«

»Oder Ferges«, sagt er, wie ertappt. »Wir sind verabredet.«

»Kann ich mir nicht vorstellen.« Sie verschränkt die Arme. Die Pose ist unnatürlich, die Brille ist im Weg. Trotzdem bleibt sie so.

»Aber ich werde doch wohl besser wissen, ob ich verabredet bin oder nicht.« Jonas findet nicht, dass er unhöflich klingt.

Da kommt jemand aus einem der Büros, wird auf die Szene aufmerksam und winkt. »Schon gut!« Er kommt heran, schiebt sich lächelnd an der Streberin vorbei und streckt ihm die Hand hin. »Was gibt's?«

»Bist du Simon Ferges?«

»Frege.«

Jonas würde der Volontärin gerne sagen, dass sie sich ihre hochgezogenen Brauen sonst wohin stecken kann.

»Wir haben telefoniert. Ich bin der, der ... mit dem Autounfall.«

»Ah ja«, sagt Frege. Er hat ein bartloses, eher jungenhaftes Gesicht, nur ganz andeutungsweise sind ein paar Stoppeln zu sehen. Er versucht, seine Verlegenheit zu überspielen. »Im Augenblick ist es ein bisschen ...«

»Ich würde gerne wissen, warum diese Gegendarstellung erschienen ist.«

»Äh, wir haben hier gerade einen Geburtstag«, sagt Frege. Der Gang hinter ihm sieht nicht nach Geburtstag aus. Ab und zu geht jemand mit einem Zettel in der Hand oder telefonierend von einem Büro in ein anderes. »Besser wäre, wenn wir einen Termin machen und dann in Ruhe ...«

»Das ist schon der Termin«, sagt Jonas. »Seid Ihr eingeschüchtert worden oder so was?«

Frege lächelt unsicher und wechselt mit der Volontärin, die das unsichere Lächeln Freges fast perfekt imitiert, einen kurzen Blick. Sie hält noch immer dümmlich die Tür fest.

»Nee, einschüchtern tut uns keiner.«

»Warum dann eine Gegendarstellung?«

»Na ja, ich müsste da jetzt noch mal nachgucken.« Frege steckt die Hände in die Hosentaschen zum Zeichen dafür, dass niemand ernsthaft von ihm verlangen kann, jetzt noch mal nachzugucken.

»Wäre das möglich? Es ist wichtig. Ich muss das wissen.«

Frege zieht unmotiviert sein Telefon aus der Hosentasche, wirft einen kurzen Blick darauf und steckt es wieder weg.

»Also ich nehme mal an, dass sich das nicht bestätigt hat.«

»Nicht bestätigt? Stand das da auf dem Display? Ihr habt

das mit dem Alkohol nur auf eine Vermutung hin in euren Artikel geschrieben, und die hat sich dann nicht bestätigt?«

Wieder das Lächeln, diesmal eher gequält. Auch das spiegelt die Volontärin problemlos. »Ganz sicher nicht.«

»Also war es eine freigegebene Information, und die Freigabe wurde zurückgezogen? Von wem?«

Frege zuckt die Schulter, nicht so, als wüsste er es nicht, sondern als sei es ihm egal. »Passiert halt manchmal.«

»Oder manchmal funktioniert auch zum Beispiel das Messgerät nicht richtig«, schlägt die Volontärin mit Blick auf Simon Frege vor und nickt dazu, als wolle sie auf diese Weise Jonas' Zustimmung erzwingen. »Da wird dann ein falscher Wert angezeigt, und später ...« Sie scheint nicht weiterzuwissen.

»Ja, genau«, sagt Frege. »Oder so. Ich muss jetzt wirklich ...«

»Woher stammte die Information denn überhaupt? Von der Polizei? Oder aus dem Krankenhaus?«

»Wir geben zu unseren Quellen grundsätzlich keine Auskunft.«

Ja, richtig, denkt Jonas – so wie der *Guardian*, oder die *Washington Post*, bekannt für weltweite Investigativrecherchen und eisernen Quellenschutz. Er wird hier nichts erfahren. Der Anwalt wird ihnen mit einer Klage gedroht haben, und sie haben einen Rückzieher gemacht. Er weiß das, und er hat sich gut genug im Griff zu akzeptieren, dass sie es nicht zugeben werden. Er dreht sich um und lässt Frege und die Volontärin mit ihrer Brillenkette ohne ein weiteres Wort stehen.

7|7

Die Timeline von diesem Nimrod ist öffentlich. Darin ruft er unter dem Hashtag #JusticeforVera§Mats eine Art Social-Media-Kampagne ins Leben, um Indizien und belastendes Material über den Fahrer des Wagens zu sammeln, der seine Frau und seinen Sohn getötet hat: Radomir Milić. Vordergründig verspricht er sich wohl, genug für eine Anklage zusammenzubringen, aber in erster Linie dürfte es ihm um die Genugtuung gehen, ihn, Radomir, am öffentlichen Pranger zu sehen. Der Typ hat rund 3000 Follower allein auf Facebook, 2600 auf Instagram. Sein Twitter-Account ist neu, dafür gibt es noch Abonnenten bei Tumblr und Pinterest. Auf Facebook hat ungefähr ein Drittel seiner Freunde den Post geteilt, dazu Kommentare von Leuten aus aller Welt, die tendenziell weniger an Gerechtigkeit interessiert sind, dafür umso lieber alle SUV-Fahrer pauschal aus der Gesellschaft ausschließen würden. Die große Mehrheit siedelt das Fahren großer Autos in der Nähe von Delikten an, die von billigender Inkaufnahme des »Ökozids« bis zu vorsätzlicher Tötung reichen. Die »Community« ist in Empörung vereint wie Schweine, die sich in derselben Grube suhlen. Auch Spekulationen über die Natur des Fahrers fehlen nicht. »Dass solche Typen die Presse einschüchtern, dürfte ja wohl keinen überraschen.« Selbst auf den Profilen von Journalisten, wo sich der Post wiederfindet, sind Kommentare zu lesen wie »When do politics finally strike back against crime cartels & industrial lobbyism?«, oder »Staat hat den Kampf gegen Kriminelle die hier ihren KRANKEN Sippenkomplex ausleben und auf deutsche Gesetze sch***en schon lange aufgegeben. Rechtsfreier Raum Deutschland. TraurIG!!!«.

Es ist nur eine Frage der Zeit, bis Khaled und die anderen mitbekommen werden, dass Radomir durch den Unfall nicht nur die Verhandlungen mit Beirut verzögert hat, sondern vor allem öffentliche Aufmerksamkeit auf sich zieht, die das gesamte Libanon-Geschäft gefährdet. Zudem spielt die Zeit gegen ihn: Das libanesische Pfund verliert rapide an Wert, was zwar den Devisenbedarf steigen lässt, aber nicht der Wirtschaft zugutekommt, weil die wenigen Einnahmen Schulden tilgen müssen, statt investiert zu werden. Der Abschluss, den er vermitteln will, wird somit immer unattraktiver – nicht unbedingt für die libanesische Seite, aber für seine Mandanten. Er kann nur hoffen, dass die Proteste gegen al-Hariris Regierung nicht um sich greifen und er sein Kabinett aufrechterhalten kann.

Dabei ist dieser Nimrod ein absoluter Niemand. Alter 35, beteiligt an irgendeinem Reiseblog, Mitglied in der Deutschen Umwelthilfe, ein Typ, der laufend Petitionen zu Öko- und Antifa-Themen zeichnet, Mitglied im LPG-Supermarkt ist und im Elternausschuss der Kita sitzt. Ostdeutsche Sozioalisation, in den Nullerjahren Hausbesetzerszene und Aktivist im linken Spektrum, dann Hartz IV-Aufstocker und im Nebenerwerb Musiklehrer. Er hat keinerlei Verbindungen zu irgendjemandem und ist absolut ahnungslos, mit wem er sich anlegt. Außerdem hat er nichts in der Hand. Dass die Zeitung das Interesse an der Sache verloren hat, sollte ihm eigentlich gezeigt haben, dass er auf dem Holzweg ist. Er wird aufgeben, sobald der erste Entrüstungssturm vorüber ist. Ein paar überschüssige Energien, die er loswerden muss, aber mit den halbgaren Spekulationen, die er in die Welt posaunt, dürfte er sein Pulver verschossen haben.

Die Gefahr, dass Jalayer in Beirut eine Berliner Boulevardzeitung in die Finger bekommen hat oder sich mit deutschen Websites beschäftigt, ist gering bis nicht vorhanden. Der Umstand, dass Jalayer sich seit dem Unfall nicht bei ihm gemeldet hat, ist ganz leicht mit anderen Gründen zu erklären: Er ist vorsichtig. Er wartet, bis der Unfall in Vergessenheit geraten ist und alle behördlichen Untersuchungen abgeschlossen sind. Sicher wird er damit rechnen, dass Radomir in medizinischer Behandlung und daher gar nicht in der Lage ist, den Kontakt mit ihm wieder aufzunehmen. Er weiß, dass es so schnell keinen neuen Ansatz zu einem Treffen in Deutschland geben kann, wo er doch gerade erst da war. Er wartet ab. Radomir an seiner Stelle würde es genauso machen.

»Wie sind Sie angekommen, Herr Milić? War die Reise angenehm?«

Elise trägt heute ein hellblaues Poloshirt und eine enge weiße Hose sowie Leinenschuhe ohne Socken. Sie wirkt auf ihn geistreich und aufmerksam, geradezu attraktiv, das muss er ohne falsche Reserviertheit anerkennen. Für eine Frau ihres Alters ist sie schlank und sportlich, dabei strahlt sie Gesundheit wie auch ein waches Interesse an ihren Mitmenschen aus: das offene Lächeln, die klugen blauen Augen. Eine bemerkenswerte Erscheinung.

»Danke. Meine Tochter hat mich gefahren.«

»Wie schön. Sehen Sie sich oft, Sie und Ihre Tochter?«

Er stutzt ein wenig über die Frage, versucht aber, nicht verwundert zu wirken. Er kennt sich nicht aus mit Anamnesen, er geht so gut wie nie zum Arzt, und wenn, wie nach seiner

Handgelenkfraktur vor zwei Jahren, ist es mit einer Manschette aus dem Orthopädiebedarf getan.

»Nicht so oft. Sie studiert in England.«

»Spannend! Und haben Sie noch mehr Kinder?«

»Nein. Keine Kinder. Meine Tochter ist ja auch schon erwachsen.«

»Natürlich. Und leben Sie mit Ihrer Frau zusammen?«

»Mit meiner Frau?«

»Überrascht Sie die Frage?«

»Nein, ich ... ich sehe nur nicht ganz, was das mit meiner Behandlung zu tun hat.«

Elises Lächeln möchte ihm versichern, dass sich alles, was er jetzt noch nicht versteht, später zu einem schlüssigen Gesamtbild vervollständigen wird. »Ich exploriere Ihr soziales Umfeld.«

»Aha. Also, seit 25 Jahren verheiratet.«

»Silberhochzeit.«

»Im September.«

»Und, Herr Milić: Hatten Sie schon mal eine Reha?«

»Noch nie.«

»Es mag sein, dass wir hier in manchen Dingen unorthodox vorgehen. Offen gesagt, hoffe ich das. Wir erlauben uns nämlich gern und ausgiebig die Freiheit, immer wieder Neues auszuprobieren.«

»Es geht Ihnen also um Freiheit? Dass Ihre Arbeit angenehm ist für Sie?«

Elise schaut ihn überrascht an, aber noch ein anderer Ausdruck liegt in ihren Augen: Sie scheint sich über seine Invektive zu freuen und pariert sie ohne das geringste Anzeichen von Ärger.

»Uns geht es darum, unsere Genesenden so gut wir können dabei zu unterstützen, wieder gesund zu werden.«

»Warum sollte man Neues ausprobieren, wenn Altes gut funktioniert?«

»Tut es das denn?«

»Ich kann Ihre Methoden noch nicht beurteilen.«

Sie lässt sich nicht anmerken, dass sie es anders gemeint hat. »Was machen Sie beruflich, Herr Milić?«

»Steht das nicht in meiner Akte?«

»Nein. Und wenn, dann hätte ich Sie trotzdem gefragt.«

»Rechtsanwalt. Wirtschaft und Finanzen.« Er ist außerdem Notar und Agent, Friedensrichter und Vertrauensperson, Vermögensverwalter, Treuhänder, Makler und Strohmann. Es wäre kompliziert, ihr zu erklären, was er alles tut, und nicht nur ihr.

»Sicherlich ein sehr forderndes Beschäftigungsfeld.«

»Ich bin dabei, mich zur Ruhe zu setzen.«

»Sie sind dabei, sehr gut. Was bedeutet das?«

»Ist das auch Exploration?«

»Herr Milić, ich sage Ihnen mit Sicherheit nichts Neues, wenn ich auf den Zusammenhang zwischen Ihrem Infarkt und Ihrem Lebensstil hinweise.« Sie deutet auf den Anamnesebogen, in den Radomir im Vorfeld seine täglichen Arbeitsstunden, Kalorien und Zigaretten eingetragen hat, an den notwendigen Stellen geschönt.

»Sie haben Ihren Beruf, ich habe meinen.«

»Natürlich. Ich habe den Eindruck, Sie sind ein sehr gradliniger Mensch, deswegen will ich Ihnen das ohne Umschweife sagen: Sie haben wahnsinniges Glück gehabt. Ein Herzinfarkt verläuft nicht oft so glimpflich wie bei Ihnen, und die Nachwirkungen sind in vielen Fällen weitaus einschränkender. Sie haben jetzt die Möglichkeit, Ihren Lebensstil zu ändern und so einem weiteren Infarkt vorzubeugen. Dazu gehören eine gesunde Ernährung, viel Bewegung, wenig Stress und ganz generell eine gewisse innere Ausgeglichenheit.«

»Ich fühle mich sehr ausgeglichen.«

»Trotzdem hat die Art und Weise, wie Sie bislang gelebt haben, einen Herzinfarkt zur Folge gehabt. Wenn Sie das so beibehalten, ist es nur eine Frage der Zeit, bis Sie den nächsten erleiden werden. Spätestens der wird Sie dann sehr wahrscheinlich dazu zwingen, Ihre Gewohnheiten radikal zu ändern.« Sie beobachtet seine Reaktion genau. »Warum also nicht schon jetzt damit anfangen, und zwar selbstbestimmt und in Ihrem eigenen Tempo?«

»Wie gesagt: Ich bin dabei, mich zur Ruhe zu setzen.«

»So wie Sie das sagen, klingt es, als müssten Sie vorher noch ein paar Dinge erledigen. Hier noch ein Projekt abschließen, dort noch einen Nachfolger finden und einarbeiten. Das klingt genau nach dem Stress, den Sie eigentlich vermeiden sollen.«

Er korrigiert seine Sitzposition und weiß, dass eine aufmerksame Ärztin wie sie das sofort als stillschweigende Zustimmung werten wird. Tatsächlich könnte ihre Analyse nicht zutreffender sein.

»Der berühmte *letzte Job*. Leider können Sie aber den Zeitpunkt Ihrer nächsten Erkrankung nicht selbst bestimmen. Wenn es so weit ist, bestimmt die Krankheit über Sie, und zwar alles.«

»Ist nicht das erste Mal, dass Sie diese Rede halten, oder?«

»Nein. Aber ich versuche jedes Mal, andere Wörter zu verwenden, damit es immer wieder überzeugend klingt.«

Er muss lächeln. »Mache ich genauso.«

Vor dem Sprechzimmer sitzt in einer kleinen Warteecke mit Stuhl, Tisch und Zierpflanze Khaled und blättert in einer ayurvedischen Zeitschrift, ohne hineinzusehen. Seine beiden

Begleiter stehen. Radomir kennt einen von ihnen, Jamal, und grüßt ihn flüchtig. Die beiden gehören fest zu Khaled. Es gibt in diesen Strukturen keine Berufsbezeichnungen, aber in einem börsennotierten Unternehmen würde man jemanden wie Jamal und seinen Kollegen vielleicht Central Logistics Manager nennen.

»Salem Aleikum, Bruder. Ich muss mit dir reden«, sagt Khaled, steht auf und wirft die Zeitschrift achtlos zurück auf den Tisch.

»Das geht leider nicht. Herr Milić hat jetzt Bewegungstherapie.« Elise, die ihn zur Tür begleitet hat, lächelt ebenso freundlich wie verbindlich.

»Ja, wir bewegen uns auch, keine Sorge«, sagt Khaled in ihre Richtung, ohne sie anzusehen. Es klingt wie ein Scherz, allerdings die Sorte Scherz, über die niemand lacht. Khaled ist Ende dreißig und eher gedrungen als athletisch, aber alles an ihm wirkt kräftig: die kurzen Arme, der breite Hals, selbst der vorgewölbte Bauch scheint aus Muskeln zu bestehen. Er kann blitzschnell zwischen Spott und Ernst wechseln, meist ist das eine nicht vom anderen zu unterscheiden. Ein falsches Wort, Widerspruch, und sei es nur eine freundliche Bitte, führt unweigerlich dazu, dass Khaled auf Angriff schaltet, besonders, wenn es sich um eine weibliche Autoritätsperson handelt.

»Musst du hier Nordic Walking machen oder was?« Er lächelt herausfordernd. »Ich will normal spazieren gehen, unter Männern, komm, Radi!«

Elise wirft Radomir einen halb befremdeten, halb belustigten Blick zu und schließt die Tür.

Sie gehen denselben Weg zum See hinunter, den Radi auch schon mit Natascha genommen hat. Das Dorf hat gegen die Mittagshitze Türen und Fenster geschlossen, kaum jemand ist auf der Straße. Khaled hat sich noch nie mit Höflichkeiten aufgehalten, und er fängt jetzt erst recht nicht damit an. Die beiden Handlanger bleiben etwas zurück.

»Warst du mit der Tante allein da drinnen? Du weißt, dass Allah das nicht so gerne sieht, oder?«

»Sie ist Ärztin«, sagt Radi, ohne weiter auf die Provokation einzugehen.

»Du gehst nicht ans Telefon.«

Radi hat Mühe, mit ihm Schritt zu halten, und noch mehr, sich das nicht anmerken zu lassen. »Ich bin hier in der Reha, Khaled. Das machen Leute manchmal nach einem Herzinfarkt.«

Khaled winkt ab. »Für mich siehst du voll fit aus.«

Er ärgert sich über Khaleds Heimsuchung, spricht seinen Ärger aber nicht aus. Er weiß, dass Khaled weiß, dass sein Auftauchen ein Affront ist. Aber er weiß auch, wie viel für sie beide auf dem Spiel steht. Er kann Khaled im Grunde nicht verübeln, dass er Präsenz zeigen will. Deswegen überspringt er den Streit, der jetzt folgen könnte. Er hat nicht genug Kraft für Streit.

Khaled bleibt mitten auf dem Kopfsteinpflaster der Fahrbahn stehen und sieht ihn durchdringend an. Er ist einen Kopf kleiner als Radi, trotzdem ist dieser es, der sich nun klein und unterlegen fühlt. »In der Zeitung steht, du bist betrunken gewesen. Stimmt das?«

»Ich regle das«, antwortet Radomir. »Habe ich …«

»Ich will bloß wissen, ob es stimmt oder nicht, Bruder. Ja oder nein?«

»Es stimmt nicht, und da es nicht stimmt, spielt es keine Rolle für uns. Ich kümmere mich darum.«

Khaled fixiert ihn, als versuche er den Wahrheitsgehalt scharfzustellen. In Wirklichkeit soll sein Blick Radomir verunsichern und ihn dazu bringen, mehr zu sagen, als er will. Aber Radomir hat gelernt, diese Art Angriffsfläche niemandem zu bieten.

»Du weißt, warum du bei uns bist?«, fragt Khaled beiläufig – so betont beiläufig, dass es die Grundsätzlichkeit der Frage sogar unterstreicht. »Obwohl du nicht Familie bist?«

»Ich bin dein Anwalt, Khaled. Du musst mit mir nicht reden wie mit deinen Kindern.« Radomir hält dem Blick stand, er weiß, dass dies ein wichtiger, womöglich entscheidender Moment ist. Dass er Khaleds Familie, sogar seine Kinder einbezieht, ist seinerseits eine Provokation. Wenn Khaled tatsächlich das Vertrauen in ihn verloren hat, wird er Radomir in seine Schranken weisen und ihm verbieten, seine Familie zu erwähnen.

Ihre Blicke messen sich, Khaled trifft seine Entscheidung. »Mit denen red ich nur Arabisch, weißt du ganz genau!«

Radomir lässt sich seine Erleichterung nicht anmerken. »Und ich dachte, dein Arabisch ist grottenschlecht.«

»Was redest du da, Mann? Kannst du gar nicht beurteilen, außerdem. Mein Arabisch ist super.«

Für den Moment hat die Stimmung sich gelöst, sie könnten jetzt weitergehen. Aber Khaled hält ihn fest. »Hast du mit Fatih gesprochen? Mit Sherif?«

»Ob ich sie informiert habe, oder was meinst du? Na klar.«

Ein Kleinwagen kommt auf sie zu. Twingo. Er möchte passieren, aber sie stehen mitten auf der Straße. Khaled beachtet das Auto nicht. »Wer sagt mir, dass die jetzt keinen Rückzieher machen?«

»Machen sie nicht. Niemand macht einen Rückzieher.«

Am Steuer des Wagens sitzt eine junge Frau, die nun anhält und hupt – kurz und leise, als ob es ihr unangenehm wäre, die Unterhaltung zu stören.

»Ey, wallah, siehst du nicht, dass wir beschäftigt sind?« Khaled geht einen Schritt auf sie zu; die Frau hinter der Windschutzscheibe gestikuliert in Richtung der Straße und hupt noch mal, diesmal weniger zaghaft.

»Du gehst nicht ans Telefon«, wendet sich Khaled wieder zu Radomir. »Vielleicht haben sie ja angerufen? Sind schon längst abgesprungen?«

Radomir schüttelt den Kopf. »Die Sache ist viel zu groß dafür. Alle wissen genauso wie du, dass sie für zehn, für zwanzig Jahre saniert sind, wenn alles klappt. Dass sie Ruhe haben vor der Polizei. Darum geht es doch.«

Die Frau hupt wieder.

Khaled, der ihn bei seiner kleinen Verteidigungsrede prüfend angesehen hat, dreht sich um und geht auf das Auto zu. »Wallah, du kannst gleich mal meinen schönen großen …«

Aber Radomir hält ihn an der Schulter fest. »Lass gut sein«, sagt er und zieht Khaled auf den schmalen Gehweg, sodass die Frau an ihnen vorbeifahren kann. Khaled ist leicht zu kränken, aber er nimmt wahr, wenn man es gut mit ihm meint. »Lohnt die Aufregung nicht, Khaled. Kein Aufsehen. Sagst du selber.«

Sie gehen weiter; sofort weicht Khaled wieder auf die Straße aus. »Diese scheiß Bürgersteige hier, was soll das sein? Sollen wir alle hintereinanderher watscheln wie verfickte Enten? Macht mich krank, diese Dorfscheiße.«

Er zieht eine Marlboro aus der Packung und hält sie im Gehen Radomir hin. Der lehnt wortlos ab. »War nur'n Test.« Khaled zündet an und entspannt sich wieder. »Okay«, sagt er. »Du rufst sie noch mal an.«

»Khaled, ich bin hier …«

Khaled bleibt abermals stehen und hebt zwei Finger mit

der Kippe dazwischen. »Komm mir nicht mit deinem Urlaub, ich will die Scheiße nicht hören.«

»Reha. Ist kein Urlaub.«

»Ich will, dass du denen Bescheid sagst. Dass alles in Ordnung ist, dass die sich keine Gedanken machen müssen. Wir sind alle Brüder und die ganze Scheiße.«

»Wie gesagt, ich hab schon …«

»Was ist mit Jalayer?«

Radomir hat schon auf die Frage gewartet. Jalayer ist der Dreh- und Angelpunkt, ihr Kontakt nach Beirut, die Schaltstelle zur Hisbollah. Wenn er abspringt, gibt es kein Geschäft, und was dann ist, das ist ein Gedanke, der wie ein außer Kontrolle geratenes Auto auf den Abgrund losrast. Er hat Jalayer bis jetzt nicht erreicht. Sein Büro sagt, er sei im Ausland und komme erst am Wochenende zurück. Davor sagten sie, er sei auf einer Konferenz.

»Jalayer hat Stress. Ist ziemlich ungemütlich gerade in Beirut.«

»Gut für uns«, sagt Khaled und klopft ihm mit dem Handrücken vor die Brust. »Man muss investieren, wenn Blut auf den Straßen fließt. Heißt doch so, oder?«

Radomir wird schwindelig; es ist zu heiß, und sie gehen zu schnell, und diese ganze Unterhaltung sollte nicht stattfinden. Er weiß nicht, ob er Jalayer überhaupt jemals wieder ans Telefon bekommen wird. Jalayer war es, der das Treffen in letzter Minute ins Park Inn verlegt hat, Jalayer ist es, der unter keinen Umständen mit den vieren in Verbindung gebracht werden will. Auch ihm könnte das Geschäft den Lebensabend sichern, aber die einzige Tat, durch die Radomir sich ihm gegenüber bislang ausgezeichnet hat, war die, nicht zum vereinbarten Treffen zu erscheinen. Warum sollte ihm Jalayer eine weitere Chance geben?

Er will sich ausruhen, zu Atem kommen, einen klaren Gedanken fassen. Er bleibt stehen, schnappt nach Luft und setzt sich auf die Treppe eines Hauseingangs. Panik überkommt ihn; als ob die Welt in ihrer unfassbaren Größe und Komplexität ihn verschlingt, ohne dadurch ihren Zustand auch nur im Geringsten zu ändern.

»Schon gut«, sagt er heiser. Sein Atem pfeift. »Schon gut. Nur einen Moment …«

Dann wird ihm schwummrig. Er verliert nicht das Bewusstsein, aber er merkt, dass sich die Wirklichkeit langsam auflöst und um ihn herum hektische Betriebsamkeit entsteht. Offenbar rennt einer von Khaleds Leuten nach oben, um den Wagen zu holen, denn schon ein paar Minuten später sitzt er weich und atmet klimatisierte Luft.

»Alles klar, Radomir, mach nicht schlapp jetzt, wir sind gleich da.« Mit einer gewissen Genugtuung bemerkt Radomir, dass Khaleds Stimme besorgt klingt. Jede Jovialität ist daraus verschwunden. Du brauchst mich, denkt Radomir; du brauchst mich mehr, als du zugibst. Der Gedanke beruhigt ihn, bis sie das Kloster erreicht haben, wo eine Pflegerin gleich erkennt, dass es schnell gehen muss, und Radomir zum diensthabenden Kardiologen bringt. Das Liegen entspannt ihn, die Enge in der Brust verschwindet, und damit die Panik. Je freier er atmen kann, desto klarer wird ihm, dass seine vorherige Einsicht zwar beruhigend gewesen sein mag, aber falscher nicht sein könnte: Er ist keineswegs Herr der Lage. Vielleicht hängt Khaleds finanzieller Erfolg von ihm ab, aber nicht mehr. Radomirs gesamte Zukunft hingegen liegt in Gells Hand, und er wird sie nur dadurch wieder an sich reißen können, dass er Khaled, Sherif und sogar Jalayer in die richtige Richtung führt: zu Gell.

6|6

Das Beratungsinstitut dieses Milić – Halal Finance Consulting – befindet sich in Kreuzberg, Adalbertstraße, mitten im Hoheitsgebiet seiner bevorzugten Klientel. Über seine Vita ist auf der Homepage nur wenig zu erfahren: Geboren im ehemaligen Jugoslawien, als Bosniake 1993 aus der heutigen Republika Srpska nach Deutschland geflohen, wo er 1997 sein zweites Staatsexamen bestand. Aus verschiedenen anderen öffentlichen Quellen trägt Jonas zusammen, dass Milić bis etwa 2015 Strafverteidiger für verschiedene Kriminelle aus dem Clanmilieu war, allen voran für Khaled El-Halabi, einschlägig bekannt aus Funk und Fernsehen. In einem aufsehenerregenden Prozess gelang ihm 2013 El-Halabis Freispruch vom Vorwurf der Geldwäsche und Steuerhinterziehung. Von den Medien wurde der Prozess als stellvertretend für weitere bislang unbewiesene Straftaten der Halabi-Familie gewertet: Erpressung, Körperverletzung, Einschüchterung von Zeugen, nicht zu vergessen Menschen- und Drogenhandel. Der Freispruch wurde vielfach kritisiert, vom Offenbarungseid der Justiz war zu lesen sowie von der Kapitulation des Rechtsstaats vor der organisierten Kriminalität.

In den letzten Jahren ist Milić dann vor allem als Finanzberater und -dienstleister in Erscheinung getreten. Auf der HFC-Homepage liest Jonas: »Als gläubiger Muslim fühle ich mich nicht nur dem deutschen Gesetz, sondern auch dem

Koran verpflichtet. In einem intransparenten Finanzsystem ist oft nicht auf den ersten Blick zu erkennen, welche Verträge halal und welche haram sind. Um hier verantwortungsvolle Entscheidungen treffen zu können, kommt es auf eine vertrauenswürdige Beratung an. Für dieses Vertrauen stehen wir mit unserem tief empfundenen Bekenntnis zur Scharia ein.« Auf einem Foto, das wohl in seinem Büro aufgenommen wurde, sitzt er mit einem Imam zusammen, ein anderes Foto zeigt ihn inmitten einer Menschenmenge vor einer Moschee. Die Fotos sind professionell inszeniert: Offensichtlich ist es Milić wichtig, das Bild eines sachkundigen, vertrauenswürdigen und islamverbundenen Fachmannes zu vermitteln.

Jonas' Posts über den Unfall sowie die Vertuschungsversuche haben ihm eine Flut neuer Freundschaftsanfragen und Kommentare eingebracht. Die Solidarität ist überwältigend. Die Reaktionen bestärken Jonas in seinem Verdacht, Milić versuche sich aus seiner Verantwortung zu stehlen und bekomme dabei Unterstützung aus zwielichtigen Kreisen. Viele signalisieren ihre Zustimmung durch verschiedene Emoticons, einige durch knappe Aufmunterungen wie »Wehr dich!« oder »Sei stark!«; manche wiederholen einfach den Hashtag #JusticeforVera§Mats. Die Initiative eines Berliner CDU-Kreisvorstandes namens #Clansstoppen lädt Jonas als Gastredner zu einer Veranstaltung über die Verteidigung des Grundgesetzes und das rechtliche Instrument der Beweislastumkehr für »verdächtige arabische Grofamilien« ein. Eine Gruppe namens Terror Utility Vehicles eröffnet ihm, mehr auf den autoindustriellen Aspekt abhebend, gesammelte Beispiele von Fällen, in denen die Autolobby nach schweren Unfällen mit SUV-Beteiligung gezielt Zeugen eingeschüchtert und Beweise vernichtet hat, um

Imageschäden von ihren Fahrzeugen abzuwenden. Er folgt ein paar Links und entdeckt, dass die Gruppe in den USA gegründet wurde und mittlerweile auch in vielen europäischen Ländern aktiv ist. Neben den zahlreichen Unfällen mit SUV-Beteiligung wird noch ein anderer Zusammenhang hervorgehoben: Durch den hohen Spritverbrauch solcher Autos kämen den ölfördernden Staaten erhöhte Einnahmen zu. Viele dieser Staaten, etwa Iran oder die Arabischen Emirate, finanzierten nachweislich terroristische Vereinigungen, was bedeute, dass jeder SUV-Fahrer sich auch mittelbar der Terrorunterstützung schuldig mache. Jonas empfindet das zwar nicht als zentralen Aspekt, aber er passt ins Bild.

Einige wenige User kritisieren ihn vorsichtig dafür, die mögliche Unschuld Milićs gar nicht in Betracht zu ziehen und mit der Veröffentlichung seines Fotos und Klarnamens zu Vorverurteilung und sogar Lynchjustiz aufzurufen. Tatsächlich haben sich einige dazu hinreißen lassen, Fotos brennender SUV zu posten oder Karikaturen, in denen der Verkehrsminister mit verzücktem Gesicht von der Autoindustrie penetriert wird.

Unter denen, die seine Posts geteilt, aber auch vor übereilten Schlüssen gewarnt haben, ist sein Freund Mesut – Mesut, der jetzt bei der Polizei ist und ihm bei der Beerdigung seine Unterstützung angeboten hat. Jonas' erster Impuls ist eine Art gallige Wut darüber, dass er ihn öffentlich kritisiert, ja: verrät. Aber schon einige Minuten später erkennt er, dass seine Reaktion übertrieben ist. Mesut formuliert einen legitimen Vorbehalt, der ausgeräumt werden muss. Er ruft ihn an.

Mesut ist überrascht und tastet sich verlegen und vorsichtig an Befindlichkeitsfragen entlang. Offenbar weiß er nicht, wie er mit Jonas umgehen soll. »Kommst du zurecht?«

Jonas sieht sich in der Wohnung um: Von dem Stapel Geschirr in der Spüle wäscht er immer nur die jeweils oberen beiden Teller im Badezimmer ab; der Müll quillt über; auf dem Küchentisch liegen Arbeitsblätter und Schulhefte von Enno zwischen Brotkrümeln und leeren Avocadoschalen. Er bekommt zwar noch keine Hausaufgaben, aber am Abend sitzen sie gemeinsam hier und schauen sich an, was Enno am Vormittag gelernt oder nicht gelernt hat. Jonas sucht dadurch den Zugang zu dem Jungen, hat aber mehr und mehr das Gefühl, dass Enno sich verschließt. Zwar gibt er ihm Auskunft über Fächer und Lehrer, aber allenfalls pflichtschuldig. Ob es ihm in der Schule gefällt oder ob er schon einen Freund gefunden hat, erfährt Jonas nicht. Er könnte ihn direkt fragen, aber das kommt ihm zudringlich, fast invasiv vor, so als wollte er ihn aushorchen. Daher schweigen sie viel, essen wortlos eine Scheibe Brot, dann bringt Jonas ihn ins Bett, ohne dass Enno nach einer Geschichte verlangt. Es bricht ihm das Herz, seinen Jungen so zu sehen. Er weiß nicht, was er tun soll.

»Ich komm schon zurecht. Aber du, da ist eine Sache, über die ich gern mit dir sprechen würde. Können wir uns treffen?«

Jonas rechnet Mesut hoch an, dass er sofort zu ihm kommt, mit einem Sixpack, wie früher. Er trägt keine Uniform, sondern ein Dead-Kennedys-T-Shirt.

»Wie packt der Kleine das alles?«

Jonas fällt dazu die Szene von vor zwei Tagen ein, als sie nach der Schule auf dem Spielplatz waren. Enno hatte ein Loch gebuddelt. Als Jonas dazu kam, sah er, dass eine halb verschüttete Fliege darin summte, die Enno gerade unter einer weiteren Schaufel Sand begrub.

»Ich hab ihn gefragt: Was machst du da? Und er sagt ganz glücklich … oder nicht glücklich, aber so, als ob nichts Besonderes wäre: Ich hab die Fliege gefangen. Und ich sage zu ihm: Ja, und jetzt ist sie kaum noch lebendig.«

Da sah Enno ihn an und fragte: »Was heißt lebendig?«

»Ich wusste nicht, wie ich das erklären sollte. Es fiel mir nichts ein. Nicht mal Stoffwechsel oder so was.«

Mesut nickt.

Was er Enno tatsächlich antwortete war: »Du weißt doch wohl, was lebendig heißt.«

Enno buddelte die Fliege wieder halb aus; sie begann von neuem zu summen und versuchte, wegzufliegen, kam aber nicht weit. Erneut schüttete Enno Sand auf sie.

»Da bin ich sauer geworden. Also ungeduldig erst, aber dann richtig sauer. Ich sag so zu ihm: Siehst du nicht, was du machst? Du bringst sie doch um. Und er wieder: Was heißt umbringen?«

Natürlich kennt Enno den Unterschied zwischen Leben und Tod, sie haben oft darüber geredet: Opa ist tot. Früher war er jung und hat geatmet und ist herumgelaufen, dann ist er alt geworden, dann krank, und dann hat er die Augen geschlossen und aufgehört zu atmen. Jetzt ist er nirgendwo mehr: sein Körper ist zu Staub zerfallen, und seine Seele hat sich in Luft aufgelöst.

»Ich meine, er kennt diese ganzen Begriffe, Körper, Seele, Geist, wir haben darüber gesprochen, er ist ja schlau!«

Mesut nickt wieder und nimmt einen Schluck Bier. Ganz sicher ist er nicht der richtige Gesprächspartner für so etwas. Aber er hat keinen anderen.

»Diese Fragerei hat mich rasend gemacht. Als ob er sich absichtlich dumm stellt.«

Tatsächlich hatte er ihn das gefragt: »Stellst du dich jetzt absichtlich dumm? Was soll das? Umbringen heißt, dass du sie tot machst.«

Und Enno, als ob er in sein Spiel vertieft wäre und sich für die Unterhaltung eigentlich nicht interessiert: »Was heißt tot?«

»Da bin ich ausgerastet.«

Mesut trinkt wieder einen Schluck Bier. »Was heißt denn ausgerastet?«

Auch Jonas trinkt.

»Du weißt doch ganz genau, was das heißt! Wie Mama! Wie Mama und Mats! Wolltest du das hören? Das heißt tot! Weg, nicht mehr da, nie wieder! Bist du jetzt zufrieden?«

»Und was ist dann passiert?«

Enno war in sich zusammengesackt und hatte nichts mehr gesagt. Lautlos vibrierten seine Wangen, dann begann er zu weinen. Ein paar Eltern sahen ihn an, dann Jonas, dann schnell wieder weg. Er zog Enno zu sich und umarmte ihn. »Tut mir leid, Kumpel. Das wollte ich nicht. Hörst du? Ich wollte das nicht.«

Er schämt sich jetzt noch. Die Scham ist so überwältigend, dass sie ihm allgegenwärtig vorkommt. »Keine Ahnung, warum ich das erzähle.«

Zumal die Zeit für solche Vertraulichkeiten längst vorbei ist, spätestens seit Mesut zur Polizei gegangen ist. Jonas hatte ihm das damals sehr übel genommen. Sie hatten gemeinsam Punkkonzerte besucht und waren bei Demos gegen den Irakkrieg eingekesselt und grundlos mit Tränengas besprüht worden. Zur Polizei? Plötzlich hatte es von jetzt auf gleich keine gemeinsame Basis mehr zwischen ihnen gegeben.

»Ich finde gut, dass du … du weißt schon.« Mesut hütet sich vor den vielen kleinen Sprengladungen, die hinter jedem Wort hochgehen könnten. »Irgendwas tust. Es rauslässt.«

Jonas erkennt, dass das der einschlägige Themenwechsel ist. »Du meinst: im Internet?«

»Ja. Also erst mal egal jetzt, ob das zu was führt oder nicht.«

»Mir ist es nicht egal.«

»Ja klar. Logo!«

Jonas holt sich ein weiteres Heineken aus dem Kühlschrank. »Ich glaube, unter denen, die da was von Unschuldsvermutung palavern, sind einige, die zu ihm gehören. Milić.«

»Kann schon sein«, sagt Mesut.

»Man muss sich doch fragen: Wie können die jetzt schon die Ermittlungen einstellen?«

»Na ja: wenn wirklich nichts dran ist ...«

Eine Pause entsteht. Das ist eine gute Gelegenheit für seine Frage. »Was ist, wenn du mal nachsiehst?«

»Was?«

»Na, die werden ihm ja Blut abgenommen haben. Diesem Milić. Spätestens bei der Einlieferung ins Krankenhaus.«

»Davon ist auszugehen.«

Jonas sieht ihm an, dass er schon ahnt, welche Frage jetzt kommt. »Hast du nicht Zugang zu der Akte?«

Mesut fällt in die Stuhllehne zurück, als hätte Jonas ihn geohrfeigt. »Zugang? Ja schon, aber ...«

Jonas hat mit Bedenken gerechnet. Er hat gute Argumente gegen diese Bedenken. Eins davon ist, dass Bedenken zu spät kommen, wenn man vorher großspurig versprochen hat, einen alten Freund zu unterstützen. Für irgendetwas muss es schließlich gut sein, dass Mesut sich den Bullen angeschlossen hat.

Da steht Enno im Küchendurchgang, ohne Hose, untenrum nackt. Mesut scheint die Ablenkung gelegen zu kommen.

»Enno«, sagt Jonas ohne Vorwurf. »Hat's wieder geregnet? Hm?«

Enno sieht zu Boden.

»Kann was dauern«, sagt Jonas zu Mesut und steht auf. »Wenn du gehen willst …«

»Nee, nee, mach mal in Ruhe.«

Er bringt Enno zurück ins Bett. Fast routiniert nimmt er die nasse Unterlage weg und zieht das Bettzeug ab. Es ist kein frisches Laken mehr da, also muss er eins aus dem Haufen ziehen, in dem die Laken der letzten Tage bereits wieder getrocknet sind. Es ist nur Kinderpipi, denkt er. Es riecht ja nicht wie im U-Bahnhof unter der Treppe.

Als Mesut weg ist – aus einem Sixpack sind zwei geworden –, geht er in das dunkle Kinderzimmer und setzt sich vor den Schrank auf den Boden. Er umklammert Elliot, das Schmunzelmonster, zieht es ganz nah zu sich, bis er den Staub in dem Polyesterfell riecht. Fahles Laternenlicht fällt in das Zimmer, er sieht die Umrisse des Doppelbettes, des Regals, der Spielsachen auf dem Boden. Unvermittelt fällt ihm auf, dass er sich im Moment – und der Moment dauert bereits lange an – mit nichts von alldem verbunden fühlt: nicht mit den halbdunklen Einrichtungsgegenständen, nicht mit dieser Wohnung, auch nicht mit dem, was er bislang zu seinem Lebensunterhalt getan hat. Es ist ein außergewöhnlich deutliches, ja mächtiges Gefühl: dass er in all diesen gewohnten Dingen und Verrichtungen im Grunde ein Fremdkörper ist und immer schon war, ohne Berechtigung, darin vorzukommen, geschweige denn zu leben. Was er bislang getan hat, kommt ihm belanglos vor, und was noch vor ihm liegt, erscheint ihm als eine Leere, in der er vergeblich nach einem Haltepunkt sucht. Er denkt an Enno, der drüben im großen Bett schläft. Schnell steht er auf, sieht nach dem Jungen, der die Decke weggestrampelt hat und ruhig atmet, deckt ihn zu und kehrt in die Küche zurück. Öffnet die letzte Flasche Bier, klappt seinen Laptop auf und klickt sich auf der Suche nach narkotischen hidden services für die nächsten Stunden durch .onion-Verzeichnisse, bis er Enno nach seiner Mutter rufen hört.

6|6

Wie haben Sie geschlafen, Herr Milić?«

»Gut.« Er zögert; tatsächlich hat er lange wachgelegen. »Na ja. Ich habe schlecht geträumt.« Er versucht sowohl den Traum als auch das Thema mit einer Handbewegung beiseitezuwischen.

»Worum ging es in dem Traum? Erzählen Sie!«

So wie Elise es sagt, klingt es nicht wie ein Befehl, aber auch nicht wie eine Bitte. Eher eine Aufforderung, deren Berechtigung sich unmöglich infrage stellen lässt. Die Art und Weise, wie sie mit ihm umgeht, überrascht ihn. Überrascht ihn und fordert ihn heraus.

»Es war Krieg.«

»Ein bestimmter Krieg?«

Er könnte behaupten, es nicht mehr zu wissen. Aber der Traum haftet an ihm; vielleicht wird er ihn los, wenn er es ausspricht.

»Ich war studieren in Deutschland«, sagt er. Der Satz klingt zusammenhanglos und obendrein unvollständig; Elise wartet auf das, was noch fehlt. Normalerweise überspringt er den Teil, der zwischen seiner Rückkehr nach Prijedor und der Flucht aus Omarska liegt. Er kann darüber reden, aber wenn möglich vermeidet er es. Jetzt ist er dabei, diese Regel zu brechen.

»Als ich hier war, in München zum Studium, brach der

Krieg aus. Da bin ich nach Bosnien zurück. Wo ich herkomme.«

»Und haben Sie gekämpft?«

»Na ja, ich habe … geholfen. Später waren wir in einem Lager. Ich und meine Frau.«

»Haben Sie sich dort kennengelernt?«

»Wir kannten uns schon. Von vorher. Wir sind dann zusammen weggegangen. Geflohen.«

»Vor den Serben?«

»Vor dem Krieg.«

»Das müssen schmerzhafte Erinnerungen für Sie sein.«

Er könnte die ganze Geschichte erzählen, mit Namen, Daten, Orten. Er weiß, dass der Traum ihn den ganzen Tag verfolgen, an ihm kleben wird wie Pech. Es ist seine Geschichte: Er hat sie gemacht. Etwas davon könnte er erzählen und im Erzählen spüren, wie sich der Traum langsam in ihm löst. Aber das Bedürfnis wird vorübergehen. Es ist sicherer, über das Thema zu schweigen, anstatt sich ohne Not in Widersprüche zu verwickeln.

Elise schreibt etwas in ihre Kladde. Vielleicht ist sie diejenige, die es genauer wissen will, jetzt und hier. Er weiß nicht, was er tun wird, wenn sie weiter fragt. Sie sieht ihn prüfend an. Dann sagt sie unvermittelt: »Ich möchte mit Ihnen gern über Ihren Unfall sprechen.«

Sie scheint seinen Einspruch abzuwarten, aber er zeigt nur seine einstudierte Reaktion auf derartige Provokationen: keine Reaktion.

»Ich weiß, dass dabei zwei Menschen umgekommen sind. Und ich lese in den Dokumentationen der Kolleginnen, dass Sie bislang psychologische Beratung ablehnen.«

»Ich brauche keine Beratung.«

Elise klopft mit dem Ende ihres Bleistiftes leise auf die

Linoleumunterlage ihres Schreibtischs und scheint nach den richtigen Worten zu suchen. Es ist ruhig in ihrem Büro, obwohl das Fenster geöffnet ist. Keine Stimmen auf dem Flur, keine Vögel, nicht einmal Wind, der in den Bäumen rauscht. Es ist so ruhig, dass er vielleicht seinen eigenen Herzschlag hören könnte, wenn er sich darauf konzentrieren würde. Aber wenn er es täte, wer sagte ihm, dass sein Herz dann weiterhin gleichmäßig schlüge? Die Dinge gehen nur so lange leicht von der Hand, wie man nicht über sie nachdenkt. Das Grübeln ist der Erzfeind der Routine.

Elise sagt: »Herr Milić. Sie wären der Erste, der seine Gefühle nach solch einem Ereignis ganz alleine bewältigen kann.«

»Ich habe keine Schuldgefühle, wenn Sie das meinen. Ich war nicht schuldfähig, als der Unfall passierte. Nicht. Schuldfähig.« Er betont es, weil es die einzige Formulierung ist, auf die es ankommt: Er weiß, worauf Sie hinauswill.

»Aber Sie waren beteiligt. Wie sollte Sie das nicht beschäftigen? Schuldgefühle wären eine ganz natürliche …«

»Noch einmal, ich fühle mich nicht schuldig. Es war ein Herzinfarkt, ich hatte keine Kontrolle über meinen Körper. Was passiert ist, ist schlimm, aber es ist passiert, ohne dass ich es gesteuert habe.«

»Aber Sie *saßen* am Steuer, nicht wahr? Wer, wenn nicht Sie, hat den Unfall verursacht? Wer sollte sich verantwortlich fühlen für das, was passiert ist? Der Autohersteller? Die Opfer?«

»Wollen Sie mir Schuldgefühle einreden, um sie dann zu behandeln? Ist das die Geschäftsidee hier?«

»Ich behaupte, dass die Schuldgefühle sowieso da sind, Herr Milić. Völlig unabhängig davon, ob Sie sie wahrnehmen oder nicht.«

»Suggestivbehauptung.«

»Wer soll sich Ihrer Meinung nach mit diesen Gefühlen beschäftigen? Sie? Oder die Hinterbliebenen der Opfer?«

»Ich jedenfalls nicht.«

»Dann also die Hinterbliebenen. Haben Sie Kontakt zu ihnen aufgenommen?«

Er holt tief Luft. Es klingt, als fühle er sich durch die Frage irritiert oder bedrängt, dabei fällt ihm seit dem Unfall bloß das Atmen bisweilen schwer. »Wann sprechen wir über meine Genesung?«

»Das tun wir längst. Ihre Trauerarbeit ist ein wesentlicher Bestandteil Ihrer Genesung.«

»Trauerarbeit. Ist wieder so ein Wort, mit dem Ihre Branche sicherstellt, dass nie die Aufträge ausgehen.«

»Die eigene Trauer zuzulassen und in etwas Positives zu verwandeln, das geschieht bei den meisten Menschen nicht von selbst. Genau wie man nicht von selbst sein Körperfett loswird. Sie merken es vielleicht lange nicht, aber es ist da, und irgendwann sind Sie so schwer, das Sie sich nicht mehr gut bewegen können. Sie müssen dafür arbeiten, es wieder loszuwerden.«

»Ich soll mich also anstrengen, den Tod von diesen Menschen zu betrauern. Die mir völlig unbekannt sind.«

»Richtig.«

»Warum soll ich ausgerechnet um ihren Tod trauern? Warum nicht um den der anderen Unfallopfer, die gestorben sind, zur gleichen Zeit, überall auf der Welt?«

»Da fallen mir viele Gründe ein. Weil dieser eine Unfall ohne Sie nicht geschehen wäre?«

Genau hier fängt die Sache an, aus dem Ruder zu laufen, das sind Gells Worte. Radomir teilt diesen Pessimismus nur bedingt, auch wenn er wenig gegen die grundsätzliche Einschätzung vorbringen kann, dass man bei einem Familienvater, dessen Frau und Kind überfahren wurden, auf impulsive Reaktionen gefasst sein muss. Dieser Nimrod ist ein Spinner ohne Mittel und Einfluss, aber natürlich sieht auch Radomir ein, dass er eine Menge Ärger machen kann.

»Was schwebt Ihnen da vor?«, fragt er. »Soll ich zu diesem Vater gehen, ihm die Hand auf seine Schulter legen und sagen: Tut mir leid, hab ich Ihre Familie überfahren. Kommt nicht wieder vor. So?«

»Was hält Sie davon ab, es zu versuchen?«

Er lacht. Es ist ein unwillkürlicher Laut. Ist sie wirklich so naiv, oder verlangt nur ihre Rolle von ihr, ihm diese Fragen zu stellen?

»Wie schon gesagt: ich bin nicht schuldfähig. Paragraph 20 Strafgesetzbuch. *Ohne Schuld handelt, wer bei Begehung der Tat …*«

»Ich rede nicht von juristischen Kategorien, sondern von Ihren Gefühlen. Trauer und Schuldgefühle enden nicht, nur weil eine Akte geschlossen wird.«

Er fühlt sich unbehaglich und an die Wand gedrängt. Er weiß, wovon sie redet. Im *sulh*-Verfahren, in dem die Scharia die *qisas* regelt, ist die Versöhnung das letzte Ziel der Vergeltung. Sie ist nur möglich, wenn die Geschädigten einen angemessenen Ausgleich für ihren Verlust erhalten: Blutgeld. Aber das hat er Nimrod bereits angeboten. Nimrod hat seine Wahl getroffen.

Er wird Elise nicht davon abbringen können, ihn für therapiebedürftig zu halten. »Es ist alles in Ordnung mit meinen Gefühlen.«

»Ja. Aber Sie möchten doch sicher, dass das auch so bleibt?«

Er schüttelt den Kopf und lächelt. Wie könnte sie einsehen, dass sie falsch liegt? Sie würde ihre gesamte Profession infrage stellen. Dabei ist sie ahnungslos. Er kann ihr schlecht erzählen, dass er, während er hier Teestunde mit ihr hält und auf seine Massage wartet, bei den Chefs von drei der größten und einflussreichsten Berliner Familien, einem ranghohen Funktionär der Hisbollah und einer Handvoll Banken Klinken putzen muss, um sie davon zu überzeugen, dem Geschäft, das sie gemeinsam abschließen wollten, noch eine letzte Chance zu geben. Er kann ihr schlecht sagen, dass er der Ideengeber und Initiator dieses Projekts ist, das in dieser Form das vielleicht erste weltweit wäre: ein Investmentfonds für Unternehmer ohne Handelsregistereintrag, in den sie ihr Schwarzgeld über zyprische und libanesische Banken einzahlen und dafür am Ende des Quartals legale Dividenden erhalten wie aus einem Pensionsfonds – Prämien durch wohlmeinende Steuerprüfungen auf Zypern und Kokainlieferungen über Antwerpen inklusive. Er ist der Dirigent eines gewaltigen Orchesters, das über die ganze Welt verteilt ist und in dem kaum ein Musiker den anderen kennt, das aber dennoch eine perfekte Symphonie zu spielen imstande sein wird.

Ebenso wenig kann er ihr sagen, dass diese Musik – obwohl alle Musiker bereitstehen und ihre Instrumente ein letztes Mal poliert und gestimmt haben – vielleicht niemals erklingen wird, wenn er nicht alle Beteiligten davon überzeugen kann, dass er der richtige Dirigent für dieses Konzert ist. Kein städtisch angestellter Kapellmeister, sondern ein Visionär mit absolutem Gehör: ein Jahrhundertgenie von einem Dirigenten. Und wenn dieses Konzert nicht stattfinden wird, weil er es nicht rechtzeitig geschafft hat, alle Musiker um sich zu versammeln, dann werden die, die bereits Tickets gelöst und sich in Schale geworfen haben für den großen Abend, bitter enttäuscht sein. Einige haben Jahre auf diesen Abend gespart, andere – etwa die Frau des Dirigenten – freuen sich darauf, dass nach dieser gewaltigen Verausgabung ein zurückgezogenes Leben in Ruhm und Ruhe wartet. Sollte die Symphonie scheitern, wird er für den Rest seines Lebens keine Ruhe mehr haben, vor niemandem. Er wird landauf, landab als Faktotum verheizt werden, eingesetzt dort, wo andere ihn fiedeln sehen wollen, er wird weder nach seiner Vision noch überhaupt nach seiner Meinung gefragt werden, und am Ende wird er keinen einzigen Mitspieler mehr finden und als einsamer, zerlumpter Straßengeiger an irgendeiner zugigen Ecke dieser Erde zugrunde gehen. So gesehen ist das, womit er sich hier herumschlagen muss, wie das nervtötende Summen einer Fliege im Zimmer. Lass es gut sein, sagt er sich. Er muss ihr nichts beweisen. Ein paar Runden auf dem Ergometer noch, dann hat er sein Soll erfüllt und kann sich wieder um die wichtigen Dinge kümmern.

Aber er lässt es nicht gut sein. »Und was meinen Sie, wie er reagieren wird? Der Vater? *Schon gut? Nicht so schlimm?*« Radomir ist über sich selbst erschrocken; es sieht ihm nicht ähnlich, dass er sich an seine eigenen Vorsätze nicht hält.

»Niemand kann wissen, wie er reagieren wird. Aber seine Reaktion ist nicht das Entscheidende.«

»Sondern?«

»Sondern dass Sie Demut zeigen und sich der Situation stellen.«

»Ich stell mich allen möglichen Situationen.« Er steht auf. »Sogar welchen, vor denen Sie schreiend davonlaufen würden.« Er sieht sich in dem Sprechzimmer um: Alles hier ist sauber verfugt und frisch gestrichen. Blumen, Kunstdrucke, und immer Sonne über dem blauen Ammersee. »Ich sage Ihnen: wir sind hier fertig. Sie können Ihre schönen Geschichten weiter den Hausfrauen und Rentnern erzählen. Damit helfen Sie mir nicht. Ich habe Arbeit zu tun.«

Er dreht sich um, öffnet die Tür und zögert einen winzigen Moment, weil er damit rechnet, dass Elise ihn aufzuhalten versucht. Aber sie sagt nur: »Sie haben einen weiten Weg vor sich. Ich wünsche Ihnen dafür ein starkes Herz, Herr Milić.«

Einen Porsche Cayenne GTS hat die örtliche Autovermietung nicht im Sortiment, aber Radomir kann zwischen einem BMW X6 und einem Mercedes GLE Plug-in-Hybrid mit 246 PS wählen. Er entscheidet sich für das BMW-Modell mit deutlich mehr Leistung. Der Wagen wird ihm zwei Stunden später zur Klinik gebracht, wo er am Empfang die Entlassungspapiere (gegen ärztlichen Rat) unterzeichnet und sich freundlich verabschiedet. Seine Reisetasche trägt er alleine; er fühlt sich ausgezeichnet. Der Himmel hat sich etwas bewölkt, wodurch die Hitze nicht mehr so drückend ist, dazu weht ein angenehmer Wind. Er freut sich auf die Fahrt: allein mit sich, weg von hier, auf dem Weg, seine Probleme zu lösen. Er weiß, wie; er hat einen Plan.

Am frühen Nachmittag lenkt er den Wagen vom Parkplatz der Klinik und entlang der Westseite des Sees Richtung A96. Das Auto ist kaum 5000 Kilometer gefahren und in gutem Zustand. Die Anordnung der Bedienelemente ist anders als bei seinem Porsche, aber ebenfalls durchdacht und intuitiv verständlich. Das Fahrgefühl ist grandios: die Federung stramm und sportlich, die Lenkung spricht auf die kleinste Bewegung an, die Beschleunigung drückt ihn sanft in den Ledersitz. Aber schon zwischen Bierdorf und Rieden fühlt er sich unkonzentriert, sein Sichtfeld ist irgendwie verschwommen, ohne dass er dafür eine Ursache findet. Als er auf der

Uferseite kurz einem idyllisch gelegenen Seepavillon nachschaut, nimmt er vor sich aus den Augenwinkeln eine Gruppe wahr, die aus einem nahegelegenen kleinen Bahnhof kommt. Sofort steigt er auf die Bremse und bringt den schweren Wagen innerhalb einer Sekunde zum Stehen. Er sieht, dass die Gruppe noch ein gutes Stück vom Straßenrand entfernt ist und sich überdies gar nicht in diese Richtung bewegt hat. Hinter ihm hupt ein Pritschenwagen, der ihm nach dem unvermittelten Bremsmanöver um ein Haar aufgefahren wäre. Die Ausflügler sehen sich verwundert an, lachen ausgelassen und setzen ihren Weg fort. Es gab keine Gefahrensituation, nicht einmal ansatzweise. Sein Herz hämmert, er spürt einen Schmerz, den er nicht kennt und der nicht da sein sollte. Er fährt rechts ran, nimmt eine Filmtablette und spült sie mit etwas Wasser herunter. Nichts passiert. Es ist nichts passiert. Ein Fehlalarm, das kann vorkommen. Er schließt die Augen und öffnet das Fenster; sofort kriecht die Wärme hinein und erdrückt die frische Luft der Klimaanlage. Das Gefühl der Enge in seiner Brust, das bis hinauf in die Kehle reicht, verschwindet nicht. Nach einer Viertelstunde drückt er auf den Anlasser, um weiterzufahren, aber ihn überfällt eine Übelkeit und Schwäche wie vor seinem Zusammenbruch mit Khaled. Nach einer weiteren Stunde erreicht er in einem indiskutabel langsamen Tempo die Autovermietung.

»Ist etwas mit dem Wagen nicht in Ordnung?«

»Alles bestens. Ich hätte nur gern etwas Kleineres.«

Die Frau trägt ein dunkelblaues Kostüm mit einem orangefarbenen Halstuch, sie sieht aus wie eine Flugbegleiterin.

»Mal sehen ... Wie wäre es mit einem Cabrio? Der Audi vielleicht?«

Er lässt sie den Monitor zu ihm drehen und tippt auf ein anderes Modell.

»Der Mini? Da müssten Sie mit der Beinfreiheit mal schauen bei Ihrer Größe …«

»Wird schon gehen.«

Tatsächlich sitzt er viel beengter und tiefer, gefühlt fast auf Bodenhöhe, wie in seinem Spider. Unsicher. Es ist gewöhnungsbedürftig, aber es wird schon gehen.

Zwei Stunden später steht er am Hauptbahnhof in München und denkt zurück an den Tag seiner Abreise nach Serbien. Damals hat er sich ähnlich bedrückt gefühlt wie jetzt; bedrückt, weil er nicht wusste, was vor ihm lag. Er fuhr nicht aus freien Stücken, etwa, weil er Idealist gewesen wäre und seine Heimat gegen Angreifer verteidigen wollte. Er fuhr zurück in seine Heimat, weil man ihn darum gebeten hatte. Hatte man ihn gebeten? Tatsächlich erinnert sich Radomir an keinen Anruf und keinen Brief, weder von seiner Mutter, noch von seiner Schwester oder von Jugendfreunden, die ihn explizit um seine Rückkehr gebeten hätten. Dennoch hatte er ihre Erwartung mit unerträglicher Vehemenz gespürt, die Enttäuschung, sollte er sie im Stich lassen, und seine Scham darüber. Damit hätte er nicht leben können.

So ist es auch jetzt: Er hat Versprechen abgegeben, und die darauf gegründeten Hoffnungen kann er nicht enttäuschen, wenn er weiterhin einen Rest Achtung vor sich bewahren will.

Es ist schon Abend, als er den Berliner Hauptbahnhof erreicht. Im Gewimmel findet er Theresia nicht gleich. Er ruft sie vom Bahnsteig aus an, nachdem der erste Schwall Reisender abgeflossen ist und ein neuer bereits anbrandet. Schließlich begegnet er ihr auf der Rolltreppe nach unten.

Sie begrüßt ihn, als sei seine Rückkehr lange geplant gewesen. Falls sie über seine vorzeitige Abreise aus Bayern enttäuscht ist, lässt sie es sich nicht anmerken. Sie will seine Tasche nehmen; er wehrt sich zwar, aber schließlich nimmt sie sie doch.

Im Parkhaus öffnet sie einen SUV per Fernbedienung. Es ist ein Cayenne GTS, schwarz, das gleiche Modell wie der Unfallwagen.

»Was ist das?«

Sie lächelt, wie bei einer Überraschung, von der man annimmt, dass für das Gegenüber ein langgehegter Traum in Erfüllung gehe. »Ein Geschenk.«

»Geschenk? Von wem?«

»Khaled sagt, du brauchst ein Auto. Du kannst nicht mit einem Oldtimer bei deinen Geschäftspartnern vorfahren.«

»Sagt Khaled?«

»Ja, Khaled sagt das.«

Er weiß nicht, was er darauf entgegnen soll. An eine freundschaftliche Geste glaubt er nicht, dennoch versucht er, Freude vorzutäuschen. Warum eigentlich? Er muss vor Theresia kein Theater spielen.

»Willst du fahren?«, fragt sie ihn. »Mir ist er zu groß.«

Er muss nicht »mir auch« sagen; Theresia versteht wortlos, dass er ablehnt, findet es sogar vernünftig.

Als sie den Cayenne neben den Spider in die Garage lenkt, erhebt sich mühsam der alte Samson, der dort wie üblich auf seiner Decke geschlafen hat, und trottet ihm, träge mit dem Schwanz wedelnd, zur Begrüßung entgegen.

Eben hat er ein Treffen mit Sherif vereinbart – ein gutes, ein herzliches Gespräch –, jetzt sitzt er in einem Liegesessel und lässt die Sonne sein Gesicht bescheinen. Er fühlt sich beruhigt. Zum ersten Mal, seit diese Sache passiert ist, hat er das Gefühl, dass er den Schaden begrenzen kann. Sherif hat sich nach seiner Gesundheit erkundigt, er klang aufmunternd und zuversichtlich, dass sie das Geschäft, wenn auch mit zeitlichem Verzug, abschließen können. Natürlich war er etwas besorgt, vor allem über die schlechter werdende politische Lage im Libanon, und tatsächlich hat auch Radomir mit Unbehagen zur Kenntnis genommen, dass die Proteste auf den Straßen – gegen die Inflation, gegen die Korruption, gegen al-Hariris Regierung – jeden Tag lauter werden. Aber Proteste hat es immer gegeben seit Ende des Krieges. Er wird sich jetzt nicht verrückt machen wegen der Proteste. Er tut, was er kann, und im Augenblick sieht es danach aus, als würde es reichen.

Hinter den Büschen und Tannen, die nur ein wenig die Sicht versperren, liegt der Schlachtensee. Am Nachmittag und am Wochenende hört man hier die Jugendlichen, das Lachen, die leise (und manchmal lautere) Musik. Vor dem Unfall haben ihn diese Geräusche manchmal gestört, aber jetzt fehlen sie ihm fast. Er ist privilegiert: eine Frau, die ihn liebt und umsorgt, ein Haus ohne gravierende Baumängel, ein Oldtimer, an dem er bald wieder wird herumschrauben können. Er könnte hier in Frieden alt werden.

Früh am nächsten Morgen entdeckt er auf Facebook den Post. Deutsch und Englisch. Offenbar hat Nimrod es irgendwie geschafft, sich Zugang zu der Polizeiakte zu verschaffen. Radomir fängt an zu lesen, und je weiter er liest, desto größer wird der Radius der Katastrophe.

Warum hat die Polizei die Ermittlungen eingestellt, obwohl die Blutalkoholkonzentration rund eine Stunde nach dem Unfall bei 1,1 Promille lag. Warum? Hat Milić irgendwie Einfluss auf die Polizei? Kann er Ermittlungen gegen sich verhindern? Oder kann es sein, dass irgendwer die Hand über ihn hält? Er hatte vorher schon Probleme mit Trunkenheit am Steuer, 2014 und 2016, vier Punkte sind noch auf seinem Konto in Flensburg. Das passt nicht zu der Darstellung auf seiner Homepage, er sei ein vertrauenswürdiger, gottesfürchtiger Muslim. Das sieht mir eher nach einem zwielichtigen, gottlosen Lügner aus.

Und es gibt noch mehr: In dem Unfallbericht steht, dass der Fahrer nicht bei Bewusstsein war, als der Notarzt ihn untersuchte. Aber er lag fünf Meter entfernt von dem Wagen im Gras. Wie hätte er sich mit einem Herzinfarkt UND *bewusstlos alleine aus dem Wagen befreien können, zumal er angeschnallt und vom Airbag eingeklemmt gewesen sein muss? Entweder ist also die ganze Herzinfarkt-Geschichte ein Fake, oder jemand hat ihm aus dem Wagen geholfen. Ich habe von all dem nichts gesehen, weil ich nach dem Aufprall Vera und Mats gesucht habe. Ich weiß nur, dass er schon draußen lag, als ich zurückkam. Keine Ahnung, wie lange ich vom Auto weg war, ich stand unter Schock, aber es können höchstens zwei bis drei Minuten gewesen sein. Auf den Fotos ist deutlich zu sehen, dass die Fahrertür und die hintere rechte Beifahrertür offen standen. Ich kann mir nicht vorstellen, dass bei so einem teuren Auto die Tür von ganz alleine aufspringt, trotz Aufprall, ich habe das bei keinem Auto mit Kollisionsschaden gesehen, und ich habe einige davon recherchiert in den letzten Tagen. Für mich sieht es so aus, als wäre da eine zweite Person mit im Wagen gewesen. Ich will herausfinden, wer das gewesen sein könnte, und ich hoffe, ihr könnt mir dabei helfen.*

Radomirs Beine geben nach. Der Post ist noch keine Stunde alt und wurde bereits 277-mal kommentiert und über 500-mal geteilt. Eine geschlossene Front gegen ihn. Er dachte, die Geschichte sei vorbei: kein Alkoholverdacht,

Akte geschlossen, alle gehen wieder an ihre Arbeit. Wie lange wird es dauern, bis dieser Post im Profil von jemandem aus Khaleds oder Sherifs großer Familie landen wird? Tage? Stunden?

Panik, stärker als jemals zuvor, steigt von den zittrigen Beinen über den Magen bis zur Brust, die sich zuzieht und ihm das Atmen schwer macht. Sein Kopf ist leer, aber in dieser Leere überschlagen sich in Zeitlupe zusammenhanglose, bedrohliche Gedankenfetzen, die er nicht zu fassen bekommt. Was da steht, wird sich nicht einfach vom Tisch wischen lassen. Selbst wenn er überzeugend ist, selbst wenn er beteuert, dass diese Behauptungen die Erfindungen eines verzweifelten, rachsüchtigen und geistig verwirrten Niemands sind, wird der Zweifel diesmal größer sein, so groß, dass es allen sicherer erscheinen wird, die Zusammenarbeit mit ihm zu beenden.

Sein Telefon klingelt. Wie in Trance greift er danach und muss nicht hinsehen, um zu wissen, dass es Gells unbekannte Nummer ist.

»Wir müssen uns treffen.«

»Ich hab's gesehen. Gerade.«

»Du musst das beenden. Du musst das *sofort* in den Griff kriegen.«

Wie denn? Beinahe hätte er die Frage laut gestellt. Aber dann sagt er: »Ich kriege das hin.«

Gells beredtes Schweigen offenbart ihm, dass er ihm nicht glaubt und nur aus Rücksicht auf seinen Zustand darauf verzichtet, seine Zweifel laut auszusprechen. »Ich will, dass wir uns morgen Vormittag treffen«, sagt Gell stattdessen.

»Ich gehe mit Sherif zum Freitagsgebet.«

Pause. Gell sieht wahrscheinlich in seinem Kalender nach einem anderen Termin. »Dann bete mal schön.«

5|5

Er wacht davon auf, dass er Enno in der Küche hört. Im Halbschlaf denkt er: Das ist nicht gut. Türme von Geschirr und Besteck überall, es ist eine Frage von Sekunden, bis etwas um- oder herunterfallen wird. Aber sein Kopf fühlt sich dermaßen schwer an, dass er nicht einmal die Augen öffnen kann.

Dann hört er das Blubbern des Wasserkochers, den Automatikstopp. Er schnellt nach oben und taumelt auf wackligen Beinen in die Küche. Als ob er wüsste, was jetzt geschehen wird, ruft er schon im Flur »nein, nein, nein«, aber tatsächlich ist es zu spät, und es geschieht genau das, was er vorausgesehen hat: Der Wasserkocher schwappt über, das heiße Wasser landet auf Ennos nacktem Fuß, vor Schreck lässt er den Wasserkocher los und das restliche Wasser verbrüht beide Beine. Enno schreit auf höchster Lautstärke. Jonas zieht ihn aus der heißen Pfütze und verbrüht sich dabei selber den Fuß, trägt Enno ins Bad und reißt den Duschvorhang zur Seite, sodass die Halterung sich halb aus der Wand löst. Kaltes Wasser, denkt er, aber nicht direkt auf die Haut. Er versucht, ein Handtuch um Ennos sich bereits rötende Unterschenkel zu wickeln, aber der brüllt und zappelt und wehrt sich.

»Halt still!« Er öffnet den Wasserhahn und richtet den Duschstrahl auf Ennos Beine. »Halt still, wir müssen das kühlen!«

Als der Schmerz etwas nachgelassen hat und Enno nicht mehr ganz so laut brüllt, zieht er sich an, wickelt Enno ein nasses Handtuch um die Beine und fährt ihn mit dem Lastenrad in die Notaufnahme des Vivantes. Erst als sie dort angekommen sind, sieht er auf der Uhr im Wartezimmer, dass es schon fast 12 Uhr Mittag ist. Er hat bis vor einer halben Stunde tief und fest geschlafen.

Die Ärztin kritisiert alles, was Jonas zur Erstversorgung unternommen hat. Das Wasser, mit dem er die Verbrühung gekühlt hat, war zu kalt, sodass die erhöhte Durchblutung die geschädigten Hautpartien nur umso stärker schmerzen ließ, was erklärt, dass Enno auch eine Stunde nach dem Vorfall noch nicht aufgehört hat zu brüllen. Außerdem habe Jonas, statt einfach einen Notarzt zu rufen, Enno unsachgemäß transportiert.

»Wie soll man denn ein Kind *sachgemäß* transportieren?«

»Jedenfalls ganz gewiss nicht unangeschnallt in einem Lastenrad.«

»Ich soll also seelenruhig abwarten, während mein Sohn vor Schmerzen schreit, bis vielleicht ein Krankenwagen kommt?«

Die Ärztin sieht ihn befremdet an. »Die Krankenwagen kommen immer.«

»Die Stadt ist total im Arsch, ihr braucht mir nicht zu erzählen, dass alles wie am Schnürchen läuft in euren kaputtgesparten Lazaretten.«

Jonas bekommt eine Salbe und ausreichend sterile Kompressen für Enno mit, dazu den Auftrag, ihn Ende der Woche dem Kinderarzt vorzuführen. Jonas verkneift sich die überflüssige Bemerkung, dass er seinen Sohn ganz sicher niemandem *vorführen* werde.

»Das wollte ich nicht«, sagt Enno auf dem Rückweg über das Verkehrsgetöse der Frankfurter Allee hinweg. Er schluchzt nicht, aber von Jonas' Antwort hängt es ab, ob das auch so bleiben wird.

»Ist nicht deine Schuld«, sagt Jonas knapp.

»Dürfen wir denn mit dem Fahrrad fahren?«

»Dürfen wir.«

Langsam verfliegt der Schock. Am Strausberger Platz schießt der Springbrunnen Wasserfontänen in die Luft, im Dunst erscheint ein Regenbogen. Die Schönheit dieses Farbenspiels muntert Jonas ein kleines bisschen auf. Trotz der sengenden Mittagshitze tritt er fester in die Pedale, um Enno schnell den Verband abnehmen und kühle Luft an die Verbrühung lassen zu können. Er wird sich den ganzen Tag Zeit dafür nehmen, seinen Jungen zu umsorgen: Comichefte lesen, Nudeln kochen, eine Extraportion Schokoladeneis besorgen.

Als sie zurück sind, bemerkt er sofort den Mann, der vor der Haustür herumlungert und das Klingelschild untersucht. Er trägt ein enganliegendes T-Shirt mit goldfarbener arabischer Schrift und ist ziemlich durchtrainiert. Jonas hat kein gutes Gefühl. »Suchen Sie jemanden?«

»Kann sein. Bist du Jonas?«

»Warum? Wer will das denn wissen?«

Der Mann holt sein Telefon aus seiner Hosentasche und entsperrt es. »Ich muss ein Foto machen.« Ohne Jonas' Reaktion abzuwarten und schneller, als dieser sich abwenden kann, hat er auf den Auslöser gedrückt. »Schön lächeln«, sagt der Mann humorlos.

Jonas reagiert schnell. Er holt ebenfalls sein Telefon hervor, aktiviert die Kamera. Aber der Mann hat sich bereits umgedreht und geht weg.

»He!«

»Was ist, Papa?«

Jonas antwortet nicht, sondern tritt in die Pedale und folgt dem Mann. Der biegt gerade um die Ecke des Hauses und geht zur Vorderseite des Blocks Richtung Straße. Ein rotes Mercedes-Coupé steht dort geparkt, dessen Blinklichter aufleuchten. Jonas kürzt den Weg ab über die Wiese, um vor den Mann zu kommen, bevor dieser einsteigt.

»Wer ist das, Papa?«

Plötzlich ändert der Mann seine Richtung und geht direkt auf Jonas zu. »Was willst du Hurensohn?« Jonas schlägt sofort den Lenker ein und kehrt um. Auch der Mann lässt ab und steigt gemächlich ins Auto; Jonas kann nur noch ein Bild vom wegfahrenden Wagen machen.

Er vergrößert das Foto, aber der Ausschnitt ist ungünstig, er kann das Kennzeichen nicht erkennen. Allerdings braucht er nicht unbedingt ein Kennzeichen, um zu wissen, wer den Mann geschickt hat.

Er betrachtet die Felge, die auf der Vorwiese liegt, nahe dem verkohlten Baum. Zuerst dachte er, es sei eine weggeworfene Plastiktüte, in dem knöchelhohen Gras war sie kaum zu erkennen. Sie ist schwarz, zerbeult und voller Schrammen. Man muss sie bei der Abholung des Wagens übersehen haben. Er hat keine Ahnung, warum er sie mit raufnimmt, was er damit anfangen soll. Ratlos legt er sie auf die Ablage im Flur.

Er widersteht der Versuchung, auf Facebook zu gehen. Der Einschüchterungsversuch ist eine Bestätigung dafür, dass er auf der richtigen Spur ist, aber die Bestätigung fühlt sich nicht erleichternd oder beflügelnd an, im Gegenteil. Was werden sie als Nächstes tun? Bringt er dadurch, dass er diesen Leuten nachstellt, Enno in Gefahr?

Er kann sich und Enno am besten schützen, indem er die Aufmerksamkeit auf diese Leute lenkt, überlegt er. Das provoziert sie zwar, schafft aber auch Öffentlichkeit. Vielleicht ist sogar schon ein Hinweis auf die Identität des Mitfahrers gepostet worden.

Enno dreht seine Beine aus dem Luftstrom des Ventilators.

»Ist das unangenehm? Tut das weh?«

»Mir ist langweilig, Papa.«

»Du musst liegen bleiben, Kumpel. Wir müssen deine Haut kühlen.«

»Den ganzen Tag?«

»Nicht den ganzen Tag. Komm, ich les dir was vor.«

Sein Telefon klingelt, anonym. Kann das Mesut sein? Er geht ran. »Hallo?«

Niemand meldet sich, nichts ist zu hören. Nach ein paar Sekunden wird die Verbindung unterbrochen. Das sind sie.

»Können wir lesen, Papa?«

Jonas zwingt sich, die Abenteuer des Ritters Trenk richtig zu betonen. Er kann vorlesen und dabei an etwas ganz anderes denken, zum Beispiel daran, dass er sich umso weniger schuldig fühlt, je länger er vorliest, auch wenn er dabei abgelenkt ist. Nach dem Ritter kommt Pippi Langstrumpf an die Reihe, sogar die Paw-Patrol-Comics von seinen Großeltern, die er geistlos und langweilig findet. Ab und zu holt er aus der Küche kalten Apfelsaft und Süßes und widersteht dem Drang, das Telefon in die Hand zu nehmen. Sein Kopf fühlt sich schwer und breiig an, das stetige Geräusch seiner Stimme in seinem Kopf lullt ihn ein wie bei einer Meditation. Er hat noch nie meditiert.

Das Telefon klingelt erneut, wieder anonym. Er nimmt ab, sagt aber nichts und hört nur Atmen. »Wer ist da?«

Eine leise Stimme, fast flüsternd. »Pass auf dich auf, Jonas.«

Ende der Verbindung.

»Wer war das, Papa?«

Sein Puls, der schon vorhin deutlich über Normal lag, geht jetzt vollends durch die Decke. »Diese Drecksäcke!« Er beißt sich auf die Lippen.

»Wer, Papa? Wer sind Drecksäcke?«

»Schon gut, Kumpel. Ich muss kurz was erledigen. Ich mach dir ein Hörspiel an.«

Er hat das Bedürfnis, allen mitzuteilen, wie die ihn fertigmachen wollen: das Foto des Mannes und des Autos zu posten – zumindest die Rückansichten davon –, dazu den Telefonterror. Er kann ganz schnell einen Post absetzen, es dauert nicht lange. »Ich geh uns noch was zu trinken holen, Kumpel!«

Als er die Facebook-App aufruft, erscheint eine Meldung.

Dein Konto wurde deaktiviert.

Du kannst Facebook nicht nutzen, da dein Konto oder die Aktivitäten in deinem Konto gegen unsere Gemeinschaftsstandards verstoßen hat/haben. Wir haben diese Entscheidung bereits überprüft. Diese kann nicht mehr rückgängig gemacht werden. In den Gemeinschaftsstandards findest du weitere Informationen darüber, warum wir Konten deaktivieren.

Er starrt ungläubig auf das Display und kann sich nicht bewegen. Fassungslos schließt er die App und ruft sie gleich darauf erneut auf, mit dem gleichen Ergebnis. Das Fenster enthält ausschließlich die Mitteilung, wie ein abschließendes Urteil; er kann darin weder einen Link anklicken, noch in einem Menü wählen und zum Kundenservice, einer Beschwerdestelle, zu einem Rechtsberater gelangen. Er loggt sich über den Browser seines Laptops auf der Facebook-Seite ein, aber er kennt sich gut genug aus, um zu wissen, dass das sinnlos ist. *Dein Konto wurde deaktiviert.* Wer hat sein Konto deaktiviert? Er hat niemanden beleidigt, nicht zu Gewalt oder Wahlbetrug aufgerufen und keine hate speech verbreitet. Er hat lediglich Informationen über einen anderen Nutzer gepostet, das geschieht tausendfach am Tag. Facebook kann diesen Post nicht durch einen Algorithmus gefunden haben; jemand muss ihn denunziert haben. In den Gemeinschaftsstandards findet er den Passus, untersagt seien Inhalte, die *die Identität einer Person als Zeuge, Informant, Aktivist oder Person, deren Identität oder Beteiligung an einem Rechtsfall nur eingeschränkt offengelegt werden darf, aufdecken.* Zeuge? Informant? Milić hat einen Unfall verursacht und Menschen getötet. Er ist keine schützenswerte Person des öffentlichen Lebens, sondern ein Krimineller. Wie kann er es geschafft haben, Facebook in so kurzer Zeit zur Stilllegung seines Accounts zu bewegen? Wie?

Wir haben diese Entscheidung bereits überprüft.

Wie kann Facebook in dieser kurzen Zeit überprüft haben, ob wirklich Standards verletzt wurden und ob die Beanstandung überhaupt irgendeine Grundlage hat? Man müsste sich dazu mit Milić in Verbindung gesetzt haben. Und das innerhalb von weniger als 24 Stunden? Bei zweieinhalb Milliarden Nutzern? *Diese kann nicht mehr rückgängig gemacht werden.*

»Papa?«

Er ist wie betäubt. Was kann er dagegen tun? Er sucht nach einer Hotline, um jemandem zu erklären, dass es sich um ein Missverständnis handelt. Aber es gibt keine Hotline. Es gibt keine Menschen, die man bei Facebook erreichen und denen man irgendetwas erklären könnte.

»Papa? Kommst du?«

Es gibt auch keine Beschwerdestelle. Man kann Einspruch erheben, aber damit kann man allenfalls erreichen, dass der Account »bewertet« wird. Es gibt keinerlei Rechtsgrundlage, um gegen die Entscheidung vorzugehen.

»Papa!«

»Ich muss mich hier um was kümmern, Kumpel. Schau dir ein Video an, ja?«

Er sucht auf YouTube nach Cartoons, vorgeschlagen wird Tom & Jerry. Enno ist Feuer und Flamme, er durfte das erst einmal zusammen mit Mats bei einem Kita-Freund ansehen, mit dem sie allerdings im Anschluss an diesen Nachmittag keinen Kontakt mehr pflegten, weil von einer Erlaubnis tatsächlich keine Rede gewesen sein konnte. Seitdem hatten Vera und er große Mühe gehabt, die wiederkehrenden, teils vehementen Anfragen der Jungs, ihre kindlichen Gemüter mit Gewaltorgien zu kontaminieren, zurückzuweisen.

Jonas geht zurück in die Küche zu seinem Laptop. Inzwischen ist es nach 16 Uhr, ein Glas Wein kann er trinken; es wird ihn beleben und beim Denken helfen. Außerdem wirkt es der Schwere und Behäbigkeit entgegen, die die Citalopram verursachen.

Irgendwann schreckt ihn erneut das Telefon auf. »Wer ist da, verdammt?«

»Jonas, ich bin es, Robert. Ist alles in Ordnung?«

»Ja. Ja, ich hab nur … hier versucht die ganze Zeit jemand anzurufen, und …«

»Geht es dir gut?«

»Ja, also, Ihr wollt bestimmt Enno sprechen, Enno, kommst du mal? Oma und Opa!«

Er hat nie Anlass gehabt, im Zimmer zu bleiben, wenn die

Jungs mit ihren Großeltern telefonierten. Meist waren es sehr kurze Gespräche, Mats war am Telefon fast so einsilbig wie Enno. Auch jetzt sagt Enno kaum mehr als »ja« und »nein«. Das bedeutet, dass sie ihm Fragen stellen. Ihn aushorchen. Was fragen sie ihn?

»Ich schau mir Tom und Jerry an.«

Jonas geht zum Fenster und sieht hinaus. Niemand ist zu sehen außer eine dicke Frau mit Hund und Einkaufstüte. Es ist früher Abend, aber immer noch drückend heiß. Dann fällt ihm die Radkappe wieder ein, die er mit raufgenommen hat. Er hat eine Idee.

»Ich war heute nicht in der Schule«, sagt Enno.

Jonas geht auf Milićs Homepage, lädt ein Foto von ihm herunter und druckt es aus.

»Oma will dich sprechen.«

»Gleich, Kumpel.«

Er schneidet das Blatt zurecht und klebt das Bild mit Klebeband auf die Felge. Dann nimmt er die Tafel für Liebesgrüße und Krakeleien an der Küchenwand ab und hängt die Felge an den Nagel. Irgendetwas fehlt noch.

Er nimmt seinem Sohn das Telefon aus der Hand. »Er hat sich ein bisschen verbrüht. Nichts Wildes. Ist schon fast vergessen.«

Sie möchten verstehen, was passiert ist. Sie wechseln sich ab mit ihren besorgten Fragen, wodurch und wie und wann genau. »Wir möchten es nur verstehen!«

Da fällt ihm ein, was fehlt: Ein Fadenkreuz.

»Ich hab doch gesagt, was passiert ist. Es ist alles bestens. Und jetzt sorry, ich hab zu tun!«

Das Telefon klingelt den Nachmittag über noch ein paarmal, schließlich stellt er es aus. Er versucht herauszufinden, was er gegen die Sperrung seines Accounts tun kann, durchforstet das Internet nach Verbündeten im Widerstand gegen Facebooks Autokratie. Aber schließlich gibt er es auf. An Facebooks Autokratie prallt jeglicher Widerstand ab. Er trinkt ein weiteres Glas Wein und macht Essen für Enno.

Es muss eine Möglichkeit geben, diesem Terror etwas entgegenzusetzen. Nach dem dritten Glas ist er sicher, dass er sie finden wird.

Nachdem Enno mit großem Appetit seine Fischstäbchen geschaufelt hat, fragt er völlig unvermittelt: »War das der Mann aus dem Auto?«

»Nein. Moment mal. Was?«

»Der Mann am Telefon. Der immer anruft.«

»Was ist mit dem?«

»Ist das der aus dem Auto?«

»Aus welchem Auto?«

»Das über Mama und Mats gefahren ist.«

Seine Gedanken rasen. »Meinst du den Mann, der da lag? Im Gras?«

Enno schüttelt den Kopf. »Da ist doch ein Mann von dem Auto weggegangen.«

»Weggegangen? Von dem Auto? Du meinst, er kam aus dem Auto?«

Enno nickt.

»Wie sah er aus?«

Enno reagiert nicht auf die Frage, sieht sogar gelangweilt aus – was meistens anzeigt, dass er angestrengt nachdenkt. »Er ist schief gegangen.«

»Schief? Wie ein Betrunkener?«

»Weiß nicht.«

»Oder war er verletzt?«

»Weiß nicht.«

»Und du bist sicher, dass er im Auto gesessen hat?«

Enno nickt energisch. »Ja, ich habe es genau gesehen. Er ist aus dem Auto gekommen und hat den anderen Mann rausgeholt!«

5|5

Am Morgen vor der *juma* bereitet sich Radomir nach den rituellen Anweisungen vor. Er versucht, sich ganz auf das einzulassen, was er tut, so alltäglich die Verrichtungen auch sein mögen. Er duscht ausgiebig, indem er jede Stelle seines Körpers wäscht. Dann spült er, wie auch beim *wudu*, mit Wasser aus der rechten Hand Mund und Nase aus, rasiert sich und benutzt abschließend Rasierwasser. Zum Abschluss des *ghusl* zieht er einen frischen Anzug an und spricht dazu mehrmals die arabische Formel *bismillah*, im Namen Allahs. Es verleiht seinen Vorbereitungen etwas Weihevolles, und das ist wohl auch der Zweck. Er erinnert sich an die meisten Segenswünsche, ohne sie nachzuschlagen, etwa *allahumma sal-ly wa sal-lim ala nabiy-yina Muhammad*, dessen melodischer Klang ihn immer wieder verlässlich auf derartige Zusammenkünfte einstimmt.

Im Triumvirat aus Sherif Salama, Fatih Majoub und Khaled ist Sherif derjenige mit der größten Nähe zum Islam. Sie kennen sich seit über 20 Jahren, sind beinahe gleich alt und verbunden durch ähnliche Migrationsgeschichten: Wie Radomir floh auch Sherif vor einem Krieg nach Deutschland, in seinem Fall aus dem Libanon. Sie sind nicht direkt Freunde, aber ihr Verhältnis ist zugewandter als das zwischen ihm und Khaled. Der Respekt, den sie wahren, wird nicht, wie beim jüngeren Hitzkopf, immer wieder unterlaufen durch joviale Bemerkungen, sondern bringt echte gegenseitige Wertschätzung zum Ausdruck – umso mehr, seit Radomir in Sherifs Umfeld als Anwalt, Schlichter und Vermögenstreuhänder immer präsenter geworden ist.

Da vor der Dar-Assalam-Moschee in der Flughafenstraße ohnehin kein Parkplatz zu finden ist, fällt es Sherif nicht auf, dass Radomir zu Fuß eintrifft.

»Salem Aleikum, Bruder.« Das Wiedersehen ist herzlich; Sherifs Miene drückt Mitgefühl aus für das, was Radomir passiert ist. Aber was genau weiß er von dem, was passiert ist?

»Es war ein schlechter Zeitpunkt«, sagt Radomir unbestimmt. Er hofft, dass er anhand von Sherifs Entgegnung einschätzen kann, ober dieser Nimrods jüngsten Post bereits kennt. Falls dem so ist, wird er Radomir entweder damit konfrontieren oder, und das ist wahrscheinlicher, sich nichts anmerken lassen. Sherif kann, wenn er will, eine Sphinx sein, niemand errät dann, was er denkt, bis einer seiner Neffen auftaucht und es mitteilt – auf die eine oder die andere Weise.

Jetzt nickt Sherif freundlich und geht nicht weiter auf Radomirs Bemerkung ein. Der Eingangsbereich vor der Moschee ist überfüllt. Niemand will der Letzte beim Gebet sein, und Sherif sitzt gerne in der Nähe des Imams.

»Wo ist Fatih?«, fragt Radomir.

»Er kommt nicht«, antwortet Sherif, ohne ihn anzusehen.

Der Prophet Mohammed mag es nicht, wenn unmittelbar vor dem Gebet über Berufliches gesprochen wird; du sollst beim Gebet Allah im Herzen tragen und sonst nichts. Es ist nicht zu erwarten, dass Sherif sich weiter zu der Sache äußern wird, bevor sie die Moschee verlassen haben.

Sie ziehen die Schuhe aus, gehen hinein und finden zwei Kissen in der zweiten Reihe. Sherif ist bereits mit seinen *rakah* beschäftigt; Radomir beobachtet ihn aus den Augenwinkeln. Und plötzlich wird ihm klar: wenn Sherif bereits an ihm zweifelt, dann wird auch er ihn genau beobachten. Und jede noch so geringe Missachtung der *juma*, jedes Abschweifen des Blicks oder Kratzen am Kinn könnte er als Demaskierung eines Verräters deuten.

Die vielen Menschen, die stickige Luft: die Hitze scheint im Takt seines Herzschlags gradweise wärmer zu werden. Worauf hat er sich nur eingelassen? Er wird kein Wort der Predigt verstehen, das lange Knien wird ihn ermüden, und seine Gedanken werden sich verselbstständigen. Sie fangen schon jetzt damit an. Wieso hat Sherif, wenn er so voller Anteilnahme ist, gewartet, bis Radomir sich bei ihm gemeldet hat, und diesen Schritt nicht zuerst getan? Hat er mit Khaled geredet? Weiß er von den Gerüchten? Wozu hat er das Freitagsgebet vorgeschlagen, wenn nicht als Test? Und auf welche Weise wird Radomir erfahren, ob er den Test bestanden hat?

»Hast du ein bisschen was von der Predigt verstanden?«

Sherif weiß, dass Radomirs Arabischkenntnisse sich auf ein paar auswendig gelernte *dua* beschränken. Radomir findet, er hat seine Sache gut, das heißt: überzeugend ergriffen gemacht. Er hat seine Belohnung verdient – nicht gleich den Platz im Paradies, aber zumindest eine vernünftige Unterhaltung mit Sherif. Sie schlendern ein Stück den Columbiadamm hoch, passieren die Sehitlik-Moschee, aus der ebenfalls Gläubige strömen, und biegen dann auf den ehemaligen Tempelhofer Flughafen ein. Die Sonne bombt Hitze auf das weite Feld herunter.

»Es ging um den Wert der Wahrheit«, sagt Sherif. »Wer die Wahrheit verfehlt, zerstört Vertrauen und Zusammenhalt, bis alle Gemeinschaft schließlich unmöglich wird. Was meinst du dazu?«

Sherif hebt das Gesicht und sieht Radomir forschend an. Die Sonne scheint ihn zu blenden, denn er zieht eine für Radomir beinahe beängstigende Grimasse, fast so, als habe er keine Frage gestellt, sondern einen Vorwurf erhoben. Dennoch hört Radomir sich sagen: »Ganz ehrlich, Sherif, das wusste ich auch ohne den Imam.«

Sherif lacht, ein einzelner Ton aus der Tiefe seiner Brust. »Du hast recht. Aber jeder Mensch hat seine eigene Wahrheit, oder? Glaubst du das auch?«

Vor allem glaubt Radomir nicht, dass die Frage Zufall ist. Blitze zucken vor seinen Augen, Lichtreflexionen; soweit er sagen kann, ist es nicht der Kreislauf. Noch nicht. Vielleicht ist diese ganze Aufregung gleich vorbei, denkt er mit einem Anflug unpassender Erleichterung: Ein Skater könnte jetzt, in diesem Moment, aus dem Hintergrund heranrauschen und ihm im Vorbeifahren mit einem Teppichmesser die Halsschlagader durchtrennen, so schnell, dass der Schmerz sein Hirn erst erreicht, wenn er auf dem brüchigen Asphalt aufschlägt. Warm würde das Blut über seine Hand sprudeln, während die Welt ihre Farben und ihre Geräusche verlöre und der Skater, von niemandem bemerkt, in der Flucht des Taxiways verschwände.

»Es gibt nur die eine Wahrheit, Sherif. Gottes Wahrheit.«

Sherif reagiert in keiner Weise auf seine Antwort, aber Radomir weiß, dass es die richtige war. Deswegen traut er sich zu fragen: »Weißt du etwas über Jalayer?«

Sherif hat die Hände hinter dem Rücken verschränkt und zieht seine Misbaha zwischen den Fingern hindurch, Perle für Perle, als sei sie die Kette, mit der er eine kraftvolle Maschine antreibt. »Ich habe keinen Kontakt zu ihm, Radomir.

Das ist deine Aufgabe. Es läuft alles über dich. Also sag du mir, ob du etwas von ihm gehört hast.«

»Sein Büro sagt, er ist nicht im Haus. Wenn sie überhaupt drangehen.«

Sherif nickt. Radomir ist unklar, ob er nur verstanden hat oder ob er es schon wusste. Eigentlich müsste jetzt etwas kommen, ein Kommentar, eine Frage, etwas, das Radomir anzeigen würde, dass Sherif ihn noch immer als vertrauenswürdigen Partner sieht.

»Du kennst ihn, Sherif. Ich frage mich …«

Sherif schüttelt den Kopf. »Das ist lange her. Ich habe ihn zum letzten Mal gesehen, da war noch Krieg im Libanon.«

»Hat er dich nicht angerufen, nachdem unser Treffen nicht zustande kam? Bist du sicher?«

Sherif bleibt stehen. »Ich verstehe dich nicht, Radomir. Wir haben eine Vereinbarung. Hältst du mich für einen Menschen, der seine Vereinbarungen nicht einhält?«

»Lass uns mit dem Versteckspiel aufhören«, sagt Radomir, es klingt barscher, als er beabsichtigt hatte.

Sherif bleibt stehen und sieht ihn erneut an. *Was meinst du?*

»Es gibt Gerüchte über mich. Böswilliges Zeug, nichts davon ist wahr. Ich sei betrunken gewesen bei dem Unfall.«

Sherifs Miene verändert sich nicht. Ist er überrascht? Bestürzt? Oder im Gegenteil betreten darüber, wie Radomir sich immer weiter in seine Lügen verstrickt?

Schließlich fragt er in gleichmütigem Ton: »Wer behauptet denn so etwas?«

»Zeitungen. Reporter. Ich habe mich bereits dagegen gewehrt.«

»Gut«, sagt Sherif. »Es ist gut, dass du mir davon erzählst.«

»Man versucht, mir zu schaden. Ich muss wissen …« Er

bricht ab; Sherif folgt aufmerksam seinen Bemühungen, den Satz zu einem würdevollen Abschluss zu bringen. »Ich muss einfach wissen, ob ich weiterhin euer Vertrauen habe.«

Sherif legt ihm die Hand auf die Schulter und lächelt. »*Fürchtet Allah und seid beim Sprechen stets aufrichtig, damit er eure Werke gedeihen lässt und eure Sünden vergibt.* Du hast die Predigt mit deinem Herzen gehört, Bruder.«

Ein Hochgefühl überkommt Radomir, unmittelbar gefolgt von der Talfahrt skeptischer Verunsicherung. Er würde gern etwas Bekräftigendes entgegnen, etwas Frommes, das jeden Zweifel endgültig zerstreut. Was sagt man in solchen Augenblicken? Gepriesen sei Allah? Gott ist groß? Unter Sherifs gestrengen Augen bringt er nichts über die Lippen. Vielleicht hat er ihn längst durchschaut. Er blickt hinter sich. Nichts als eine anonyme Masse dort.

Das Deck der MS Luna wimmelt angesichts des herrlichen Sommerwetters von Passagieren, sodass er Gell im Gedränge nicht gleich findet. Schließlich entdeckt er die gehobene Hand, die Radomir auf den freien Platz neben ihm aufmerksam macht.

Gell sieht aus wie die Karikatur eines Touristen: Braungebrannt, mit Sonnenbrille, Leinenhut und Espadrille an dem einen Fuß. Am anderen trägt er eine orthopädische Fußstütze, dazu Chino-Shorts. Radomir hat ihn noch niemals solche Dinge tragen sehen. Allerdings steht ihm die Aufmachung; trotz seiner Verletzung wirkt er gesund und austrainiert.

»Was macht das Herz?«, fragt er Radomir, als der sich neben ihn setzt.

»Schlägt noch.«

»Was hat er gesagt?«

Das Ausflugsboot legt ab. Ein Tuten würde gut dazu passen, aber es bleibt still. »Wir machen weiter.«

Gell nimmt den Hut ab und wischt sich dramatisch den Schweiß von der Stirn. »Diese Sache macht mich fertig. Der nächste Herzinfarkt geht auf mich, bevor das vorbei ist, ich sag's dir.«

»Sherif vertraut mir.«

»Was ist, wenn er den Post sieht?«

Radomir zieht die Beine ein wenig an, da eine alte Frau, die sich auf einen jungen Mann stützt, an ihnen vorbeiwill. Der Moment, in dem er Gells Frage unbedingt beantworten müsste, geht vorüber. Beide wissen, dass es nur ein kurzer Aufschub ist und dass sie sich der Frage schon bald erneut stellen müssen.

»War Fatih dabei?«, fragt Gell.

Fatih, so hat Radomir in Erfahrung gebracht, liegt mit Hepatitis im Krankenhaus. Allerdings hält er die Hepatitis für eine Schutzbehauptung. Fatih hat schon früher Symptome gezeigt, die auf schizophrene Episoden hindeuteten, bei ihren letzten Begegnungen wirkte er apathisch und wie sediert. Wie auch immer: das Triumvirat kommuniziert im Moment nicht – Fatih, weil er nicht kann, und Sherif, weil er den Kontakt mit Khaled gern vermeidet. Zumindest dies ist beim Alten: Radomir ist ihr gemeinsames Sprachrohr.

»Ist alles geregelt mit den dreien«, bekräftigt Radomir. »Wie ich gesagt habe, sie wissen nicht, wohin mit ihrem Geld. Sie brauchen mich.«

Behäbig tuckert der Dampfer entlang der Mauerreste auf der Ostseite und den Neubauten, die im Wochentakt aus dem Boden schießen.

»Ich lasse mal für den Moment offen, was da im Einzelnen alles geregelt sein soll«, sagt Gell im Plauderton und fährt dann nahtlos an ganz anderer Stelle fort. »Im Libanon ist die Scheiße am Kochen. Wenn wir Pech haben, hängt Jalayer längst an irgendeiner Laterne.«

Radomir kennt die Meldungen. Es wird einen Generalstreik geben. Die Menschen haben genug von der korrupten Regierung. Man muss kein Prophet sein, um vorauszusehen, dass es eine Rochade geben wird im Kabinett. »Aber selbst wenn sie Hariri ablösen: Jalayer wird trotzdem weiter die Hand auf dem Geld haben. Die spielen das Spiel schon seit Jahren. Es gibt gar keine Alternative zur Hisbollah.«

»Ich meine nicht nur Jalayer. Das ganze Land ist im Arsch. Die haben nichts mehr zu verteilen, ob die euch nun Garantien geben oder nicht.«

Richtig ist, dass der Libanon wegen seiner Wirtschaftskrise, Korruption und Kapitalflucht keine Devisen mehr hat und Schulden nicht mehr bedienen kann. De facto ist der Staat bankrott. De facto gibt es nicht einmal mehr einen Staat. Die Idee, dieser Regierung Risikokapital zur Verfügung zu stellen, ist verrückt. Aber:

»Die Hisbollah ist der Staat im Staat. Ich muss dir nicht erzählen, dass sie überall ihre Finger im Spiel haben, nicht nur in der Region, sondern global. Sie brauchen immer frisches Geld. Sie sind angewiesen auf Leute wie uns.«

»Uns?« Ein ironisches Lächeln, als verwahre Gell sich dagegen, zu Radomirs Seite gezählt zu werden.

»Du weißt, wie ich das meine. Wir haben nicht viele Optionen, aber die auch nicht: Dem Libanon leiht niemand mehr Geld, und Khaled wird seine schönen Autos abgeben müssen, wenn er nicht erklären kann, wie er die bezahlt hat von seiner Stütze. Devisen gegen saubere Dividenden.«

»Ich sage nicht, dass dein Plan schlecht ist. Aber du musst ihn auch umsetzen können.«

»Ich hab noch einen anderen.« Er bedeutet Gell, mit ihm rüber zum Bug zu gehen, wo weniger Leute sind.

Gell braucht keine Krücken, aber er humpelt und muss sich an den Griffen der Sitzreihen festhalten. »Zum Glück haben wir ruhige See heute«, sagt er augenzwinkernd zu einem Jungen, der ihn beobachtet.

»Können wir auch über Absetzungsbetrug gehen«, sagt Radomir gepresst, kaum dass sie an der Bugreling angelangt sind. »Ich deklariere die Zahlungen als Spenden. Humanitäre Hilfe, Aufbauhilfe, medizinische Versorgung. Alles mit Spendenbescheinigung, Papiere bekomme ich von Bajrami. Dann stelle ich die Steuern dem Finanzamt in Rechnung, im Namen von Khaled und den anderen. So kriegst du alle wegen Steuerbetrug dran.«

»Ist ein bisschen mit heißer Nadel gestrickt.«

»Ist eine neue Idee. Plan B. Aber es kann funktionieren.«

»So oder so, ein Foto wäre schön gewesen. Ein Schleifchen um das Paket für den Generalstaatsanwalt.«

»Es bringt doch nichts, jetzt wieder damit anzufangen.«

»Vielleicht wäre es gut, wenn du Jalayer triffst. Bevor da unten alles den Bach runtergeht.«

Darüber hat er auch schon nachgedacht: Die Dinge in einem persönlichen Gespräch klären. Aber falls Jalayers Schweigen tatsächlich nur bedeuten sollte, dass er im Moment andere Sorgen hat als die Fondsgeschäfte seiner Geschäftspartner, würde es sein Misstrauen wecken, wenn er so unangekündigt wie grundlos vor ihm stünde. Radomir kann sehen, wie es hinter Gells Stirn arbeitet. Die Reise wird niemandem etwas nützen, wenn er in Beirut tot umfällt.

Die Kulisse wird üppiger: Museumsinsel, in Sichtweite das Kanzleramt. Es gehört nicht viel Fantasie dazu, in Gells

Blick dorthin die Hoffnung auf Macht und Einfluss zu deuten.

»Was wirst du wegen deiner Nemesis unternehmen?«

Radomir verkneift sich eine anerkennende Bemerkung bezüglich Gells belesener Wortwahl. Bei aller Herzlosigkeit ist er ihm doch sympathisch. Er ist Karrierist, aber auch eine Persönlichkeit mit Leinenhut und Espadrille. Gell leidet nicht unter schlaflosen Nächte wegen der Drogen und dem Schutzgeld und dem Menschenhandel. Nicht deswegen will er das Triumvirat drankriegen. Er will einen Coup landen. Zwar hat er es schon jetzt weit gebracht: Mitte vierzig und Leiter eines eigenen Dezernats zur Terrorbekämpfung im BKA, mit Kompetenzen ganz knapp unter denen eines Staatssekretärs des Inneren. Es ist klar, wohin für Gell die Reise gehen soll. Es ist auch klar, welche Rolle Radomir dabei zu spielen hat. Schon deswegen verbieten sich freundschaftliche Gefühle.

Radomir atmet schnaufend aus. »Ich glaube nicht, dass wir uns Sorgen machen müssen wegen ihm. Er hat seine Familie verloren. Ist ganz normal, dass er durcheinander ist.«

»Deine noblen Gefühle kannst du mal schnell zu den Leichen in deinem Keller legen. Ich hab mir den Kerl genau angesehen, Adi. Das ist die Sorte Idealist, aus der beim kleinsten Anlass ein gefährlicher Spinner wird. Und das jetzt ist kein kleiner Anlass. Der Typ läuft längst Amok.«

»Aber es hat nichts mit mir zu tun. Es ist nichts Persönliches. Er führt Krieg gegen Autofahrer.«

»Das hilft uns nur leider einen Scheiß.«

Gell dreht sich um und lehnt sich rücklings gegen die Reling, betont gelassen. Das Wasser kräuselt sich schäumend am Bug des Schiffs. Radomir spürt, dass er recht hat und außerdem noch nicht fertig ist.

»Ich weiß nicht, ob du diese Leute kennst, Adi. Ich schon. Ich kenn mich ein bisschen aus mit Leuten, die Geld und dicke Autos nicht mögen. Autos wie das, mit dem du im Suff seine halbe Familie totgefahren hast.« Er nimmt die Sonnenbrille ab. »Erzähl mir nicht, dass wir uns keine Sorgen machen müssen. Wäre nicht das erste Mal, dass uns Sachen um die Ohren fliegen, weil du sie nicht ernst nimmst.«

Radomir hat über die Jahre gelernt, mit Gells überzogener Ausdrucksweise umzugehen. Das heißt: er hat sich angewöhnt, sie zu überhören. Dennoch spürt er angesichts der Worte »Suff« und »totgefahren« Zorn in sich aufsteigen, der sich noch dadurch verstärkt, dass Radomir nicht viel gegen Gells Ausdrucksweise tun kann, weil Gell ihn in der Hand hat und nicht von ihm ablassen wird, bevor Radomir seinen Job erledigt hat.

»Es war ein Unfall«, sagt er und weiß, dass es hilflos klingt.

»Dieser Nimrod sieht das wohl eher nicht so. Für den Augenblick ist er aus dem Spiel, zumindest auf Facebook und Twitter. Aber der wird keine Ruhe geben, das gebe ich dir mit Brief und Siegel.«

Radomir schaut unbestimmt übers Wasser und tut so, als würde er nachdenken. »Hast du irgendwas gegen ihn?«

»Drei Anzeigen wegen Landfriedensbruch und Sachbeschädigung, alle fallen gelassen. Eine Vorstrafe wegen Nötigung, verjährt. Sitzblockade gegen Castortransport.«

»Das ist nichts.«

Gell nickt zustimmend. »Damit würden wir die Aufmerksamkeit erst recht auf dich lenken.«

Ein letzter Blick, und das Regierungsviertel verschwindet hinter dem Spreebogen.

»Geld will er auch nicht«, sagt Radomir, mehr um seiner Ratlosigkeit Ausdruck zu verleihen.

Gell, der die Sonnenbrille schon abgenommen hatte, setzt sie wieder auf. »Du willst mir jetzt nicht sagen, dass du ihm Geld angeboten hast.«

Radomir erwiderte seinen Blick nicht. »Hab versucht, die Sache in Ordnung zu bringen.«

»Du kennst dich richtig aus mit Menschen, was? He!« Gell stößt sich unvermittelt von der Reling ab und humpelt auf einen Familienvater zu, der mit seinem Smartphone Fotos von seinen Kindern geschossen hat. Radomir sieht Gell den Mann freundlich ansprechen. Dessen offene Miene, wohl in Erwartung der freundlichen Bitte, Gell bei einem eigenen Foto zu assistieren, wandelt sich zu einem defensiven und dann einem feindseligen Gesichtsausdruck. Kopfschütteln; die Mutter entfernt sich angesichts des aufkommenden Streits mit den Kindern Richtung Heck. Gell erneuert seine Ansprache, äußerlich noch immer zugewandt und freundlich. Radomir weiß aus Erfahrung, wie unterhalb des formbewussten »Sie würden mir wirklich einen großen Gefallen tun, wenn ...« die eigentliche Botschaft unüberhörbar wird, entschlossen und zu allem bereit. Der Mann aber versteht offenbar noch immer nicht und schüttelte abermals den Kopf. Darauf reißt Gell ihm mit einer Bewegung, die selbst Radomir nicht hat kommen sehen, das Telefon aus der Hand und scrollt seelenruhig das Display, während er die Versuche des Mannes, an das Gerät zu gelangen, wie beiläufig mit dem ausgestreckten Arm abwehrt. Er steht dabei freihändig, mehr oder weniger auf einem Bein, aber er verändert seine Position nicht im Geringsten. Als er fertig ist, setzt er wieder sein Lächeln auf und gibt dem Mann sein Telefon zurück. Im Weggehen zeigt er wie im Scherz auf ihn und ruft ihm jovial etwas zu, »nichts für ungut« vielleicht, aber in Wirklichkeit ist es die Drohung, das Ding beim nächsten Mal in der Spree zu versenken. Köpfe drehen sich, als er sich wieder neben Radomir stellt.

»Kein Aufsehen erregen also«, sagt Radomir.

»Die Leute haben das in dreißig Sekunden vergessen. Wir unterhalten uns einfach weiter.« Er hält ihm einen Zettel hin. »Das ist seine Nummer. Du solltest das klären mit diesem Nimrod. Aber bitte nicht, indem du ihm noch mal Geld anbietest!«

Am Abend spürt er, dass er sich weit über seine Kräfte verausgabt hat. Theresia muss nichts sagen, er liest in ihren Augen, dass sie seine Rücksichtslosigkeit gegen seinen Körper nicht begreifen kann. Gegen sie beide.

»Ich habe keine Wahl«, sagt er. Er hasst es, sich zu rechtfertigen.

»Solange du lebst, hast du immer eine Wahl. Erst wenn du tot bist, hast du keine Wahl mehr.«

Der Zettel ist feucht und zerknittert. Was er Nimrod geben muss, ist wohl ein Zeichen seiner Demut. Er denkt über diese Worte nach, über ihren Sinn. Sie hallen an seinen Hirnwindungen wider wie damals in seiner ersten juristischen Prüfung der Rechtswissenschaft zur Strafzwecktheorie, als er die Begriffe »Positive Generalprävention« und »Negative Spezialprävention« erläutern sollte. Er hatte sein Studium wieder aufgenommen, nachdem er aus Bosnien zurückgekehrt war. Die deutsche Sprache fühlte sich fremd und leblos an, nachdem er sie fast zwei Jahre lang nicht gesprochen hatte, und die rechtstheoretische Terminologie tat ihr Übriges. Die Bestrafungen, die er im Krieg kennengelernt hatte, dienten allein dem Zweck der Unterwerfung und Demütigung. Was er jetzt liefern sollte, war eine Antwort, die er nicht kannte, in einer Sprache, die er nicht beherrschte.

Er versucht es mit Logik. Was kann als Zeichen der Demut gelten, wenn Demut das Bewusstsein einer Schuld voraussetzt? Wenn er nicht schuldig ist – weil er zum Zeitpunkt der Tat nicht schuldfähig war –, wie kann er dann demütig sein? Und warum ist es überhaupt gut, demütig zu sein, während es geächtet wird, jemand anderen als sich selbst zu demütigen? Natascha würde vielleicht sagen: In dem einen Fall bekommt man eine fremde Geschichte mit Gewalt aufgezwungen, im anderen bemächtigt man sich freiwillig der eigenen. Für sie ist es dasselbe Verhältnis wie das von Zwang zu Einsicht, Krieg zu Diplomatie, Vergewaltigung zu Liebe.

Er führt, das Telefon in seiner Hand, dieses Selbstgespräch noch, als draußen bereits die Sonne verschwunden ist. Er muss den Anruf erledigen; es gibt keinen anderen Weg, um das alles zu beenden.

Von seiner Demut einmal abgesehen, hat er sich bereits Sätze zurechtgelegt, mit denen er beginnen wird. Er wird sagen: »Ich bin Radomir Milić. Ich will mit dir reden. Nur reden.« Er könnte auch sagen: »Ich verstehe dich.« Und: »Ich will nicht kämpfen.« Vielleicht wird er sogar sagen: »Ich bin diesen Leuten genauso ausgeliefert wie du.« Er rechnet damit, dass ihm Nimrods Wut entgegenschlagen wird. Er wird die Wut hinnehmen; sie ist nicht gerechtfertigt, aber verständlich.

Vielleicht wäre es bereits Demut, sie als gerechtfertigt zu akzeptieren.

Es tutet.

4|4

Es gibt in Berlin rund 3000 Taxiunternehmen, aber sie alle sind auf vier Zentralen aufgeteilt. Als Erstes versucht es Jonas bei der größten von ihnen, Taxi Berlin.

»Können Sie rausfinden, welcher Ihrer Fahrer am 5. August zwischen 21:40 und 21:50 in der Alexanderstraße einen Fahrgast mitgenommen hat?«

Die Telefonistin, nichts weiter als eine Hilfskraft, kann und will ihm nicht weiterhelfen, aber er bleibt hartnäckig und lässt sich die Schichtleiterin geben. Er hatte sich vorgenommen, eine glaubwürdige Geschichte um ein gefundenes Telefon zu erzählen. Jetzt sagt er: »Der Fahrer ist vielleicht ein Zeuge. Vielleicht hat er gesehen, wie meine Frau und mein Kind überfahren worden sind.«

Die Schichtleiterin schlägt sich beim Abwägen zwischen offiziellem Dienstweg und persönlicher Anteilnahme nach kurzem Zögern auf Jonas' Seite. »Davon habe ich in der Zeitung gelesen. Mein herzliches Beileid, ganz schrecklich ist das.« Sie fragt ihn nicht, warum er die Sache nicht der Polizei überlassen will.

Betroffen sucht sie ihm die Telefonnummern zweier Fahrer heraus. Der erste hat zur fraglichen Zeit unweit des Alexanderplatzes drei angetrunkene Fahrgäste mitgenommen, »wo keiner weiß, warum so was frei rumläuft, aber das darf man ja heutzutage nicht mehr sagen.« Der zweite

Fahrer, ein älterer Mann mit russischem Akzent, ist der, den er gesucht hat. Er kann sich noch genau an den Abend des 5. August erinnern, wegen des schlimmen Unfalls, an dem er vorbeigefahren ist. »Baum hat gestanden in Flammen.« Der Fahrgast habe am Straßenrand ein Stück weiter Richtung Janowitzbrücke gestanden. Er habe gehumpelt und sich von dem Taxi zum Urban-Krankenhaus fahren lassen. Ob er aus dem verunglückten Wagen komme, habe der Fahrer ihn gefragt. »Hat nur gesagt, kommt von Minigolf, Knöchel kaputt. Minigolf«, wiederholt der Fahrer ungläubig.

Das Urban-Krankenhaus. Jonas kann dort keine weiteren Nachforschungen anstellen, nur das Pflegepersonal hat Zugriff auf die Akten.

Und die Polizei.

»Pass auf, Mesut, du musst mir noch einen Gefallen tun.« Zu spät bemerkt er, dass er sich weder für den ersten Gefallen bedankt, noch überhaupt Hallo gesagt hat. Aber der Strudel, in den er geraten ist, reißt ihn bereits unwiderstehlich mit sich.

Mesut holt geräuschvoll Luft. »Jonas, ich weiß nicht. Wohin soll das denn führen?«

»Was meinst du wohl? Zu dem Namen des Beifahrers.«

»Ja, aber was bringt dir das?«

Jonas hört die Frage, aber beim Versuch, darüber nachzudenken, spürt er in seinem Kopf so etwas wie einen Kurzschluss. Ungesagte Sätze, Beschimpfungen und komplexe Erläuterungen schießen, zu Blitzen zusammengezogen, durch seinen Kopf; alles, was er tun kann, ist, das Meiste davon nicht laut zu äußern, weil er ahnt, dass es ihm nicht helfen wird. »Bitte«, bleibt übrig.

»Du solltest mal schlafen, Jonas. Du hörst dich nicht gut an. Ich will gar nicht wissen, wie du aussiehst.«

Jonas antwortet nicht, sondern reibt sich den Kopf. Die Haare könnte er sich tatsächlich mal waschen.

»Ich kann wegen so was meinen Job verlieren«, sagt Mesut. »Die schützen den Fahrer. Ich weiß, dass da noch jemand im Auto gesessen hat.«

»Woher?«

»Von Enno.«

Um Ennos Aussage zu bekräftigen, hatte Jonas in jedem Aufgang an jeder Tür des Blocks geklingelt. Einige wollten überhaupt nicht mit ihm sprechen, behaupteten, sie hätten geschlafen. Andere machten ihm nicht einmal die Tür auf. Nur Julanka mit ihren drei Kindern von drei verschiedenen Vätern hatte den Aufprall des Wagens gehört und die Feuerwehr gerufen, weil sie Angst hatte, das Feuer könnte auf das Haus übergreifen. Sie hatte nicht gesehen, wie der Fahrer aus dem Wagen gekommen ist, auch einen zweiten Mann hatte sie nicht gesehen.

Aber der alte Karl Staufer, mutmaßlicher AfD-Wähler, mit dem er noch nie mehr als zwei Sätze gewechselt hat, will gesehen haben, wie jemand den Fahrer aus dem Wagen gezogen hat und dann jenseits der Bäume in der Dunkelheit verschwunden ist. »Aber ob der vorher schon in dem Wagen gesessen hat …«

»Hat er gehumpelt?«, fragte Jonas.

Achselzucken. »Tut mir leid für Sie. Was da passiert ist.«

Niemand hat gesehen, ob der Mann gehumpelt hat. Außer Enno.

»Dein sechsjähriger Sohn? Der unter Schock stand?«

»Willst du damit sagen, dass er sich das ausgedacht hat?«

»Ich will damit sagen, dass der Mann … der Beifahrer … überallhin gefahren sein kann. Nur weil er gehumpelt hat, muss er nicht direkt ins …«

»Das kann man ja rausfinden.«

»Wie willst du das denn rausfinden? Vielleicht ist genau zu der Zeit jemand mit Beinverletzung ins Urban eingeliefert worden, der aber gar nichts mit der Sache zu tun hat. Und dann?«

Jonas muss neu ansetzen. »Du hast gesagt, du hilfst mir, egal wie.«

»Ich hab an quatschen gedacht. Babysitten. Mal n Auto leihen. So ne Sachen.«

»Okay, dann leih mir dein Auto.«

»Was …? Sekunde. Was willst du jetzt mit einem Auto?«

»Ich brauche ein Auto, du hast gesagt, du leihst mir deins.«

»Das war nur ein Beispiel. Ich hab gar kein Auto.«

Von da an wird das Gespräch unübersichtlich. Es gibt eine Reihe gegenseitiger Vorwürfe, wie Hebel, die aufs Geratewohl gedrückt werden, ohne dass man wissen kann, was sie bewirken. Einer davon ist, dass sie mal gemeinsam gegen den Staat waren, für den Mesut jetzt arbeitet, genau der Staat, der möglicherweise vorsätzlich vertuscht, was in der Unfallnacht wirklich geschehen ist.

»Ich brauche deine Hilfe«, sagt Jonas. »Von falschen Versprechungen und Pseudohilfe habe ich nichts. Was soll das? Machst du das, weil du dein Gewissen beruhigen willst? Aus Mitleid? Oder glaubst du, dass du irgendwas gutmachen musst, weil du dich total verkauft hast an etwas, gegen das wir mal gute Argumente hatten?« Jonas ist betrunken, und nicht nur betrunken.

»Nein, ich …« Mesut ist betroffen, und vielleicht nicht nur betroffen. Aber wenn da mehr ist, kann Jonas es nicht spüren.

»Das hat doch gar nichts damit zu tun!«, sagt Mesut. »Irgendwie schräg, dass du mir vorwirfst, was ich mache, aber gleichzeitig soll ich gut genug dafür sein, dir zu helfen.«

Jonas kann darin keinen Widerspruch entdecken. »Schräg ist, dass du nicht zu deinem Wort stehst. Gerade jetzt, wo ich niemand anderen mehr …«

»Ich versteh immer noch nicht, was dir das bringen soll. Dann hast du einen Namen. Was willst du damit anfangen? Vielleicht war einfach seine Ische mit im Auto?«

»Ich frag mich schon die ganze Zeit, warum du mir das ausreden willst, jetzt schon wieder. Kommt mir fast so vor, als willst du verhindern, dass ich mehr herausfinde«, sagt Jonas viel zu laut. »Hast du irgendein Interesse daran, mir nicht zu helfen? Hat jemand mit dir gesprochen?«

Eine lange Pause entsteht. Jonas weiß, dass er zu weit gegangen ist, aber er bringt es nicht über sich, seinen Ausbruch abzumildern. Er sieht nur das Hindernis, das zwischen ihm und dem Krankenhaus steht. Er fühlt sich ohnmächtig und wütend.

Schließlich sagt Mesut: »Ich werde sehen, was ich rausfinden kann. Ohne Garantie. Und danach ist Schluss!«

Annika kommt zu ihm, als Enno im Bett ist. Sie hat ihren Hund Lala mitgebracht, ein schmutzigbrauner Mischling, eine Art kleiner Schäferhund mit Schlappohren. Jonas mochte Hunde noch nie, weil sie devot sind und alles fressen, was ihnen vor die Schnauze kommt. Außerdem muss man ihre Scheiße hinter ihnen aufsammeln, was für alle Beteiligten entwürdigend ist. Aber Annika sieht gut aus: Sie trägt nicht mehr diese absurd aufgetürmte Medusenfrisur wie damals, sondern einfach längere Haare, aus denen verschiedene Farben herauswachsen. Außerdem ein labbriges ärmelloses Shirt, das so weit ist, dass es dem Bustier darunter die Hauptarbeit der Verhüllung überlässt. Ihre Haut ist glatt und hat die Farbe von Haselnüssen.

Er hat geduscht und sich deodoriert, aber nüchterner ist er dadurch nicht geworden. Warum auch sollte er nüchtern sein? Er kann nicht so tun, als hätte er sich im Griff. Annika hat das schon am Telefon gemerkt; er hatte vorgeschlagen, den Wagen morgen bei ihr abzuholen, aber sie hatte darauf bestanden, nach ihm zu sehen. »Du hörst dich schrecklich an«, hatte sie gesagt. Also wird sie nicht direkt ein Fünfgängemenü mit Hauskonzert von ihm erwartet haben.

»Du siehst gut aus«, sagt er mehrmals. »Gut, dass du gekommen bist, dass du …« Er weiß nicht weiter. Sie ist gekommen, um ihm ihr Auto zu bringen, so weit reichte das Drehbuch. Ab jetzt müssen sie improvisieren.

Sie bedeutet dem Hund, sich hinzulegen, und setzt sich auf das Sofa.

»Sorry«, sagt er, »ich bin … die versuchen, mich fertig zu machen.«

»Die?«

Während er sich neben sie setzt und eine Tüte aus seinem eigenen Vorrat baut, erzählt er von Milićs Anrufen.

»Und was wollen die von dir?«

Er zuckt die Schultern. »Dass ich aufhöre, nehm ich mal an.«

Natürlich weiß sie, worum es geht, von Facebook. Aber sie weiß nicht, wie es ist, wenn man überwacht und terrorisiert wird, wenn Kriminelle drohen, dir oder deiner Familie etwas anzutun. Was von deiner Familie geblieben ist.

Wie könnte er es erklären? Er erzählt ihr von den Anrufen und dass er es irgendwann nicht mehr ertragen und das Telefon ausgeschaltet hat. »Nachdem ich dich vorhin angerufen hab, klingelte es sofort wieder.«

»Mein Gott.«

»Terror.«

»Dieselbe Nummer?«

»Unterdrückt. Also ja, wieder er. Aber diesmal hat er gesprochen.«

Annika zieht ihre Beine an und schlingt die Arme darum. »Was hat er gesagt?«

Die Verbindung ist schlecht gewesen. Er verstand seinen Namen nur abgehackt: »… domir Mil …« Jonas war verstört, seine Stimme zu hören; das hatte er nicht erwartet. Seine Wut war plötzlich weg, die lebhaften, gewalttätigen Bilder, die sich im Lauf der vergangenen Wochen in ihm gestaut hatten: Wie er den Mörder seiner Frau und seines Sohnes mit Zangen, Messern und Sägen foltert, bis der um seinen Tod winselt, wie er erst dann seinen Kopf in einen Schraubstock spannt und ihn ganz langsam, Umdrehung für Umdrehung …

Das alles war auf einmal weg, da war nur diese unbekannte Stimme. Ein ganz normaler Anruf eigentlich, außer dass er mit einer Drohung begann. Milić sagte: »… kämpfen. Was du … nicht gut für dich.«

Auch da kehrte sein Hass nicht auf einen Schlag zurück, das geschah erst später; er spürte eher Empörung und Angst.

»Weißt … wem du … hast.« *Du weißt nicht, mit wem du es zu tun hast.*

Jonas wollte etwas entgegnen, um Milić zu bedeuten, dass er ihn nicht einschüchtern könne, eine ultimative Grenze setzen; aber Tatsache war, dass Jonas sehr wohl eingeschüchtert war, dass er keinerlei Mittel hatte, eine ultimative Grenze zu setzen, und dass alle Gewaltfantasien der letzten Wochen nichts waren als die hilflosen Bewältigungsstrategien eines wehrlosen Opfers. Da spürte er den Hass – aber nicht gegen Milić, sondern den auf sich selbst.

»Ich …« Es knisterte, der Ton setzte aus, dann: »… egal. … an … Sohn. … kannst … gewinnen.« *Denk an deinen Sohn. Du kannst nicht gewinnen.*

Annikas Hand streicht ihm über den Rücken. »Das ist ja der Horror«, sagt sie.

Er verbirgt seine Hände in seinem Gesicht. Sie hat recht. Es ist der Horror.

»Du musst zur Polizei gehen.«

Er lacht; ihre Unterhaltung kommt ihm völlig unwirklich vor. »Bloß, dass die Polizei da mit drinsteckt.«

Später sind sie bekifft; im Zimmer ist es fast so dunkel wie draußen. Jonas hat immer gedacht, Annika sei auf irgendeine irreparable Weise verzweifelt und verloren. Aber so verzweifelt kommt sie ihm jetzt gar nicht vor, verglichen mit ihm; sie wirkt geradezu erwachsen. Seit der Trennung von Henning lebt sie mit ihrem achtjährigen Sohn in einer WG, gemeinsam mit zwei anderen Müttern, von denen eine gerade in einem Retreat ist und ihr Auto dagelassen hat. Nach Höhen und Tiefen hat sie ihr Leben auf die Reihe gekriegt, wie man so sagt, man kann das sehen. Sie trägt nicht mehr diese Bedürftigkeit vor sich her, die ihn immer etwas abgestoßen hat. Jetzt kann sie Trost spenden.

Jonas hat gutes Dope da, das die belebende Wirkung des Weins, den er seit dem Nachmittag gegen die bleierne Schwere der Downer getrunken hat, in einer Weise konzentriert, dass er die verschiedenen Phasen seines Plans zu erkennen glaubt – wenn man von einem Plan überhaupt sprechen kann. Eigentlich ist ihm nur nebelhaft gewärtig, was er tun wird, zu nebelhaft, als dass er es erklären könnte.

»Wozu brauchst du das Auto?«, will sie wissen.

Es würde sie befremden, mit welchen Vorstellungen er

sich beschäftigt – oder welche Vorstellungen sich mit ihm beschäftigen. Nach Milićs Anruf ist er so verängstigt und zugleich aufgebracht gewesen, dass er sich erneut ins TOR-Netzwerk eingewählt hat, um im Darknet, das er gewöhnlich nur als Marktplatz für Gras und Artverwandtes nutzt, nach Feuerwaffen zu stöbern. Nicht mehr als eine Ablenkung, ein Gedankenexperiment, in das er sich flüchtete, während Enno in Dauerschleife seine Cartoons ansah. Und auch wenn es das bleiben wird – ein Gedankenexperiment –, tat es doch gut, sich nicht hilflos zu fühlen.

»Ich will einfach«, beginnt er, »ich weiß nicht … mobil sein.«

Seine Gedanken versuchen, in sieben verschiedene Richtungen davonzujagen, nur das Gras hält sie am Boden und bringt sie zu ihm zurück. Die Bilder, die in ihm gewütet haben, verblassen. Sie sind noch präsent, wirken aber jetzt ganz harmlos und friedlich, wie alte Gemälde in einem Museum; der permanente Alarm, der seit Tagen in ihm schrillt, verstummt.

Sie reden über die alten Zeiten, als sie noch unter Hausbesetzern in der Liebigstraße und auf dem Bauwagenplatz am Görli lebten. Bei allen möglichen Diskussionsrunden, Solikonzerten oder Volksküchen liefen sie sich über den Weg, ohne dass sie sich jemals viel zu sagen hatten. Aber er erinnert sich daran, dass sie mal einen Gesangspart in Mesuts und seiner Band übernehmen wollte.

»AGGROMIMOSE«, sagt er. »Weißt du noch?«

Sie lacht, wodurch die Haut über den Schlüsselbeinen sich spannt und ihr ganzes Gesicht zu leuchten beginnt. Lala, die im Durchgang zum Flur liegt, hebt den Kopf, blinzelt und legt sich wieder schlafen. Jetzt lachen sie beide.

»Ein bisschen stand ich ja damals auf dich«, sagt Annika.

Wie es wohl wäre, wenn statt Annika nun Vera hier säße? Wenn er mit ihr kiffen und über die Vergangenheit reden und später vögeln könnte? Die gemeinsamen Erinnerungen schaffen Nähe und Vertrautheit. Die Intimität kommt ihm in diesem dunklen Zimmer, in der nur Lalas leises, gleichmäßiges Schnarchen zu hören ist, seltsam eigenständig vor, losgelöst von ihren Körpern, so als seien Annika und er nur die Avatare ihrer Erinnerung. Er spürt, dass er gleichzeitig traurig und erregt wird, plötzlich erleichtert durch den Gedanken, dass auch die Trauer eigenständig ist und er nur ihr mehr oder weniger zufälliger Träger. Es ist der größte Trost, den er bislang empfunden hat: dass es auf ihn, was auch geschehen sein mag, nicht ankommt.

Er rückt näher an Annika heran und legt seinen Kopf auf ihre Schulter; sie erwidert die Berührung. Seine Hand wandert zu ihrem Gesicht, er hebt den Kopf und sucht mit geschlossenen Augen ihren Mund. Sie riecht nach Sommer. Er ist aufgeregt wie ein Teenie, und er stellt fest: Körperlos sind seine Empfindungen jetzt nicht mehr. Er versucht, ihr das weite Shirt über den Kopf zu ziehen, was aus irgendwelchen Gründen nicht gleich möglich ist. Seine Hand streichelt ihre Oberschenkel entlang und zu deren Innenseite. Jetzt versteht er, was gerade nicht geklappt hat: Sie hindert ihn.

»Jonas, nicht«, sagt sie, aber er hört seine eigene Stimme, beruhigend: »Keine Sorge.« Ihr Atem geht schwer; Jonas will nichts, als sich in sie fallen zu lassen, er spürt das unwiderstehliche, durch nichts zu unterdrückende Bedürfnis, sich von ihrem Körper aufnehmen zu lassen. Er vergräbt sein Gesicht zwischen ihrem Kopf und ihrer Schulter, saugt tief ihren Geruch in sich ein und versucht, seine Hand in ihren Hosenbund zu schieben. Aber sie versteift sich und hält seinen Arm fest.

»Es ist in Ordnung«, stammelt er, »ist schon in Ordnung«, und versucht dabei, ihre Hose herunterzuziehen.

Lala steht plötzlich vor den beiden und bellt. Zweimal. Die Geräusche füllen den kleinen Raum komplett aus, wie Fanfarenstöße. Jonas sieht Annika an und erwartet, dass ihre Haut gerötet, die Pupillen geweitet und ihre Erregung am Schweißfilm auf ihren Wangen deutlich erkennbar ist. Aber ihre Augen sind verengt und misstrauisch, und sobald er, verwirrt durch das Bellen, seinen Griff gelockert hat, rückt sie von ihm ab und zieht ihr Shirt herunter. Sie steht auf und geht fast fluchtartig Richtung Flur, sodass Lala jetzt zwischen ihnen steht. Der Hund hechelt Jonas an; es sieht aus, als hielte er ihn in Schach, um Annikas Flucht zu decken.

Jonas begreift. »Scheiße«, sagt er. »Ich dachte …«

Annika versucht ihre verstörte Miene zu einem tröstenden Lächeln zu ordnen. »Ist schon gut, Jonas, wirklich. Es ist nur, ich glaube …«

»Ja, ja, klar!«, sagt Jonas.

»Ich glaube, ich sollte jetzt …«

»Ja, ja. Ich bin nur, ich habe …«

Da steht Enno in der Tür, vom Bellen wachgeworden. »Papa, wer ist die Frau?«

»Enno, geh wieder ins Bett, ja? Ich … soll ich dich noch nach Hause …?«

»Nein, nein, ich hab ja den Hund.«

»Also kann ich den Wagen …?«

»Klar. Klar, solange du willst. Pass auf dich auf, Jonas.«

4|4

Sherif und Fatih sind zu Khaleds Geburtstag nicht eingeladen. Zwar hat man gemeinsame Interessen, aber am Markt stehen alle drei in gegenseitiger Konkurrenz – und es ist eine harte Konkurrenz. Außerdem würde es den gemeinsamen Interessen zuwiderlaufen, wenn die beiden zu viel Einblick in Khaleds Lebensgewohnheiten bekämen.

Es ist eine große Party in einem angemieteten Club: Leicht bekleidete Frauen tanzen, Goldketten- stoßen mit Anzugträgern an, überall wird offen konsumiert. Die Gottesfürchtigkeit ist bei Khaled allenfalls Fassade, und er hat sich noch nie große Mühe gegeben, sie zu pflegen. Sherif akzeptiert Khaled nur deswegen, weil Radomir für ihn bürgt. Sie wären einander wie Wölfe, wenn ihr Wunsch nach stabilen Renditen sie nicht zähmen würde.

Unten pumpt und bollert der Bass, irgendein Berliner Halbblut-Rapper steht auf der Bühne, begleitet von einem Laptop, etwas Licht und seinen Posen. Er ist nicht der Einzige von der Sorte unter den Gästen. Mit einigen von ihnen hat Radomir sich schon unterhalten; sie können sich benehmen, wenn sie sich einen Vorteil davon versprechen und man ihnen Respekt entgegenbringt. Dabei ist durchaus die Frage, wofür man sie respektieren soll. Dafür, dass sie Regeln verachten? Sich mit Straftaten brüsten, die sie teilweise sogar begangen haben? Er begegnet ihnen mit einer Distanz, die sie für Respekt halten können. Aber sein Respekt ist von ganz anderer Sorte als etwa für die Männer, an deren Seite er in Bosnien stand. Auch unter ihnen waren Wichtigtuer und Kriminelle, aber sie haben immerhin gemeinsam für etwas gekämpft. Nicht alle waren Soldaten, nicht alle hatten die Disziplin, die notwendig gewesen wäre, notwendig, um … er verzettelt sich. Was genau sollte die einen von den anderen unterscheiden? Machos und Zampanos allesamt, die sich daran berauschten, endlich vom Unterdrückten zum Unterdrücker zu werden.

Das Zimmer, in das das Mädchen Radomir geführt hat, ist funktional eingerichtet: Ein Sofa mit Beistelltisch, ein Wasserbett, eine Kommode mit frischen Handtüchern, an der Wand eine Dekoleiter mit Kleiderhaken daran. Daneben ein Waschbecken mit Spiegel. Das gedimmte Licht kommt von mehreren indirekten Quellen, die Vorhänge sind zugezogen.

Sie schließt die Tür und dreht den Schlüssel um. Dann macht sie sich sofort daran, sich auszuziehen.

»Warte«, sagt Radomir und deutet auf das Sofa. »Setz dich.«

Misstrauisch geht sie zum Sofa, ohne ihn aus den Augen zu lassen. Ein Lächeln umspielt ihre Lippen; es soll Selbstsicherheit vortäuschen.

Radomir setzt sich auf die Bettkante. »Wie heißt du?«

»Rosa.«

»Das ist nicht dein richtiger Name.«

»Nein.«

Wenn sie spricht, wirkt sie noch jünger. Höchstens 23, und das auch nur, wenn man das Make-up in die Schätzung einbezieht. Sie ist deutlich jünger als Natascha. Osteuropa, vermutlich Ukraine, vielleicht Belarus. Gelockt mit Versprechungen, Modelkarriere; dann in dem Maße, wie die

Versprechen sich als leer herausstellten, unter Zwang. Keine Papiere, kein Geld, Telefon nur unter Aufsicht. Schulden wegen Kost und Logis. Noch wirkt sie gepflegt, ihr Körper schlank, biegsam und jugendlich. Lange wird das nicht mehr so bleiben.

Sie sieht ihn an, nicht neugierig, aber auch nicht mehr misstrauisch. Abwartend.

»Ein Glas Wasser?«, fragt sie ihn. »Ich habe Tablette hier.«

»Nein«, sagt er und schüttelt den Kopf, obwohl ihre Vermutung durchaus zutrifft. Sie ist nicht neu im Geschäft.

Ein Poltern von nebenan, Gelächter von mehreren Männern. Gelächter und noch etwas anderes, tiefe, brünstige Laute, weniger leidenschaftlich, eher alle Leidenschaft verleugnend. Männer, die sich gegenseitig anfeuern.

»Wo kommst du her?«, fragt er Rosa.

»Warum?«

»Nur so. Es interessiert mich.«

»Kaliningrad.«

Er nickt. »Wusstest du, dass das früher Deutschland war? Königsberg. Kant lebte da. Immanuel Kant. Schon mal gehört? *Handle nur nach derjenigen Maxime, von der du wollen kannst, dass sie allgemeines Gesetz werde.*«

Sie zuckt die Schultern und steht auf. Sie geht die drei Schritte zu ihm herüber – geschmeidig, einstudiert – und streift sich ihr Negligé von den Schultern. Die Art, wie es neben ihren Knöcheln zu Boden gleitet, verfehlt die beabsichtigte Wirkung nicht. Ein weiteres Oberteil fällt, sie trägt keinen BH darunter. Ihre Brüste sehen genau so aus, wie er sie sich vorgestellt hat: wie die einer Zwanzigjährigen. Sein Glied pulsiert vor Erregung.

Sie zieht ihren Minirock und den Slip herunter. Nur noch die obligatorischen hohen Seidenstrümpfe sind übrig. Sie tänzelt nicht, macht keine Show daraus, auch ihr Gesicht ist unbewegt. Sie greift ihm in den Schritt und geht vor ihm auf die Knie. Lange hat das niemand getan; seine Synapsen feuern überwältigt durcheinander. Ohne aufzusehen löst sie den Gürtel und zieht ihm die Hose über die Hüften. Er lehnt sich zurück und hebt den Hintern, um ihr entgegenzukommen. Ihr Mund ist feucht und warm, der Griff ihrer Hand zielstrebig. Ein Gefühl durchströmt ihn, so unbeschreiblich, als wäre es das erste Mal. Wenn das so weitergeht, wird es nicht lange dauern. Er schließt die Augen und denkt an nichts mehr.

Nebenan hört er einen spitzen Schrei, eine Frau, entweder überrascht oder erschrocken. Der kehlige Laut einer der Männer, Gelächter. Er hört etwas wie »Bitte«, aber leiser, fast jammernd. Er öffnet die Augen und sieht zur Wand. Rosa lässt sich in ihren Bewegungen nicht beirren, ihr Kopf hebt und senkt sich. Er sieht den dunklen Haaransatz unter der hellen Färbung, ihre natürliche Haarfarbe – die, mit der sie aufgewachsen ist, bevor sie geschlechtsreif und nach Deutschland verladen wurde. Sie hat sich etwas anderes für ihr Leben vorgestellt. Sie wird nicht in England studieren, um ihren Ambitionen und moralischen Werten zu folgen. Ihrem Entwurf von sich selbst. Für sie wird sich die Welt nicht als etwas präsentieren, das sie mitgestalten, auf das sie einwirken kann. Sie wird nicht wählen und sich für Selbstlosigkeit entscheiden können, für Größe, für Mut. Nicht ihre Stimme erheben für die, die keine haben. Die Menschen sind wie Rosa.

»Was ist?«, fragt Rosa und wischt sich den Mund, als sie zu ihm aufblickt.

»Nichts«, sagt er. »Es ist genug. Danke. Es ist …«

»Aber noch nicht fertig.«

»Schon gut.«

Als hätte sie ihn nicht gehört, macht sie weiter. Sein Glied ist schlaff. Sie gibt sich Mühe, aber es schmerzt nur noch. Schlagartig trifft ihn die Erkenntnis, dass sie mit Ehrgeiz verfolgt, was andere ihr aufgezwungen haben. Wäre Natascha damals in Prijedor geblieben, anstatt mit Theresia und ihm nach Deutschland zu gehen, dann wäre auch sie mit schlechter Perspektive aufgewachsen, dann könnte jetzt sie an Rosas Stelle vor ihm knien und einem fremden alten Mann den Pimmel lutschen.

»Hör auf. Ich will nicht mehr.«

Natascha, die als Waffe ihrer Erzeuger gegen ihre Mutter und deren Volk geboren wurde, ein ungewolltes und heimatloses Kind, durch Männer wie ihn zu einem Leben ohne Zukunft verurteilt.

»Hör auf, verdammt!« Er reißt sie hoch und stößt sie von sich. Sie stolpert über den Slip, der wie ein Fallstrick um ihre Fersen liegt, und stürzt mit dem Kopf voran gegen die Kommode. Ihre Stirn trifft unglücklich einen der Griffe; Blut tropft unter ihrer Hand hervor, mit der sie die Verletzung sofort verdeckt.

Die Geräusche nebenan verstummen kurz, dann wieder Gelächter.

»Das wollte ich nicht,« ruft Radomir. Er zieht die Hose hoch und will zu ihr gehen, aber sie streckt die blutige Hand aus.

»Hau ab!«, schreit sie, das Blut läuft an ihrem Gesicht herunter. Sie reißt ein Handtuch aus der Kommode, rafft ihre Sachen zusammen und stürzt hinaus.

Als er herunterkommt, sieht er Rosa hinter einer Wand aus zuckendem Licht und Trockeneisnebel bei Khaled stehen. Sie redet auf ihn ein, beschwert sich. Als sie Radomir erblickt, verschwindet sie in die entgegengesetzte Richtung. Er will hinterher, doch Khaled hält ihn auf.

»Die hast du ja ganz schön rangenommen«, brüllt er ihm über die Musik hinweg ins Ohr und tätschelt ihm anerkennend die Wange. »Die Reparatur muss ich dir vom Honorar abziehen!« Er lacht.

Radomir versucht, sich seinem Griff zu entwinden. »Ich will mit ihr reden!«

»Scheiß auf die Schlampe. *Wir* müssen reden.«

Sie gehen vor die Tür. Die Sonne ist schon lange hinter den Gründerzeitmauern untergegangen, die den Parkplatz umgrenzen. Ein halb saniertes Fabrikobjekt im Johannisthaler Gewerbeniemandsland, von der Straße aus unscheinbar, wären da nicht die beiden Brecher, die an der Einfahrt stehen und rauchen.

Auch Khaled steckt sich eine Zigarette an. »Was sagst du zu der Karre?« Er lässt seinen Blick über den dunklen Parkplatz schweifen.

»Danke. Wäre nicht nötig gewesen.«

»Zum Glück entscheide ich, was nötig ist. Wo hast du geparkt?«

Er hatte keinen Gedanken daran verschwendet, den Wagen zu nehmen, sondern gleich ein Taxi gerufen. Er will nicht fahren, er kann es nicht. Es ist nur vorübergehend. Er überlegt fieberhaft, welche Ausrede er Khaled dafür auftischen kann. Die drei Staatsbesuche, für die heute den ganzen Tag über Straßensperrungen angekündigt waren? Aber da kommen Jamal und der andere Schläger heraus und postieren sich halb hinter Khaled, ohne dass Radomir dafür einen Anlass sehen könnte.

»Wie war's in der Moschee?«, fragt Khaled in forschem Ton.

»Ich habe alles geregelt mit Sherif.«

»Alles geregelt hast du, hm? Was sagt denn Sherif zu den Geschichten, die dein neuer Freund überall rumerzählt? Dieser Nimrod, oder wie der Wichser heißt. Weiß er davon?«

In einem Sekundenbruchteil begreift Radomir, dass Khaled nicht nur von Nimrods Post weiß, sondern auch – es war von Anfang an unvermeidlich –, dass er ihn angelogen hat. Wenn er versucht, das abzustreiten oder zu rechtfertigen, wird ihn das nur noch mehr Vertrauen kosten. Khaled wird sich auch nicht lange mit dem verschwiegenen Glas Wein aufhalten. Stattdessen wird er wissen wollen, wer der zweite Mann im Auto war.

»Wie bist du rausgekommen? Aus dem Wagen?«

»Ich war nicht bewusstlos. Okay? Es gab keinen Herzinfarkt. Wein habe ich getrunken an dem Abend. Ich habe getrunken und versucht, den Schaden zu begrenzen. Fertig.«

Khaled ringt einen Moment um Worte, Radomir hat ihn noch nicht oft so gesehen. Seine Augen verengen sich zu Schlitzen. »Du lügst mich an und sagst *fertig*? Was ziehst du für einen Scheiß hier ab, Alter?«

»Ich dachte, es ist am einfachsten so.« Er sieht sich nach Khaleds Männern um. Sie tun so, als hörten sie nicht zu.

Khaled starrt ihn fassungslos an. »Ich bin zu deiner scheiß Schwarzwaldklinik gefahren, wallah!« Seine Stimme ist laut, nah am Schreien. »Was ist los mit dir?«

»Du hast auch schon gelogen. Tu nicht so, als ob das ein großes Problem ist.«

»Interessiert mich einen Scheiß, was du privat machst. Aber wenn Sherif das rauskriegt, oder Jalayer, dann sind wir alle gefickt. Der Idiot legt seine Hand für dich ins Feuer, ist dir das überhaupt klar?«

»Ich habe Sherif überzeugt. Und Jalayer ist weit weg.«

»Hört euch das an! Überzeugt hast du Sherif, ja? Was

macht dich so sicher? Was ist, wenn er mich angerufen hat? Wenn du in Wirklichkeit schon längst tot bist? Jalayer ist *Hisbollah*, Alter! Wenn der auch nur träumt, dass wir ihn verarschen …! Weißt du das!«

Radomir schüttelt energisch den Kopf. »Der braucht uns genauso wie wir ihn.«

»Scheiße!« Khaled klatscht dicht vor seinem Gesicht in die Hände und flucht auf Arabisch. Er fährt sich über den rasierten Schädel. »Dieser Typ. Nimrod. Was machst du gegen den?«

»Ich kümmere mich darum.«

»Nein, *ich* kümmere mich darum.« Mit einem Schritt ist er ganz nah bei ihm, sein erhobener Finger wie ein Klappmesser, dicht vor seinem Gesicht. »Ich sag dir, was du jetzt machst. Du nimmst dir Musta und Jamal und fährst zu diesem Affen. Und da macht ihr dem klar, dass der ab jetzt seine Fresse halten wird, sonst kann er sich sein Arschloch von innen angucken.«

Radomir weicht nicht zurück, blinzelt nicht einmal. Es kostet ihn riesige Anstrengung. Wie eine Pose, in die er nicht gehört.

»Ich fahre nirgendwo hin«, sagt er. »Ich hab hier noch etwas mit der Dame zu klären. Um Nimrod kümmere ich mich danach.«

Er lässt Khaled stehen. Es soll ein entschlossener Abgang sein, der klarstellt, dass Radomir sich nicht herumkommandieren lässt, weder von Khaled noch von sonst jemandem. Die Hand an der Türklinke, hört er Khaled hinter sich etwas sagen, aber nicht an seine Adresse. Gegen seinen Willen dreht er sich noch einmal um und sieht, wie Jamal und Mustafa zu ihrem Wagen gehen. Khaled tippt etwas in sein Telefon. Radomir ist sicher, dass es Nimrods Adresse ist: Die beiden werden ohne ihn dort hinfahren.

3|3

Die Stadt ist dicht. Erst steht er im Stau, weil die Otto-Braun-Straße aus unerfindlichen Gründen gesperrt ist, dann, weil Motorradpolizisten wie aus dem Nichts auf der Kreuzung Leipziger- und Wilhelmstraße auftauchen und überfallartig jegliche Weiterfahrt verhindern, damit ein eskortierter Konvoi schwarzer Limousinen passieren kann. Aus dem Radio erfährt er, was los ist: Staatsbesuch-Triathlon. Die serbische Ministerpräsidentin, der jordanische König und der zukünftige Ratspräsident der EU, von dem er noch nie etwas gehört hat, sind in der Stadt. Alle wollen mit Angela Merkel zu Abend essen.

Die Straße liegt in einem ruhigen Wohnviertel und verläuft entlang des Sees; Jonas nimmt an, dass die Grundstücke sogar direkt daran angrenzen. Reiche Leute wohnen hier. Milićs Haus ist keine Villa, aber viel fehlt dazu nicht. Beide Etagen des weißgetünchten 50er-Jahre-Baus haben große Fenster zur Frontseite, das Dach, ebenfalls mit großen Fenstern, ist ausgebaut. Vorne befindet sich ein gepflegter Vorgarten, durch den man das Eingangsportal erreicht, eine große moderne Tür mit eingelassenem Milchglas. Links und rechts am Haus vorbei führen Steinplattenwege zwischen den Sträuchern und Blumenbeeten hindurch zum rückwärtigen Teil des Gartens. In der großen Garage stehen zwei Autos, ein Oldtimer-Cabrio und ein Porsche Cayenne.

Augenscheinlich hat Milić das gleiche Modell noch einmal gekauft. Jonas spürt eine Ader in seiner Schläfe pochen. »Son of a bitch«, sagt er leise.

Er fährt an dem Haus vorbei, wendet und parkt in einiger Entfernung im Schatten einer Linde. Dann nimmt er die Kamera mit dem 135er Teleobjektiv vom Beifahrersitz, stützt es auf dem Lenkrad ab und schießt Bilder von Milićs Garage und dem Haus. Abgesehen von einem Mann und einem kleinen Mädchen, das einen riesigen aufgeblasenen Plastikschwan trägt, stellt das Flimmern der Luft die einzige Bewegung in der Straße dar. Als Jonas fotografiert hat, was zu fotografieren ist, legt er die Kamera beiseite und wartet.

Worauf wartet er?

Die Vorstellung, sich zu bewaffnen, als wäre er ein Extremist, ein nordamerikanischer Redneck, ein Vorabendkommissar, ist vollkommen absurd. Er ist geboren und aufgewachsen als Pazifist, sein gesamtes Selbstverständnis beruht darauf – auf der Überzeugung, dass Zusammenleben nur gewaltlos möglich ist. Nirgendwo in seiner Lebenswelt spielte Gewalt bislang eine Rolle, weder hier in Berlin noch in ihren Reiseländern. Wenn Enno oder Mats in der Kita von einem anderen Kind geschlagen wurden, hat er das insgeheim als Skandal gewertet, als Indikator für mangelnde Zuwendung, Bildung und Intelligenz der Eltern. Er weiß, dass Gewalt außerhalb seiner winzigen Lebenswelt ein großes, oft sogar existenzbestimmendes Thema ist, aber er hatte immer das sichere Gefühl, dass es ihn nicht betrifft und im Grunde auch nicht betreffen kann: weil es ein Resultat wirtschaftlicher und politischer Instabilität, fehlender Ressourcen und tradierter Ungleichheit ist. All diesen negativen Einflüssen war er nie ausgesetzt, und Vera schon gar nicht. Folgerichtig hat er auch keinerlei Bezug zu Gewalt.

Was sollte also jemand wie er mit einer Schusswaffe anfangen? Selbst wenn er all die Hürden überwunden hätte, die es zu überwinden gilt, wenn man sich ein solches Ding anschaffen will – die Anpassung des eigenen Selbstbilds, digitale Konspiration, nicht zuletzt das nötige Geld in Bitcoin –, selbst wenn er sich also wirklich dazu durchringen würde, auf solch extreme Weise aus seiner gewohnten Welt heraus- und in eine neue, absolut unbekannte und irgendwie irreale einzutreten, und als Resultat dieses Entschlusses tatsächlich eine Schusswaffe in Besitz nähme: Welche Art Sicherheit würde sie ihm und Enno verschaffen, wenn wieder ein Unbekannter vor seiner Tür stünde und ihn mit einem Handyfoto einzuschüchtern versuchte? Würde er den Mann erschießen wie in einem Western?

Das ist lächerlich, denkt Jonas. So etwas wird nicht passieren.

Aber was, wenn es so weit kommt, dass er sich und Enno verteidigen muss, weil jemand nicht nur ein Handyfoto von ihm schießen will? Die Vorstellung, Enno könnte durch seine Schuld oder auch nur Unvorsichtigkeit etwas zustoßen, schiebt sich vor alle pazifistischen Bedenken. Eine Waffe bedeutet immerhin Abschreckung, selbst wenn du sie nicht einsetzt. Niemand, den du mit einer Waffe bedrohst, wird sich wagen, dir oder den deinen etwas anzutun. Angst und Beschützerinstinkt stellen einen unmittelbaren Antrieb dar, die Grenzen zu überschreiten, die dein moralisches Erbe dir setzen will.

Dennoch ist es nichts als ein Spiel. Die Namen der Waffen, die ihm teilweise aus Filmen bekannt sind, klingen nichtssagend und harmlos, nicht grundsätzlich anders als die

Herstellernamen von Küchengeräten oder Unterhaltungselektronik: Glock 17. SIG Sauer P226. Colt M1911. Beretta 92. Walther PPK. Er stellt sich vor, wie sich eine solche Waffe in seiner Hand anfühlen würde: Kalt und unförmig, ein fremder Gegenstand, der dort nicht hingehört. Er fragt sich, wie leicht ihm die Handhabung fiele: entsichern, zielen, schießen. Es klingt nicht so, als müsse man eine Spezialausbildung dafür abschließen; jedes Kind hat schon einmal mit einer Spielzeugpistole geschossen. Es scheint ein unspektakulärer, im Verhältnis zu seiner ultimativen Wirkung vollkommen banaler Vorgang zu sein: Man hält die Waffe in eine bestimmte Richtung und zieht mit dem Zeigefinger am Abzug, bis eine Kugel herausfliegt. Das hört sich wirklich simpel an, vor allem, wenn man es mit der Überwindung vergleicht, die es kosten müsste, jemandem mit einem Pflasterstein den Schädel einzuschlagen oder mit einem scharfen Messer den Hals aufzuschneiden. Während Jonas sich vorstellen kann, dass sein Körper, wenn er in diese Lage geriete, den Befehlen seines Gehirns schlichtweg die Folge verweigern und stattdessen in apathischen Tremor verfallen würde, weil er einfach nicht die Konstitution zur Ausübung kaltblütiger Gewalt besitzt, stellt er sich das Abfeuern einer Waffe trivial einfach vor.

Es ist heiß im Wagen, obwohl sämtliche Fenster des Corsa geöffnet sind.

»Mir ist langweilig«, sagt Enno auf dem Rücksitz. Ein Stapel Ninjago-Hefte liegt neben ihm; offenbar hat er keine Lust mehr darauf. »Sind wir schon am See?«

»Gleich, Kumpel.«

»Was machen wir hier?«

Er weiß es nicht. *Know your enemy*; er muss wissen, wer

sein Feind ist. Aber ob er seinen Feind besser kennenlernt, indem er die Fassade seines Hauses beobachtet?

Da kommen einige Personen die Straße entlang. Eine ältere Frau mit einem Hund, eine jüngere mit zwei Kindern, die, wie es aussieht, zum See wollen; die jüngere Frau trägt eine Badetasche. Vor Milićs Haus bleiben sie stehen, so als würden sie sich verabschieden. Jonas lässt sich tiefer in den Fahrersitz sinken, um unbemerkt zu bleiben. Er erkennt die ältere Frau; es ist die vom Friedhof, die ihm den Scheck gegeben hat. Sie wird auf den Kleinwagen, der hier ganz und gar nicht herpasst, aufmerksam und geht, nachdem sie sich schon verabschiedet hatten, der Mutter mit den beiden Kindern nach, genau auf ihn zu. Der Hund, schon älteren Semesters, trottet ohne Leine hinter ihr her.

Während Jonas noch darüber nachdenkt, sofort wegzufahren, hat die Frau den Wagen schon fast erreicht.

Sie sieht ihn argwöhnisch an, duckt sich, wie um ihn besser sehen zu können, und bleibt zwei Meter vor ihm stehen. »Was tun Sie hier?«, fragt sie durch das offene Wagenfenster.

Jonas antwortet nicht.

»Mein Mann ist nicht da«, sagt sie. Da fällt ihr auf, dass hinten noch jemand sitzt. »Wen haben wir denn da? Du bist aber ein hübscher Bub!«

»Sprechen Sie gefälligst nicht mit ihm!«

Verwundert sieht die Frau wieder Jonas an. »Soll ich etwas Limonade aus dem Haus holen? Der Junge sieht durstig aus.«

»Wir haben alles.«

Seine Unhöflichkeit macht keinen großen Eindruck auf sie. Jetzt, da sie sich mit seiner Anwesenheit abgefunden hat, wartet sie einfach ab. »Wollen Sie den ganzen Tag da stehen bleiben? Der arme Junge. Bei dieser Hitze!«

Als er wieder nichts sagt, lässt sie von ihm ab und macht Anstalten, zum Haus zu gehen. Dann wendet sie sich noch einmal zu ihm um. »Sie müssen sich gut um den Jungen kümmern!«

Er öffnet wutentbrannt die Tür und will aussteigen, aber der Gurt hält ihn zurück. Die Frau bleibt ungerührt stehen. Jonas löst den Gurt, fädelt ihn umständlich in den Rückholer, der nicht richtig funktioniert, und steigt aus. Über die offene Fahrertür ruft er: »Das brauchen Sie mir nicht zu sagen! Verschwinden Sie! Lassen Sie uns in Ruhe!«

Dass das eine seltsame Aufforderung ist, fällt ihm selber auf, aber es ist dennoch kein Widerspruch, denn sie steckt mit ihrem Mann unter einer Decke. »Ich lasse mich von Ihnen nicht einschüchtern. Bestellen Sie das Ihrem Mann!«

Er steigt ein, wirft die Tür zu und startet den Wagen.

»Warum schimpfst du, Papa?«

Als der Motor anspringt, bewegt sich die Frau, die genau vor dem Wagen steht, noch immer nicht. Sie lächelt. Es ist ein herablassendes, höhnisches Lächeln, das einen solchen Hass in ihm aufsteigen lässt, dass er sie am liebsten auf der Stelle überfahren würde. Er legt den ersten Gang ein, beschleunigt und fährt so dicht wie möglich an ihr vorbei.

Als er außer Hörweite ist, am Ende der Straße, schreit er so laut, dass seine Kehle schmerzt.

Zum Ausgleich dafür, dass sie nicht am See waren, darf Enno Tom & Jerry schauen, so viel er mag. Jonas hat die Fenster geschlossen und verhängt, um die Hitze auszusperren; das Halbdunkel tut ihm gut. Er wägt sorgsam seine Optionen ab, versucht nüchtern zu bleiben und wartet bis zur Dunkelheit. Dann testet er das Babyphon, lädt die Geräte auf und macht noch eine letzte Besorgung bei Rossmann. Enno schläft. Er wird schnell wieder zurück sein.

Schon auf der Fahrt zum Schlachtensee war es dunkel. Jetzt, auf dem Rückweg nach Mitte, kommt ihm die Strecke schon fast vertraut vor: die AVUS stadteinwärts, dann die Stadtautobahn nach Osten, und ab Tempelhof im Grunde nur noch geradeaus.

Das Adrenalin rauscht in seinen Ohren, seine Muskeln zittern, fast kann er die elektrische Spannung spüren, unter der sie stehen. Er denkt nicht an das, was er getan hat, sondern konzentriert sich auf die Verkehrsregeln: Blinken, wenn er abbiegt, das Tempolimit beachten. Er ist kein sicherer Fahrer; zum Glück liegen die Staatschefs längst vollgefuttert im Bett, der Verkehr hat sich gelichtet. Sein Herz hämmert. Das Gefühl, für alle durchschaubar zu sein, so unauffällig er sich auch verhalten mag, verlässt ihn nicht. Der Übertritt ist keine Routine für ihn; nur Berufsverbrecher nehmen den Protest ihres Gewissens nicht mehr wahr. Sie wissen, dass man ihnen die Schuld nicht ansehen kann, schon gar nicht, wenn sie am Steuer eines Wagens sitzen und eine fast leere Autobahn entlang fahren.

Auf der Gegenfahrbahn fährt mit Blaulicht und Martinshorn ein Einsatzwagen vorüber, kurz darauf noch einer. Gespannt schaut er in den Rückspiegel; natürlich werden sie nicht bei der nächsten Ausfahrt die Autobahn verlassen und seine Verfolgung aufnehmen. Er sollte sich entspannen.

Erst jetzt fällt ihm ein, nach Enno zu sehen. Er entsperrt sein Telefon und sieht nach dem Akku: Fünfzehn Prozent. Die Verbindung steht noch, es könnte ganz knapp reichen. Die Kamera des Tablets ist nicht lichtstark genug, um im Schimmer der Nachtleuchte mehr als pixelige Schatten zu liefern, aber am gleichmäßigen Ausschlag des Mikro-Pegels erkennt er, dass Enno ruhig atmet. Er legt das Telefon eingeschaltet neben sich auf den Beifahrersitz.

Die gelbweißen Kegel der Autobahnbeleuchtung gleiten gleichmäßig über den Wagen hinweg. Jonas' Puls ist gerade dabei, sich wieder seiner Ruhefrequenz anzunähern, da hört er ein leises Knistern aus dem Lautsprecher seines Telefons. Der Schatten in Ennos Bett bewegt sich. Nicht jetzt, denkt Jonas. Wach jetzt bitte nicht auf. »Nur noch zwanzig Minuten, Kumpel«, sagt er, als würde Enno ihn hören.

Er passiert eben die Ausfahrt Kurfürstendamm, da ertönt wieder ein Knistern, diesmal lauter. Der Schatten bewegt sich ein wenig, aber nicht genug, um die Lautstärke der Geräusche zu rechtfertigen. Der Pegel schlägt bis in den roten Bereich aus, der Sound klingt blechern und knarzig; unmöglich, seinen Ursprung auszumachen.

Plötzlich wird das Bild heller, als würde ein Lichtschein das Bett treffen. Sein Atem setzt aus; für eine Sekunde sieht er Enno, der sich halb aufgerichtet hat und verschreckt umsieht.

Dann wird es wieder dunkel. War das eine Stimme? Wer hat da gerade gesprochen?

»Papa?«, fragt Enno in die Dunkelheit hinein. Dem Schatten nach zu urteilen ist er aufgestanden.

»Enno«, sagt er, »ich bin gleich bei dir. Papa ist gleich bei dir!«

»Bist du das, Papa?«

Das Telefon piept. Zehn Prozent Akkuleistung, ab jetzt wird es schnell bergab gehen.

»Ich bin hier, Kumpel. Ich bin hier!«

»Wer ist da?«, fragt Enno. Seine Stimme klingt ängstlich.

Neben Jonas hupt ein Auto, das gerade links an ihm vorüberfahren will. Er reißt das Lenkrad nach rechts und kann einer Kollision gerade noch entgehen. »Geh wieder ins Bett, Enno, es ist alles gut!«

»Papa, da ist jemand!« Enno flüstert. Dann ist es still. Er

hört Geraschel, Knistern, das Bild wackelt, als hätte Enno das Tablet bewegt. Einen Moment später sieht er das Gesicht seines Sohnes im Schein der Nachtleuchte. »Papa, da sind Leute«, sagt er noch einmal, jetzt mit tränenerstickter Stimme. »Ich hab Angst.«

»Was meinst du? In der Wohnung? Jemand ist in der Wohnung?«

Er hat das Gaspedal bis zum Anschlag durchgedrückt, aber jetzt röhrt der Motor so laut, dass er nichts mehr versteht. Nur anhand der Pegelanzeige sieht er, dass die Geräusche nicht weniger geworden sind, im Gegenteil. Plötzlich wird das Bild schwarz, offenbar hat Enno das Tablet fallen lassen. Er lässt den Jungen weinen.

Das Telefon piept wieder. Fünf Prozent.

»Versteck dich unter dem Bett!«, brüllt Jonas, um den Motor zu übertönen. Das Lenkrad, die Fenster, die gesamte Karosserie des alten Wagens vibrieren, obwohl er kaum mehr als 140 fährt.

Kreuz Schöneberg.

»Hörst du, Enno? Versteck dich …!«

Aber die Geräusche sind abgerissen. Nichts mehr. Entweder es ist abrupt Stille eingetreten, oder das Tablet ist ausgeschaltet.

»Was ist los, Enno? Was ist los?« Vergeblich versucht er, die Panik in seiner Stimme zu unterdrücken. Ein Prozent.

Warum sollte Enno aufgehört haben zu weinen? Hat er etwa das Zimmer verlassen? Wie kann er das Tablet ausgeschaltet haben? O Gott, wie konnte er ihn nur alleine lassen? Bist du von allen guten Geistern verlassen, Jonas, was hast du dir nur …

Null Prozent. Der Android-Jingle ertönt, als sei die Demo-Show beendet. Das Telefon schaltet sich ab.

»Scheiße!«

Er nimmt die Abfahrt Tempelhof und hält nicht an der roten Ampel. Die Kreuzung ist frei, also biegt er in den Tempelhofer Damm ein und rast, als hätte er die Autobahn nicht verlassen. Sein Schädel explodiert. Er versucht, das Telefon wieder einzuschalten, aber natürlich ist es tot. Das Telefon ist tot, hallt es in seinem Kopf, das Telefon ist tot. Es gibt nichts, was er tun kann; der Gedanke daran, was gerade mit Enno geschieht, was der Junge jetzt erlebt, während er weit weg von ihm durch die Nacht fährt, stürzt ihn in so ungeheure Verzweiflung, dass auch Jonas zu weinen beginnt.

»Bitte«, wimmert er, ohne zu wissen, wen er bittet, und worum.

Es dauert noch endlose Minuten – wie lange, vermag er nicht zu sagen –, bis er die Mühlenstraße hinter sich gebracht und den Alex erreicht hat, wo er um die Kurve schießt, sodass zwei Nachtschwärmer sich mit einem Sprung auf den Bürgersteig retten müssen. Er sieht schon das Haus, versucht zu erkennen, ob in Ennos Zimmer Licht brennt, aber dort ist alles dunkel. Die letzte Kurve, die Reifen quietschen. Vor dem Haus steht ein Streifenwagen. Kein Blaulicht. Menschen auf der Straße. Alles geschieht viel zu schnell, als dass er etwas denken könnte. Er bremst scharf, mäht einen abgestellten E-Scooter um und springt aus dem Wagen. Enno, denkt er, das ist alles, was er denken kann, immer wieder seinen Namen: Enno, Enno, Enno.

3|3

Zumindest muss er nicht selber fahren.

Auf dem Display seines Telefons sieht er einen Anruf in Abwesenheit: Theresia hat ihn am Nachmittag angerufen, dann noch einmal gegen 22 Uhr. Da hatte Khaled gerade Rosa gebeten, sich zu ihnen zu setzen. Seine Frau weiß, dass er nicht drangeht, wenn er arbeitet. Sie wird in Sorge gewesen sein und sich dann erinnert haben, dass es sinnlos ist, sich Sorgen um ihn zu machen.

Jamal und Mustafa konzentrieren sich halb auf ihr dahintröpfelndes Gespräch über eine Gangsterserie auf Netflix, bei der ein paar Cousins von ihnen als Komparsen mitwirken. Der schwere Wagen – kein Porsche, sondern ein SUV-Verschnitt aus Korea oder Rumänien – fährt unterdessen wie von allein die Köpenicker Landstraße hinauf, vorbei am Treptower Park bis zum Bundeskriminalamt, dann nach rechts über die Spree und weiter bis zur Holzmarktstraße. Es ist Sonntag, Mitternacht schon lange vorbei, die Straßen liegen warm und friedlich unter den Laternen, die sie stoisch säumen; nur wenige Menschen sind noch unterwegs. Jamal hat das Radio eingeschaltet, RBB. Serbien darf trotz des harmonisch verlaufenen Abendessens mit der Bundeskanzlerin nicht mit einer baldigen Aufnahme in die EU rechnen. Ghislaine Maxwell soll Jeffrey Epstein systematisch Minderjährige zugeführt haben und untergetaucht sein. Ein

Hurrikan der Stärke 5 hat die Bahamas verwüstet. Die Mission der beiden ist klar, auch ohne dass sie darüber reden. Radomir hat keine Ahnung, wie genau sie es anstellen werden; vermutlich werden sie auf eine oder höchstens zwei Methoden aus ihrem Arsenal zurückgreifen, die sich bewährt haben.

»Am besten, wir schauen erst nach, ob sein Auto da ist«, schlägt Radomir vor. »Ein weißer Opel. Kleinwagen. Corsa, oder wie die heißen.«

»Khaled sagt, wir sollen gleich reingehen.«

»Wenn sein Wagen nicht da ist, wird er auch nicht da sein. Logischerweise.«

»Wir machen besser, was Khaled sagt«, gibt Mustafa zu bedenken.

Radomir ist nicht zufrieden. »Was habe ich gerade gesagt?« Die Tatsache, dass er sich zum Mitkommen herabgelassen hat, sollte Legitimation genug dafür sein, dass er bestimmt, wie es läuft.

Jamal schaltet das Radio aus, schließt die Fenster und steuert den Wagen langsam durch die Plattenbausiedlung.

»Wallah, wie Schuhkartons«, sagt Mustafa. »Stell dir vor, du wohnst in so was.«

Als sie die Siedlung durchquert und umrundet haben – kein weißer Corsa weit und breit –, wendet Jamal den Wagen in der Einfahrt einer Kita und schaltet Motor und Scheinwerfer aus, sodass sie den Eingang des Hauses im Blick haben.

»Vielleicht hat der den Wagen woanders geparkt«, sagt Mustafa.

In diesem Moment leuchtet das Licht im Treppenhaus auf. Kurz darauf kommen zwei Männer heraus und gehen in verschiedene Richtungen – der eine links, der andere rechts –

auseinander. Einer trägt eine Schirmmütze, der andere einen Hoodie, beide haben Rucksäcke dabei. Irgendetwas sagt Radomir, dass die beiden weder hier wohnen noch offizielle Besucher des Hauses waren. Ist es möglich, dass Gell so weit zu gehen bereit ist?

»Ist er das? Einer von denen?« Jamal dreht sich halb zu Radomir um.

»Woher soll ich das wissen?« Tatsächlich ist Radomir zumindest sicher, dass keiner von beiden Nimrod ist.

Die Männer verschwinden aus dem Sichtfeld. Die drei beobachten weiter vom Auto aus den Eingang. Das Treppenhauslicht erlischt, flammt aber eine halbe Minute später wieder auf. Über weitere zwanzig Minuten geht es aus und kurz darauf wieder an, ohne dass jemand herauskommt.

»Was ist da los?«, fragt Jamal.

Wie zur Antwort biegt ein paar Minuten später eine Polizeistreife in die Straße und hält vor dem Haus. Zwei Beamte steigen aus und klingeln; sie werden eingelassen. Wieder Dauerbeleuchtung im Treppenhaus. Nach weiteren fünfzehn Minuten kommt einer der Beamten heraus und telefoniert. Eine Person, vermutlich eine Anwohnerin, kommt hinzu und redet mit dem Polizisten.

»Ist das der Typ?«, fragt Mustafa leise.

»Das ist eine Frau«, sagt Radomir. »Wir sollten fahren.«

»Lass warten, bis die weg sind«, sagt Mustafa.

»Ist uncool, wenn die uns sehen«, sagt Jamal.

Ein weiterer Wagen biegt in die Straße ein. Er fährt schnell. Es ist der weiße Corsa. Geradezu halsbrecherisch beschleunigt er noch einmal und legt, als er die Streife sieht, eine Vollbremsung hin, wobei er schräg auf den Gehweg schlittert. Das Geräusch klingt übermäßig laut in der Stille. Der Fahrer steigt eilig aus und rennt auf das Haus zu.

»Das ist er«, denkt Radomir und zuckt zusammen, als er bemerkt, dass er es laut ausgesprochen hat.

Nimrod beginnt sofort auf den Polizisten einzureden, die Bewohnerin mischt sich ein, kurz darauf scheinen alle miteinander zu streiten. Nimrod lässt die beiden stehen und läuft ins Haus. Die beiden folgen ihm; das Treppenhauslicht geht noch zweimal an, dann bleibt es dunkel.

»Fahren wir«, sagt Radomir.

»Wir warten, bis die Bullen weg sind«, sagt Mustafa. »Jetzt ist er ja da.«

Radomir schüttelt den Kopf. »Wir sitzen hier auf dem Präsentierteller. Ist viel zu auffällig.«

Jamal ist nervös. »Khaled will, dass …«

»Schluss jetzt«, sagt Radomir ruhig, aber bestimmt. »Was Khaled dazu sagen will, kann er mir sagen.«

Jamal und Mustafa sehen sich an, unsicher, was sie davon halten sollen. Schließlich startet Jamal den Wagen und fährt los.

Wenig später klingelt Radomirs Telefon. Khaled, denkt er und wappnet sich innerlich gegen einen weiteren cholerischen Ausbruch. Aber es ist nicht Khaled, sondern Theresia. Jetzt ist er sicher, dass etwas passiert ist. Er geht ran.

»Radi? Es hat gebrannt«, sagt sie atemlos. »Es brennt immer noch. Er hat die Garage angezündet!«

Als Radomir ankommt, rollt die Feuerwehr gerade die ersten Schläuche zusammen. Ein Leiterwagen fährt an ihm vorbei, als er aus dem Wagen steigt und sich von Jamal verabschiedet. Wo die Garage stand, sind nur noch verkohlte Mauern übrig; das Tor hängt verbogen vom teilweise eingestürzten Dach. Beide Autos, die darin standen – der neue Porsche wie auch sein Spider – sind kaum noch zu erkennen.

Das Metallregal an der Seite mitsamt der darin aufbewahrten Eimer und Kanister – Lack, Dünger, Reinigungsmittel – ist mit der Front des Porsche zu einem unkenntlichen, abstoßenden Gebilde verschmolzen. Ein unerträglicher Brandgeruch hängt in der Luft.

Theresia sieht ihn von der Tür aus und kommt ihm entgegen. Das Haus ist unversehrt, der breite Durchgang zur Garage hat Schlimmeres verhindert.

»Wo ist Samson?«, fragt Radomir sofort.

Sie antwortet nicht; in ihrem Gesicht liest er Sorge, aber keine Bestürzung. »Bestimmt ist er ins Freie gelaufen«, sagt sie. Tatsächlich ist es nicht unmöglich, dass der Hund sich irgendwo in der Nähe versteckt hält, bis sich die verstörende Hektik um das Haus wieder gelegt hat. »Er ist sicher von dem Rauch aufgewacht«, ergänzt Theresia; jetzt klingt es wie die hilflose Aufmunterung, die es ist.

»Ja«, sagt er.

Als der letzte Einsatzwagen abzieht und die Polizei die Anzeige aufgenommen hat – Theresia hat darauf bestanden –, ist es halb drei Uhr morgens. Ein zunehmender heller Mond steht am wolkenlosen Himmel. Es verbietet sich, in den unter Wasser stehenden, stinkenden Trümmern nach Samson zu suchen; die Polizei hat Absperrband gezogen. Ohnehin will er lieber einen lebenden Hund suchen statt einen toten.

Da sie davon ausgehen, dass Samson, sollte er herausgekommen sein, nicht nach hinten in den Garten gelaufen wäre, denn dazu hätte er an der brennenden Garage vorbei gemusst, sondern die offene Straße hinunter geflohen ist, suchen sie zunächst im Viertel. Leiser als es für einen schwerhörigen alten Hund notwendig wäre, rufen sie seinen Namen, während sie die verlassene Straße entlanggehen.

Nur hinter wenigen Fenstern brennt noch Licht, die meisten ihrer Nachbarn werden sich nach Beendigung der Löscharbeiten wieder hingelegt haben.

Außer ihren Rufen nach Samson, die sich immer mehr ausdünnen, reden sie nicht; Radomir ist in Gedanken ganz bei dem Hund. Samson kam als Welpe zu ihnen, aus einem Wurf im Umkreis ehemaliger Klienten. Natascha hatte sich lange einen Hund gewünscht, den Theresia ihr immer wieder ausgeredet hatte. Sie hatte das damit begründet, dass Natascha zu jung sei, obwohl ihre Tochter sich schon früh als überaus verantwortungsvoll und reif erwiesen hatte. Der wahre Grund für die Ablehnung – die beide Eltern teilten – war, dass sie kein weiteres Lebewesen im Haus wollten, das ihrer Fürsorge und stetigen Liebe bedurfte. Als sie sich schließlich dazu entschlossen, Samson aufzunehmen, war Natascha begeistert, und tatsächlich wurde sie dem Vertrauen, das sie in sie setzten, anfangs auch gerecht. Geduldig brachte sie dem ungestümen Junghund bei, was es für solch ein Tier zu wissen gab, und zeigte sich dabei sowohl liebevoll wie auch beharrlich. Doch als Samson ausgewachsen war, wurden andere Dinge für Natascha wichtiger als die immergleiche See-Runde mit dem Hund; da waren die Schule, ihr Sport, Freundinnen. Später dann Freunde.

Die Aufgabe, dem Hund zu seinem Auslauf zu verhelfen, fiel anfangs Theresia zu, die daran nicht immer Gefallen fand. Immer öfter, wenn er am späten Nachmittag aus dem Büro kam, nahm er ihr die Runde ab. Er entdeckte, wie entspannend und erfüllend es sein konnte, mit einem ergebenen Begleiter, der seine Gefolgschaft nie infrage stellt, völlig einvernehmlich dahinzuspazieren, ohne dass er jemals über die Vergangenheit urteilt oder die Gegenwart zu lenken versuchte. Radomir fand es immer einleuchtend, dass diese

Ergebenheit für bedingungslose Liebe gehalten wird. Aber durch seine Ehe mit Theresia hat er gelernt, dass Liebe mehr mit Entscheidungen zu tun hat als mit Ergebenheit. Ein Hund kann sich nicht entscheiden: Seine Veranlagungen lassen ihm keinerlei Wahl. Von ihnen beiden, Mensch und Tier, kann nur Radomir sich entscheiden, ist sogar fortwährend dazu gezwungen. Bedeutet das, dass er die Wahl hat, seinen Hund zu lieben oder nicht zu lieben? Bedeutet es, dass er jetzt, da er wahrscheinlich tot ist, damit aufhören muss?

Erfolglos kehren sie zurück und wenden sich dem Garten zu. Durch das Unterholz dringen sie zum Uferweg vor und gehen eine Weile am See entlang, auf dessen Oberfläche das Licht in gleichmäßig scheinenden, ruhigen Wellen dahinschaukelt.

»Er hat ihn umgebracht«, bricht es aus Theresia hervor.

Radomir sieht sie nicht an. Die Hoffnungslosigkeit ihrer Suche verwandelt sich plötzlich in zweifelsfreie Gewissheit.

Was bei ihm die Trauer verstärkt, ist bei Theresia unverkennbar Wut. »Was gibt diesem Bastard das Recht«, beginnt sie. Es scheint eine Frage werden zu wollen, die sie mangels Alternativen an ihn richtet und nicht beendet.

»Bist du sicher, dass er es war?«, fragt er.

Sie bleibt stehen. »Ich habe ihn gesehen, Radi! Er war hier, heute Nachmittag. Er hat das Haus beobachtet. Ich habe sogar mit ihm geredet!«

»Ah ja?« Er ist verwirrt. »Und dann hat er die Garage angezündet?«

»Er ist weggefahren. Aber anscheinend ist er später noch mal wiedergekommen. Als es dunkel war.«

»Da hast du ihn gesehen? Später?«

»Natürlich nicht!« Sie sieht ihn entnervt an. »Er war es! Oder haben die Autos sich von alleine angezündet?«

Radomir denkt einen Moment nach. Ihm fällt auf, wie warm es ist, sogar hier, direkt am See. Diese ganze Wärme steckt im Boden. Über Tage, über Wochen hat die Erde Wärme aufgenommen, so viel, dass sie damit nun sogar die Nächte heizen kann. »Das Brandgutachten wird das klären.«

»Ich verstehe dich nicht, Radi. Du kannst nicht ernsthaft bezweifeln, dass er es war. Er will sich rächen. Der Mann ist verrückt geworden. Du musst endlich was gegen ihn unternehmen. Lass dir helfen, wenn es sein muss. Von Khaled.«

Sie will, dass die Bedrohung aufhört und sie wieder in Ruhe leben können. Er versteht das.

»Ausgerechnet von Khaled«, sagt er. »Findest du es richtig, Hilfe anzunehmen von ihm? Du hättest schon den Wagen nicht von ihm nehmen dürfen.«

Sie widerspricht nicht. »Oder von Gell«, schlägt sie vor.

»Der hat bis jetzt alles nur schlimmer gemacht.«

»Es muss aufhören«, beharrt sie.

Ihr Gespräch mitten im Unterholz zeigt an, dass ihre Suche nach Samson ihren Nachdruck vollständig verloren hat. Sie glauben nicht mehr daran, ihn noch zu finden. Doch statt es zu akzeptieren, drängt es ihn, weiterzusuchen. Er will nicht vor sich rechtfertigen müssen, aufgegeben zu haben. Kopflos weitermachen, als wäre es Selbstzweck; als würde dies den Sinn irgendwann von alleine liefern.

»Er wird nicht aufhören«, sagt er. »Auge um Auge. Leben um Leben. Das ist sein Blutpreis.«

»Ich nehme dir nicht ab, dass du an diesen Quatsch glaubst.«

»Es spielt keine Rolle, woran ich glaube.«

Wie immer, wenn sie miteinander diskutieren, übertreibt Theresia maßlos. »Was kommt als Nächstes? Dass er uns beide im Schlaf absticht? Das hat nichts mit Gerechtigkeit zu tun. Es gibt keinen Grund, ihn in Schutz zu nehmen, weder wegen irgendeiner Bibelstelle noch weil du dich …«

»Ich nehme ihn nicht in Schutz. Ich sage nur, dass er nicht aufhören wird. Er ist überzeugt, dass er das Richtige tut.«

»Das Richtige? Er hat fast unser Haus angezündet, mein Gott! Das ist heimtückisch und feige. Er hat Samson auf dem Gewissen!«

Er spürt, dass er Theresia nicht überzeugen können wird. Er wüsste nicht einmal, wovon. Sie glaubt, dass sein Schuldgefühl gegenüber Nimrod ihn daran hindert, ihn unschädlich zu machen, wie auch immer das aussehen soll. Das ist Unsinn. Aber er muss anerkennen, dass Nimrod einen Anspruch auf Ausgleich hat für das, was ihm genommen wurde. Nicht die Scharia hat das Talionsprinzip erfunden: Die Vergeltung ist jedem Strafrecht eigen. Natürlich ist er nicht schuldig. Aber liegt es nicht auf der Hand, dass Blut nur durch Blut gesühnt werden kann? Er erwartet nicht von ihr, dass sie das akzeptiert; nichtsdestotrotz entspricht es dem gerechten Lauf der Dinge.

»Wirklich, das geht zu weit!« Theresia steigert sich in ihre Empörung hinein. »Er hatte seinen Jungen dabei. Wie krank muss man sein, seine eigenen Kinder in so was mit hineinzuziehen. Einen Rachefeldzug!«

»Wir haben auch ein Kind in unsere Sache hineingezogen. Weißt du noch?«

Sie ist überrascht, dass er das Thema zur Sprache bringt. Er ist selbst überrascht. »Das kann man doch gar nicht vergleichen«, sagt sie erbost. »Wir sind geflohen. Wir haben Natascha nicht gefährdet, sondern gerettet!«

Wenn es so einfach wäre. »Wir haben uns unserer Geschichte bemächtigt«, sagt er und wendet sich zum Haus. »Nimrod tut dasselbe.«

Als sie wieder bei der stinkenden Ruine angekommen sind, dämmert draußen schon der Morgen. Er steigt die Treppe zum Schlafzimmer hinauf und setzt sich auf das Bett, ohne Licht zu machen. An den Rändern der heruntergelassenen Jalousien drängt matte Helligkeit hinein. Eine ganze Weile sitzt er so da, bis er spürt, dass er todmüde ist. Es ist fast Tag. Er lässt sich rücklings aufs Bett fallen.

Theresia kommt ins Schlafzimmer, sie hat bereits ihr Nachthemd angezogen; er spürt die Seide an seinem Arm, als sie sich dicht neben ihn legt.

»Warum gehen wir nicht schon jetzt nach Pegeia?«, fragt sie, als er schon fast weggedämmert ist. »Wir haben alles, was wir brauchen. Lass uns einfach weggehen. Wir können es gut haben dort. Alles hinter uns lassen.«

Er braucht darüber nicht nachzudenken: Es kommt nicht infrage. »Gell hat mich einmal gefunden, er wird mich wieder finden.«

»Vielleicht verliert er das Interesse an dir.«

Das wäre möglich. Aber sie haben zusammen etwas begonnen, Gell und er, freiwillig oder nicht. Nun müssen sie es auch zusammen beenden.

»Du schuldest ihm nichts. Ganz im Gegenteil, er schuldet dir etwas.«

»Um ihn geht es nicht. Das ist allein meine Entscheidung.«

Er denkt daran, dass es 25 Jahre her ist, dass sie aus Bosnien geflohen sind. In diesen 25 Jahren hat er ein ganzes Leben gelebt, und doch kommt es ihm vor, als seien nur Augenblicke vergangen. In jedem dieser Augenblicke war ihm bewusst, dass er geflohen und wovor er geflohen ist. Er dreht sich auf die Seite und schließt abermals die Augen. »Ich will nicht mehr weglaufen.«

2|2

Die Wohnungstür seiner Nachbarinnen Whitman/Lichtblau steht offen. »Wo ist Enno? Ist er da drin? Geht es ihm gut?«

»Sie sind der Vater des Jungen?«

Die Beamtin öffnet die Tür und lässt ihn hinein. In der Diele steht eine der Mieterinnen, er weiß nicht, ob es Whitman oder Lichtblau ist. Enno kommt aus dem Wohnzimmer auf ihn zu gerannt und fällt ihm in die Arme. Er hat nur sein Schlafshirt und den Schlüpfer an und sieht verheult aus. Jonas nimmt ihn hoch, seine Erleichterung ist überwältigend.

»Der Junge sagt, Sie waren nicht da.« Die Stimme der Beamtin ist kühl und maßregelnd. »Wo waren Sie denn?«

»Hatte was zu erledigen.«

»Mitten in der Nacht?« Sie ist noch jung. Sie gehört zu der Sorte, die nichts verkehrt machen und die Dinge deshalb ganz genau wissen will. Er empfindet Widerwillen, sich diesem übereifrigen Verhör unterziehen zu müssen, kaum dass er seinen Jungen in Sicherheit weiß. »Ist das jetzt wichtig?«

»Wenn Sie Ihr fünfjähriges Kind unbeaufsichtigt in Ihrer Wohnung lassen, dann sollte es schon sehr wichtig sein.«

»Er hat doch geschlafen.«

»Jetzt schläft er ja offensichtlich nicht mehr.«

Enno fragt ihn dicht an seinem Ohr: »Wo warst du, Papa?«

»Ich war …, ich hab eine Apotheke gesucht«, antwortet er leise. »Ich wollte mir Medizin holen.«

»Sind Sie krank?«, hakt die Beamte penetrant nach.

»Was ist mit den Männern?«, fragt Jonas.

»Welchen Männern?« Sie sieht ihn an, als hätte sie keine Ahnung, wovon er spricht.

»Da war jemand in der Wohnung, als ich weg war. Hat Enno das nicht …?«

Die Polizistin sieht ihren Kollegen an, der eben mit der anderen Mitbewohnerin die Treppe hochkommt. Alle sehen sich verständnislos an; niemand sagt etwas.

»Du hast was gehört, Enno, oder? Hast du auch was gesehen?« Aber der Junge drückt sich nur eng an ihn und bleibt still.

Gemeinsam mit der Polizei gehen sie eine Etage höher. Die Wohnungstür ist zugefallen, als Enno zu den Nachbarinnen hinuntergegangen ist. Am Schloss fällt ihm nichts Ungewöhnliches auf, auch die Polizistin schaut sich die Tür genau an und kann offenbar keinerlei Einbruchspuren erkennen. Jonas öffnet, macht Licht und lässt alle hinein. In der Diele steht ein Karton leerer Flaschen; Jonas hat das vage Gefühl, dass die Flaschen nicht unbedingt das Erste sein sollten, das man beim Betreten der Wohnung sieht. Aber dann konzentriert er sich wieder auf Geräusche; Enno klammert sich noch fester an ihn.

Er geht vor zur Küche, in der das schmutzige Geschirr sich stapelt wie seit Wochen, dann weiter ins Wohnzimmer. Hier ist niemand.

Er bringt Enno ins Kinderzimmer und legt ihn ins Bett. »Ich komm gleich und les dir noch eine Geschichte vor, okay, Kumpel?«

Aber Enno klammert sich an seinem Arm fest.

»Ich geh nicht mehr weg, Kumpel. Versprochen. Du bist doch ein großer Junge. Ich muss nur noch kurz mit den Polizisten reden.«

Enno ist nicht beruhigt. »Bleib hier!«

»Herr Nimrod, können wir bitte noch mal kurz mit Ihnen sprechen?«

Er mag den fordernden Ton in ihrer Stimme nicht. Das ist seine Wohnung. Er entscheidet, wann er seinen Sohn alleine lassen und kurz mit irgendwem sprechen kann. Es dauert noch, bis er Enno so weit beruhigt hat, dass er in den Nebenraum gehen kann.

Er versucht, den Beamten ein gewinnendes Lächeln zu zeigen. Sie machen nur ihre Arbeit. Kein Grund, es persönlich zu nehmen. »Vielen Dank, dass Sie gekommen sind, ich glaube, wir kommen jetzt alleine zurecht.«

»Bei welcher Apotheke waren Sie denn?«, fragt die Polizistin. Sie hat ihren Block im Anschlag und kritzelt unablässig etwas hinein. Ihr Kollege – ebenfalls jung, mit Schönfrisur wie ein Fußballstar – steht unbeteiligt daneben.

»Was soll das?«, fragt Jonas. »Ich war höchstens zwanzig Minuten weg, hatte die ganze Zeit das Babyphon an. Der Junge schläft normalerweise wie ein Stein. Er ist nur aufgewacht, weil er Geräusche in der Wohnung gehört hat.«

»Was waren das für Geräusche?«

»Was weiß ich … Geräusche. Ich hab auch Geräusche gehört, übers Telefon. Aber verzerrt. Ich weiß nicht, was da los war. Finden Sie es raus!«

Der Polizist geht zur Eingangstür und überprüft sie noch mal. Dann schaut er in die Küche. »Die Fenster waren die ganze Zeit auf?«, fragt er misstrauisch.

»Ja, wir holen zwischendurch ganz gerne mal ein bisschen Luft«, sagt Jonas sarkastisch.

Der Polizist gibt sich unbeeindruckt. Mehr noch, er gibt sich vollkommen unbeteiligt. »Ist hier irgendetwas verändert?«

Jonas sieht sich halb um und schüttelt den Kopf.

Die Polizistin deutet auf ein durchsichtiges Plastiktütchen auf dem Tisch. »Und das hier? Gehört das Ihnen?«

Sein Gras.

»Wo haben Sie das her?«

Er bewahrt das Gras immer in der Schreibtischschublade auf. Niemals würde er es offen herumliegen lassen. Und wenn er noch so dicht ist, so was passiert ihm nicht.

»Das gehört mir nicht«, sagt er schnell.

Die Polizistin zieht die Augenbrauen hoch.

»Das ist nicht von mir!«

Die Polizistin streift sich Plastikhandschuhe über und öffnet vorsichtig die Tüte. Sie verzieht kennerhaft das Gesicht. »Und wie kommt es dann Ihrer Meinung nach hier hin?«

»Die waren das«, sagt er. »Die haben mir das untergeschoben!«

Sechsunddreißig Stunden später sitzt er Robert und Marlene im Jugendamt Mitte, Region IV, gegenüber. Bei dem Anruf der Sozialarbeiterin hieß es unmissverständlich, dass Jonas, wenn er weiterhin die elterliche Sorge über Enno ausüben wolle, zu diesem Termin zu erscheinen habe, und zwar möglichst pünktlich. Hier ist er also.

»Ich will gar nicht lange drum herum reden, Herr Nimrod, Sie wissen ja selber, was passiert ist. Ich habe zwei 8a-Meldungen vorliegen. Kindeswohlgefährdung. Einmal vom Vivantes Klinikum, von einer Frau Doktor Lohmeier, wo Sie wegen einer Verbrennung Ennos in Behandlung waren.«

»Verbrühung. Das war ein Unfall.«

»Und dann von einem Beamten der Polizeiwache Alexanderplatz. Da wurden bei einer Wohnungsbegehung bei Ihnen zahlreiche alkoholische Getränke und Rauschmittel gefunden, die nicht kindersicher aufbewahrt waren.«

»Ich hatte den Beamten doch gesagt, dass …«

»Ich bin noch nicht fertig, Herr Nimrod, Sie können gleich dazu Stellung nehmen. Unabhängig von diesen beiden Meldungen informierten mich gestern Ennos Großeltern darüber, dass sie am Abend vorher bei Ihnen waren und dass Sie, Herr Nimrod, beim Öffnen der Wohnungstür einen ganz, ja, desorientierten Eindruck gemacht hätten. Frau Schelsky, Herr Schelsky, vielleicht wollen Sie das mal kurz selber erzählen.«

Robert räuspert sich. Ihm ist anzumerken, dass er sich unbehaglich dabei fühlt, Jonas in einer so amtlichen Situation gegenüber zu sitzen. Er hat allen Grund dazu. Jonas verschränkt die Arme und sieht aus dem Fenster. Er weiß bereits, was Robert sagen wird. »Ja, wir haben uns Sorgen gemacht nach dem letzten Telefonat mit Enno. Der Junge hat da sehr bedrückt auf uns gewirkt …«

»Eingeschüchtert«, korrigiert Marlene.

»Wir konnten aber nicht mit Jonas darüber reden, weil er sehr beschäftigt war …«

»Abgewimmelt hat er uns!«

»Lass mich das jetzt mal erzählen, Marlene … und das Telefonat dann schnell beendet hat. Wir hatten auch das Gefühl, dass er im Augenblick sehr …«

»Belastet ist?«, legt die Sozialarbeiterin ihm in den Mund.

»Belastet, danke. Er hat dann auf unsere weiteren Anrufe auch gar nicht mehr reagiert. Deshalb haben wir uns ins Auto gesetzt und sind hergekommen.«

»Aber dann gab es in der Wohnung weitere Probleme?«

Die Sozialarbeiterin macht kein Geheimnis daraus, dass sie den Ablauf dieses gesamten Schauprozesses bereits minutiös vorausgeplant hat.

»Ja, Jonas wollte uns nicht reinlassen.« Marlene, die es schon die ganze Zeit nicht abwarten konnte, endlich ihre Sicht der Dinge zum Besten zu geben, sieht sich nun endlich an der Reihe. »Wir haben den weiten Weg nicht auf uns genommen, um dann unser Enkelkind nicht zu sehen, so weit kommt's noch. Natürlich haben wir uns nicht abwimmeln lassen. Auch wenn wir richtig schockiert waren. Also mir verschlägt es jetzt noch die Sprache, wenn ich dran denke, wie es da ausgesehen hat. Und wahrscheinlich immer noch aussieht. Überall Müll, dreckige Wäsche, Essensreste …«

»Das ist nicht wahr!«

»Jonas, das kannst du doch jetzt nicht ernsthaft abstreiten«, wirft Robert ein, indem er sich vollends von Marlenes Feindseligkeit mitreißen lässt. »Überall waren Löcher in den Wänden, Kabel der Länge nach rausgerissen …«

»Stromkabel!«, ruft Marlene dramatisch.

»Ja, Stromkabel, Telefonkabel, das kann man gar nicht beschreiben. Ich habe so was wirklich noch nie gesehen. Und dann deine Erklärung, irgendwelche Leute hätten Wanzen in der Wohnung versteckt. Einbrecher. Also, ich war völlig perplex!«

»Und haben Sie bei dieser Gelegenheit auch Enno gesehen?«, fragt die Sozialarbeiterin.

»Der hat in seinem Zimmer gehockt, ganz … wie heißt das? Hospitalisiert.«

»Hospitalisiert, das ist doch lächerlich!«

»Und Jonas, angebrüllt hat er uns!«

Jonas kann nicht länger an sich halten. »Nicht ich hab herumgebrüllt, das war sie!«

»Herr Nimrod, bitte lassen Sie Frau Schelsky ausreden, Sie dürfen ja auch ausreden, wenn …«

»Darf ich ja eben nicht! Ich werde seit Wochen systematisch eingeschüchtert, beobachtet, bedroht, meine Social-Media-Accounts sabotiert …«

»Herr Nimrod …«

»Dass die beiden darauf aus sind, mir meinen Sohn wegzunehmen, ist ja auch schon lange klar!«

»Wie kannst du denn so was sagen, Jonas?« Roberts Empörung wirkt fast authentisch.

»Also ich glaube«, sagt die Sozialarbeiterin im Gestus eines Richterspruchs, »nach dem, was ich jetzt erfahren habe, bestätigt sich mein Eindruck, dass Enno einer akuten Kindeswohlgefährdung ausgesetzt ist, wo wir als Amt natürlich drauf reagieren müssen. Da würde ich jetzt gern die Möglichkeiten mit Ihnen besprechen.«

Diese gefühllose Arroganz, mit der sie ihren einstudierten Sermon herunterrattert.

»Sie sind total auf dem Holzweg«, sagt Jonas. »Es gibt keine akute …«

»Herr Nimrod, ich möchte das jetzt erst mal zu Ende …«

»Sie haben genug gesagt, ich werde mich ja wohl gegen diese Vorwürfe zur Wehr setzen dürfen!« Das war so laut, wie es nötig war, um sie zum Schweigen zu bringen. Er weiß, was hier läuft, Marlene und Robert haben ganze Arbeit geleistet. Sie haben alles so gedreht, wie sie es haben wollen. Das können sie gut. »Danke auch«, sagt er giftig in ihre Richtung, »großartige Unterstützung, wie ihr mir in den Rücken fallt.«

»Jonas, lass uns doch bitte vernünftig …«

»Noch mal«, wendet er sich zu der Sozialbürokratin, »das mit der Verbrühung, das war ein Unfall. Enno wollte Frühstück machen, so was kann passieren, wenn, ich weiß ja nicht, ob Sie noch nie einen Unfall im Haushalt hatten. Haben Sie überhaupt Kinder?«

»Das geht Sie überhaupt nichts an«, sagt die Frau von oben herab.

»Hab ich mir gedacht. Und das zweite, als die Polizei bei mir war, da steht ja auch sicher in Ihrem Protokoll, oder was Sie da haben, dass ich nur ganz kurz die Wohnung verlassen habe, um mir ein Schlafmittel zu besorgen, während Enno geschlafen hat, und mit Babyphon, ja? Und dann ist da hoffentlich auch vermerkt, dass genau in dieser Zeit bei mir eingebrochen wurde, was mich nicht überrascht, weil die mich beobachten und das ganz genau so abgepasst haben!«

Die Sozialarbeiterin blättert in dem kleinen Stapel Papiere, den sie vor sich liegen hat. Offenbar ist dort schon etwas zur Unterschrift vorbereitet, sein Geständnis, das praktischerweise zu einem früheren Zeitpunkt ganz ohne seine Mithilfe ausgearbeitet wurde.

Er klatscht mit der flachen Hand auf den Tisch. »Hören Sie mir überhaupt zu?«

Die Sozialarbeiterin sieht ungläubig nicht ihn, sondern Marlene an, die wie auf Stichwort eine betroffene und mitleidige Miene aufsetzt.

»Was soll denn dieses Gesicht jetzt? Als wär ich durchgedreht, was soll das? Enno hat doch gesehen, dass jemand in der Wohnung gewesen ist!«

»Herr Nimrod, die Beamten haben keinerlei Anzeichen eines Einbruchs …«

»Dann hat sich Enno das eingebildet, oder wie? Und ich hab mir die Geräusche auch eingebildet?«

»Herr Nimrod …«

»Ich weiß, wie ich heiße, verdammt noch mal!«

»Wie wir gesagt haben«, stichelt Marlene. »Man kann mit ihm nicht reden!«

»Ich glaube, ich habe genug gehört.« Zu der hoheitlichen Arroganz der Verwaltungskraft gesellt sich nun Ungeduld. Sie will die Sache schnell hinter sich bringen. Die Sache, das ist sein Leben. Er hätte nie erwartet, jemals einer so würdelosen, widerlichen Veranstaltung wie dieser hier beiwohnen zu müssen. Er staunt darüber, nicht schon längst die Fassung verloren zu haben. Sie müssten doch selber bemerken, wie durchschaubar ihr Tribunal ist, wie bemüht sie unglaubwürdige Gefährdungsmomente konstruieren müssen, um …

»… so oder so in Obhut nehmen.«

»Wie bitte?«

»Herr …, also, um das jetzt mal ganz klar zu sagen: Ich sehe ja, wie Ihre Verfassung ist. Wir haben als Behörde ein Wächteramt, und so wie ich Sie hier im Moment erlebe, da sollten Sie sich erst mal um sich selber kümmern, damit haben Sie genug zu tun.«

»Was haben Sie gesagt?«

»Ich wiederhole das jetzt nicht noch mal. Sie können entweder Ihrem Sohn einen Gefallen tun und freiwillig in die Inobhutnahme einwilligen. Für Enno wäre das sicherlich viel leichter, wenn Sie ihm selber erklären, dass er erst einmal bei Oma und Opa bleibt, vorübergehend, bis es Ihnen wieder besser geht, anstatt …«

»Inobhutnahme?«

»Die Alternative wäre nämlich, dass ich jetzt sofort und ohne Ihre Zustimmung die Inobhutnahme anordne. Einen Beschluss werde ich bei dieser Sachlage auf jeden Fall bekommen. Dann wird Enno gleich vom Krisendienst und den Großeltern von der Schule abgeholt, ohne dass Sie sich von ihm verabschieden können. In Anwesenheit der Polizei, wenn es sein muss. Das liegt ganz bei Ihnen.«

Er hat ein Gefühl, als hätte die Verwaltungstante ihn erst geohrfeigt und dann angespuckt. Fassungslos sieht er Robert und Marlene an. »Das ist nicht wahr, oder?«

»Jonas, wir haben ja versucht, mit dir zu reden …«

Alles beginnt sich zu drehen, sein Stuhl, der Tisch, der ganze Raum. »Ihr seid doch nicht ganz normal«, flüstert er fassungslos. »Ihr glaubt doch nicht ernsthaft, dass ich nach all dem, was passiert ist, was wir durchgemacht haben …?«

»Herr Nimrod, ich muss Sie in Kenntnis setzen …«

Er steht auf und schüttelt energisch den Kopf. »Das wird nicht passieren«, sagt er. Damit ist alles gesagt. Ohne sich mit weiterem Gerede aufzuhalten, ist er draußen im Gang; die drei Stockwerke runter nimmt er, so kommt es ihm vor, mit einem Satz. Die plötzliche Mittagssonne streckt ihn fast nieder, beinahe taumelnd rennt er zum Wagen. Steigt ein, bricht fast den Schlüssel im Zündschloss ab, startet. Er kennt sich hier überhaupt nicht aus, er weiß nicht einmal, ob das noch Moabit ist oder schon der Wedding. Er gibt Gas; die Kunst des rücksichtslosen Fahrens hat er schon bei seiner letzten Tour perfektioniert. Jetzt ist es allerdings nicht Nacht, sondern Hauptverkehrszeit, deswegen hält er bei Rot und fährt gerade so schnell, wie es der Verkehr zulässt. Er biegt auf die Brunnenstraße ein, die kennt er, das ist schon fast Prenzlauer Berg. Die Brunnenstraße führt schnurstracks herunter zur Torstraße, von da ist es nicht mehr weit bis zur Schule. Er wird vor ihnen dort ankommen. Und was dann? Darüber muss er nicht nachdenken. Wenn er Enno erst mal hat, werden sie gemeinsam entscheiden, wohin sie fahren. Vielleicht besuchen sie Freunde, irgendwo, sie kennen Leute von Spitzbergen bis Transnistrien, und warum sollten sie nicht ein bisschen Abstand gewinnen von diesem ganzen Wahnsinn, was haben sie hier schon zu verpassen?

Er ist bei fast 80 Stundenkilometern. Zweihundert Meter vor ihm springt eine Ampel auf Gelb. Er gibt Gas, aber sofort erkennt er, dass er es nicht schaffen wird, es ist Rot, die Linksabbieger aus der Gegenrichtung machen sich schon bereit. Er kann noch bremsen, kein Problem. Er tritt auf das Pedal – aber nichts passiert. Er spürt keinen Widerstand, der Wagen rast einfach weiter. Hat er die Kupplung erwischt? Er tritt auf das Pedal daneben: Das ist die Kupplung. Er ist fast bei der Ampel. Ich kann nicht bremsen, denkt er, die Bremse ist tot. Ausweichen unmöglich, überall sind Fußgänger, er muss versuchen, über die Kreuzung zu kommen; die einzige Möglichkeit ist, Gas zu geben. Der ganze Verkehr hat sich schon in Bewegung gesetzt, von vorn, von rechts und von links, als würde man aus allen Richtungen auf ihn feuern, es ist ein einziges Hupkonzert. Als er mitten auf der Kreuzung ist und kurz die Hoffnung in ihm aufblitzt, er könnte es schaffen, spürt er einen gewaltigen Schlag am Heck des Wagens, der sich daraufhin um die eigene Achse dreht wie ein Kreisel. Dann folgt eine weitere Kollision, Glas splittert, Blech kreischt; das Licht verschwimmt vor seinen Augen, dann kommt er zum Stehen.

Die Welt besteht aus Einzelbildern. Blut, das ihm von der Stirn rinnt, verschließt immer wieder sein linkes Auge, er blinzelt. Er spürt keine Schmerzen, keine Verletzung, nur eine tranceartige Ruhe. Die Leute auf der Kreuzung haben sich als sein Publikum versammelt. Sie beklatschen seine Karambolage, während er sich aus dem Gurt befreit. Da vorne ist eine U-Bahnstation. Den Schrott können die anderen wegräumen. Er hat keinen Fahrschein. Penner, Gestörte und blutende Menschen kann man ignorieren. Die U-Bahn fährt bis zum Alex. Mit den Trams kennt er sich nicht aus. Die Fahrpläne sind nicht zu lesen. Er kann laufen. Gleich ist Abholzeit. Die Türen sind noch zu. Auf dem Gang spricht eine Lehrerin mit ihm. Sie dürfen hier nicht sein. Er ist wieder auf dem Schulhof. Herr Watermeier hält ihn an den Armen fest. Enno ist nicht da. Sie brauchen nicht zu schreien. Enno ist gar nicht mehr da.

Sie brauchen nicht zu schreien.

2|2

Er bemerkt den Mann in den Trümmern der Garage, als er die Post aus dem Briefkasten holen will. Er hat ein Nickerchen gemacht; vielleicht haben ihn die Geräusche neben dem Haus geweckt. Ein großer Werkzeugkoffer ist vor der Garage abgestellt, jenseits des Gartenzauns sieht er einen geparkten Kastenwagen mit einer Aufschrift, die er nicht lesen kann. Radomir sieht dem Mann zu.

Er trägt einen Bauhelm und Atemschutz. Vorsichtig klettert er auf den heruntergestürzten Dachteilen herum und macht sorgfältig Fotos. Dann leuchtet er mit seiner Taschenlampe in den verkohlten Radkasten des Spiders. Schließlich wird er auf Radomir aufmerksam. »Gibt's was?«, fragt er, indem er die Maske leicht anhebt.

»Nein«, sagt Radomir verwirrt. »Doch. Also … mein Hund war da drin. Glaube ich.«

Der Gutachter schaut ihn erneut an, allerdings verständnislos. Tatsächlich sieht Radomir ein, dass seine Frage – denn eine Frage hatte er stellen wollen – unklar formuliert war.

»Können Sie sehen, ob …?«

»Nein«, sagt der Gutachter.

»Sie können es jetzt nicht sehen? Noch nicht? Oder Sie können es grundsätzlich nicht feststellen?«

»Ich kann das gesamte Brandgeschehen rekonstruieren.«

»Aber jetzt nicht?«

»Ich werde selbstverständlich einen ausführlichen Bericht verfassen, nachdem ich hier meine Arbeit gemacht habe. Wenn man mich denn lässt.«

Radomir will ihn ohne ein weiteres Wort stehen lassen, nicht zuletzt, weil ihm seine grundlose Schroffheit missfällt.

Da sagt der Mann: »Schade um den Spider. Welches Baujahr?«

Radomir wendet sich ab. Als er an der Tür angelangt ist, dreht er sich noch einmal um. Der Mann lugt mit vorgebeugtem Oberkörper an der Garagenmauer vorbei, wie um sich zu vergewissern, dass Radomir endlich verschwindet.

In der Post ist der Brief eines Online-Reiseservice. Dass es sich nicht um Werbung handelt, ist leicht zu erkennen: Zwei Tickets sind darin, Direktflüge, Business Class, nach Beirut und zurück. Außerdem eine Reservierung für zwei Übernachtungen im Hotel The Parisian unweit des Hafens sowie eine handgeschriebene, gruß- und namenlose Nachricht von Gell auf einem Bogen Druckerpapier: »Deine letzte Chance, die Sache in Ordnung zu bringen.«

Er sitzt, den Brief in der Hand, lange auf der Bettkante und denkt nach, ohne sich darüber klar zu sein, worüber. Das ist nicht Denken, ermahnt er sich, sondern Grübeln. Das eine ist ein nützliches Instrument, das andere Zeitverschwendung. Aber er ist nicht in der Lage, seine Gedanken zu sammeln, bis es an der Tür klingelt. Er geht zum Fenster: Draußen steht ein Streifenwagen. Während er drei Hemden, einen Anzug und Unterwäsche auf dem Bett bereitlegt, hört er Theresia in der Küche mit den Polizisten reden. Er versucht, den Weekender vom Schrank zu angeln, den er für solche Reisen gerne nutzt, obwohl in seinem noch immer angeschlagenen Zustand der kleine Trolley sicher hilfreicher wäre. »Angeschlagen« ist dabei nur die unverbindliche Antwort, die er für besorgte Nachfragen bereithält, in Wirklichkeit ist es schlimmer. Er hat zwei Nächte in Folge so gut wie nicht geschlafen, er fühlt sich wie ein Fuchs in der Falle, ohne Idee, was als Nächstes passieren wird und wie er sich davor schützen kann. Khaled hat sich bislang nicht gemeldet, aber er wird seinen Widerstand – besser gesagt seine mangelnde Bereitschaft zum Widerstand gegen Nimrod – kaum anders deuten können, als dass Radomir keinen großen Wert mehr auf ihre weitere Kooperation legt. Das werden weder er noch Gell hinnehmen.

Mit Theresia hat er seit ihrer erfolglosen Suche nach Samson kaum gesprochen. Sie gibt sich wenig Mühe, ihre Enttäuschung und Missbilligung ihm gegenüber zu verbergen. Es schmerzt ihn, dass sie sich von ihm im Stich gelassen fühlt; sie führt seine Untätigkeit nicht auf seine fehlenden Optionen zurück, sondern auf Schwäche. Er weiß es. Und tatsächlich hat er sich noch niemals in seinem Leben so schwach gefühlt. Seit er das erste Mal aus Bosnien fortging, um in Deutschland zu studieren, hat er alles aus einer Position der Stärke heraus getan. Selbst über seine Rückkehr nach Bosnien hatte er die Kontrolle: Er hätte sich entscheiden können, dem Drängen seiner Familie zu widerstehen und sich nicht in diesen Krieg hineinziehen zu lassen. Und was Theresias und seine Flucht anging: Auch das war ihre Entscheidung gewesen. Sie hatten die Möglichkeiten sondiert und herausgefunden, unter welchen Bedingungen es gelingen könnte, und dann hatten sie – Theresia und er – diese Bedingungen geschaffen. Sein ganzes Leben hat er täglich Entscheidungen getroffen, durch die er nicht nur ihr Überleben, sondern auch ihren Erfolg und Wohlstand sichergestellt hat. Angst vor Misserfolg, vor Zweifeln oder sogar vor seiner Entdeckung hat er nicht nur verdrängt, sondern nie gehabt. Er hatte sich sicher gefühlt – bis Gell auftauchte. Und selbst da war es ihm weiterhin gelungen, sich als denjenigen zu sehen, der die Dinge steuerte, und in gewisser Weise tat er das auch. Denn alle Geschäftsverbindungen, die er aufbaute – zu Sherif, Khaled und Fatih und noch so einigen anderen Klienten –, waren nur seinen umtriebigen Bemühungen zu verdanken, seinen Einflussbereich zu vergrößern. Dafür tat er, was nötig war – zu jeder Tages- und Nachtzeit, ohne Rücksicht darauf, ob er sich gut oder schlecht, satt oder hungrig, fit oder krank fühlte.

Dass nichts, wirklich nichts jemals sicher ist, spürt man erst bei einem Unfall. Nicht zum ersten Mal staunt er darüber, wie sinnbildlich die deutsche Sprache sein kann: Un-Fall – etwas, das nicht als Fall behandelt werden kann. Das etwas ganz anderes als ein Fall ist. Etwas, bei dem man auf keinerlei Werkzeuge oder Routinen zurückgreifen kann, um die Sache sicher zu einem guten Ende zu bringen.

Es klopft, gleich darauf öffnet Theresia die Schlafzimmertür. »Die Polizei will mit dir sprechen.«

Er zieht den Trolley aus der Ecke neben dem Schrank und legt ihn auf den Stuhl neben der Tür. »Ich habe der Polizei nichts zu sagen.«

Sie beobachtet von der Tür aus schweigend seine Handgriffe, wodurch diese ihm plötzlich dubios und vorgeschoben erscheinen. »Du packst?«

»Ich muss verreisen.«

»Wohin?«

»Nach Beirut.« Er nimmt ihren Unglauben aus den Augenwinkeln wahr, reagiert aber nicht darauf. Er weiß, dass sie das nicht auf sich beruhen lassen wird.

Aber einstweilen schluckt sie ihren Ärger hinunter. »Was soll ich denen sagen?«

»Was ich dir gesagt habe.«

Die Tür schließt sich wieder. Er sieht auf. Sogar beim Packen hat er den Faden verloren. Oder ist er schon fertig?

Er entsperrt sein Telefon. Natascha hat ihm kurz nacheinander zwei neue Nachrichten geschickt. »Können wir facetimen?« Und: »Es ist wichtig.«

Er schreibt zurück: »Ich muss verreisen. Hat es Zeit, bis ich wieder da bin?«

Er will das Telefon beiseitelegen, da kommt schon die Antwort: »Nein.«

Als ihr Gesicht auf dem Bildschirm erscheint, lächelt er beruhigend. »Du musst dir keine Sorgen machen, Liebes. Alles ist in Ordnung. Uns ist nichts passiert.«

»Darum geht es nicht.« Er bemerkt, dass ihre Miene eisig ist. Kein Lächeln, sie hebt nicht einmal die Brauen. Gar nichts.

»Was ist los?«, fragt er. »Ich habe leider nicht so viel Zeit.«

»Es … es gibt da etwas, das ich mit dir besprechen muss.«

Den strengen Tonfall ist Radomir von seiner Tochter nicht gewohnt.

»Warum denn so ernst? Bedrückt dich etwas?«

Natascha schließt die Augen, wie um sich zu sammeln, und atmet tief durch.

»Ich habe ein Interview geführt«, beginnt sie. Ihre Stimme ist leise und tonlos. Sie räuspert sich. »Mit einer Frau aus Novi Grad. Sie ist die leibliche Mutter einer der Kriegswaisen, mit denen ich arbeite. Sie war 1992 in Omarska.«

Sie streift sich mit einer nervösen Bewegung die Haare nach hinten. Obwohl sie ihren Atem zu kontrollieren versucht, zittert ihre Stimme. Was kommt da auf ihn zu?

»Ich hatte meinen Laptop dabei. In einem Browserfenster war dieser Post auf Facebook geöffnet. Das Bild von dir. Aus dem Gerichtssaal. Es war reiner Zufall. Ich habe überhaupt nicht an so etwas gedacht.«

»Was versuchst du mir zu sagen, Nat ... Natascha?«

»Dass sie dich erkannt hat.«

»Erkannt.«

»Aus dem Lager. Sie war dort. Sie hat dich erkannt.«

»Na und?« Er versucht, seine Bestürzung durch Lächeln unkenntlich zu machen. Es misslingt vollkommen.

»Sie sagt, du warst kein Gefangener.«

Er sieht sie an, spürt das erstarrte Lächeln auf seinen Lippen, als hätte es sich von ihm unabhängig gemacht, um ein Leben unter falscher Identität zu beginnen.

Er tut so, als verstünde er nicht, was das alles zu bedeuten hat.

Nataschas Lippen zittern fast unmerklich.

»Das ist doch Unsinn«, sagt er schließlich.

Natascha beobachtet ihn. Sie wartet, ob er noch etwas hinzufügen will, und fährt dann fort. »Das war auch mein erster Gedanke. Ich sagte ihr, du seist Bosniake und einer der Insassen gewesen. Aber sie war sich ganz sicher. Sie war in Trnopolje interniert, in dem alten Schulgebäude. Sie ist täglich von serbischen Soldaten oder Zivilisten vergewaltigt worden, manchmal mehrmals am Tag, manchmal von mehreren gleichzeitig. Sie hat gesagt ...« Sie bricht ab.

»Na was? Was hat sie gesagt?«

»Sie hat gesagt, dass du einer von ihnen warst.«

Keiner von ihnen beiden gibt einen Laut von sich.

Natascha scheint nicht auf seinen Einspruch zu warten. Sie fragt nicht: »Stimmt das?« Sie sieht ihn an, als seien es längst bekannte, bewiesene Informationen, die sie ihm hier mitteilt.

Die Bestürzung, die er ihr ansehen kann, ist nicht gerade erst entstanden, sie trägt sie schon länger mit sich herum. Er spürt förmlich, wie lange sie gebraucht haben muss, um mit dieser Bestürzung umzugehen. In all dieser Zeit war er nicht bei ihr.

Er schüttelt langsam den Kopf. »Natascha«, sagt er. »Natascha, Natascha.«

»Ich habe dir schon mal gesagt, dass ich Natalie genannt werden möchte.«

»Ich habe dich gewarnt. Nimm dich in Acht vor diesen Leuten, habe ich gesagt. Wenn man einmal anfängt, ihnen Aufmerksamkeit zu schenken, dann erzählen sie einem, was man hören will. Überall entdecken sie ihre Peiniger. Sie will dich an der Nase herumführen. Sie will deine Aufmerksamkeit und füttert dich mit solchen Geschichten. Und du fällst darauf herein!«

Sie wartet geduldig, bis er zu Ende gesprochen hat. »Sie hat mir den Namen einer anderen Frau genannt, die in der Nähe wohnt. In Jošava. Ich bin zu ihr gefahren.«

»Mädchen! Was tust du dir nur an?«

»Ihr habe ich das Bild auch gezeigt.« Natascha wirkt jetzt ruhiger, ihre Stimme klingt sicherer. Sicherer, dafür weniger zugewandt. Kein bisschen zugewandt. Sie ist jetzt in der Rolle einer Anklägerin, die die Beweise präsentiert, einen nach dem anderen. Wieder beobachtet sie ihn aufmerksam, wie um ihm die Gelegenheit zu geben, ein Missverständnis aufzuklären, von dem sie weiß, dass es keines ist.

»Und natürlich hat sie dir dasselbe erzählt«, sagt er. »Stimmt's? Deine Technik nennt man Suggestivbefragung. Wer sind diese Frauen, an die du da geraten bist?«

Sie verzichtet darauf, ihn auf den Quellenschutz hinzuweisen. Es liegt kein Triumph in ihrem Blick, keine Überheblichkeit. Bloß Scheu und Schwere.

»Das ist fünfundzwanzig, fast dreißig Jahre her«, sagt er, ohne zu verdeutlichen, was genau er damit eigentlich meint.

»Das spielt keine Rolle«, sagt sie. »Diese Frauen werden niemals vergessen, wer ihnen das angetan hat.«

»Ich habe niemandem irgendwas angetan. Ich war niemals in Trnopolje. Ich war in Omarska. Als Gefangener!«

»Diese zweite Frau hat mir eine alte Zeitung gezeigt, die sie aufbewahrt hat. Aus demselben Jahr, 1992, aber früher. Februar. Sie hat die Zeitung aufbewahrt, weil darin ihre Hochzeit annonciert war. Ihr Mann ist im Mai abgeholt worden, zusammen mit anderen aus ihrem Dorf. Sie hat ihn nie wieder gesehen. Seine Zähne sind vor zehn Jahren in einem Massengrab bei Babići gefunden worden.«

»Das ist schlimm. Solche Dinge sind passiert, ja. Aber …«

»Da ist ein Artikel in dieser Zeitung. In dem wird der neue serbische Ortsvorsteher von Prijedor vorgestellt. Ein Mann namens Adnan Vuković.« Sie sieht ihm aufmerksam zu, als sie den Namen ausspricht. Registriert jedes Detail. Über die Kameras kann man sich nicht direkt in die Augen sehen, oder nur zufällig; dennoch kommt es ihm vor, als sähe sie jetzt genau in ihn hinein.

Adnan. Adi.

»Da ist auch ein Foto von diesem Vuković.« Sie teilt den Bildschirm; statt ihres Gesichts erscheint ein unscharfes und verpixeltes Zeitungsfoto.

»Natascha, das ist doch lächerlich. Hab ich keine Zeit für dieses Theater.« Aber es liegt keine Empörung in seiner Stimme.

In dem Moment, in dem man aufhört, an seine Lüge zu glauben, beginnt sie, in sich zusammenzufallen. Ist das eine Entscheidung? Oder hat man nach all den Jahren einfach nicht mehr die Kraft, sie immer wieder behelfsmäßig nach allen Seiten hin abzustützen?

»Das bist du«, sagt Natascha unbeirrt, so, als gäbe es gar keinen Zweifel daran. »Das auf dem Bild bist du.«

Tatsächlich, der Mann hat Ähnlichkeit mit ihm. Viel jünger und ohne Bart zwar, aber Ähnlichkeit ist vorhanden. Er steht vor dem Rathaus am Oslobođenje-Platz und hält irgendetwas hoch, ein Stück Papier, wie eine Urkunde, aber es ist nicht zu erkennen, was darauf steht. Radomir könnte zugeben, dass er Ortsvorsteher der Gemeinde Prijedor war – bevor die Serben kamen, um in der Stadt ihre eigene Verwaltung einzusetzen. Er könnte behaupten, dass man sich mit dem Namen geirrt hat. Er könnte versuchen, die Spur zu verwischen, indem er die Quellen in Zweifel zieht, Missverständnisse konstruiert und schlichtweg seine wahre Identität beharrlich leugnet. Denn das ist es, was Natascha aufgespürt hat: seine wahre Identität.

»Das beweist gar nichts.«

Unwillkürlich versetzt er sich in den jungen Mann, der er vor 27 Jahren gewesen ist: schlank, mit zu langen, staksigen Gliedern, Schnurrbart und einer zu kurzen Lederjacke. Er versucht sich zu erinnern, was er in dieser Zeit empfunden hat. Er findet keine Bosheit, keine Heimtücke, nichts, für das er sich nun schämen müsste. Er war aus Deutschland zurück nach Hause gekommen, weil er daran glaubte, was sein Bruder Zlatan und seine Schwester Minka ihm am Telefon erzählt hatten: Dass die Bosnier sie, die ihr ganzes Leben in Prijedor verbracht hatten, drangsalierten und zu vertreiben versuchten; dass Adnans Familie fürchte, ihr Land, ihren Besitz, vielleicht sogar ihr Leben zu verlieren, und dass sie, um ihre Existenz zu behaupten, anfangen mussten, ihre eigene Stadtverwaltung aufzubauen, sie alle – weil sie ein

Recht darauf hatten, ihren Bund mit den anderen Serben zu bekräftigen, die hier schon ebenso lange lebten wie sie. Um sich davor zu schützen, entrechtet und aus ihrer Heimat vertrieben zu werden. Prijedor, sein Geburtsort, war die Heimat seiner Familie, und wofür ist man geboren, wenn nicht dafür, die Heimat seiner Familie zu verteidigen?

»Es hat keinen Sinn, es zu leugnen. *Papa.*« Sie betont das Wort auf eine Weise, die er nicht kennt und die ihm nicht gefällt. »Ich war im Stadtarchiv von Prijedor. Es gibt dort eine engagierte Archivarin, die diesen Teil der Geschichte sehr sorgfältig aufarbeitet. Sie hat viel Material aus der Zeit gesammelt.«

Kommentarlos wechseln sich nun die Bilder auf dem Bildschirm ab. Manche von ihnen sind Originale, die Qualität ist um einiges besser als bei dem Zeitungsausschnitt. Adnan – Radomir – vor einem Schwerlastzug, der mit zwei Baggern beladen ist. In einer Menschenmenge, in der serbische Flaggen wehen. Mit einer Gruppe von Männern, einige von ihnen in Armeeuniformen.

»Der Mann ganz links auf dem Bild – der dir die Hand auf die Schulter legt –, das ist Stanislav Galić. Wie du weißt. Ich glaube, du kannst mir nicht erklären, warum ein serbischer Generaloberst und verurteilter Kriegsverbrecher einem bosnischen Separatisten die Hand auf die Schulter legt.«

Eine gelungene Einschüchterungstaktik: die Vorwegnahme des zu beweisenden Sachverhalts. Er ist festgenagelt. Jetzt ist das Ziel nur noch, ihn unter dem Druck der Beweislast zusammenbrechen und gestehen zu lassen.

Er war jemand gewesen, der Dinge besorgen konnte. Auch weil er in Deutschland gelebt hatte. Waffen brauchten sie keine, die gab es von der ehemaligen JNA in Hülle und Fülle. Aber die Versorgungswege funktionierten schlecht.

Es fehlte an Lebensmitteln, Klopapier, an Dingen des täglichen Bedarfs. Außerdem Papier und Druckmaschinen. Es hieß: Prijedor ist jetzt serbische Opština. Also musste alles neu gemacht werden, Briefmarken, Stempel, Schilder. Dazu brauchten sie Maschinen. Baumaterial. Radomir konnte alles besorgen. Sie brauchten jemanden wie ihn. Natürlich half er ihnen.

Das alles passierte damals innerhalb weniger Wochen. Kaum Zeit, darüber nachzudenken. Wie in einem Traum, den man nicht beeinflussen, sondern nur bezeugen kann. Die Ereignisse entstanden nicht durch ihn, sondern er entstand durch sie. Man nimmt Menschen in Gewahrsam, meistens Unbekannte, aber auch Bekannte, weil irgendwer es tun muss. Weil man da ist, um zu helfen. Man behandelt sie nicht wie Freunde. Man schützt sich vor ihren Lügen und ihrer Heimtücke. Dann, plötzlich, sind viele von ihnen tot. Es ist Krieg, und im Krieg sterben Menschen, auf allen Seiten. Gewalt erzeugt Gegengewalt, eins kommt zum anderen, am Ende bleibt niemand unbeschädigt. So ist das gewesen; er kann es nicht erklären. Auch nicht erwarten, dass ein anderer es versteht. Der Andere zum Beispiel, zu dem er selbst geworden ist.

»Die Beweise sind absolut zwingend. Und ich bin noch nicht einmal fertig mit meiner Recherche. Vielleicht finde ich sogar den, dessen Papiere du genommen hast, bevor ihr ihn zusammen mit den anderen im Wald verscharrt habt. Den echten Radomir Milić.« Ihre Stimme ist distanziert, aber zugleich auch voller Abscheu. Oder Enttäuschung?

Er kann es nicht genau benennen. So oder so, sie demonstriert Härte, gegenüber ihm und sich selbst. Wie konnte es nur dazu kommen? Er hat sie doch großgezogen. Sie hat ihm vertraut, ihn respektiert, mit ihm gelacht. Sie hat, zumindest eine Zeit lang, zu ihm aufgesehen. Hat ihm sogar in ihrer Berufswahl nachgeeifert. Und was tut sie jetzt? Sie versucht, über ihn zu richten.

»Ich bin der echte Radomir Milić«, sagt er kraftlos.

Schweigen breitet sich zwischen ihnen aus, nicht einmal lang, aber tief. Er fühlt sich, als würde er in einen bodenlosen Meeresgraben sinken, in dem der Wasserdruck immer weiter zunimmt, bis er ihn plötzlich nicht mehr spürt.

»Was wirst du jetzt tun?«, fragt er nach einer Weile.

»Ich habe Kontakt zu Bellingcat aufgenommen«, sagt sie in fast geschäftsmäßigem, streberhaftem Ton, als hätte sie auf die Frage gewartet. Es ist nicht mehr seine Tochter, die da spricht, sondern eine Karrieristin. »Ich habe ihnen das Material geschickt. Alles, was ich bislang habe.«

Er verschluckt sich und hustet. »Du hast was? Aber ...«

»Aber was?«, fragt sie schnippisch.

»Ist das jetzt so üblich? Dass das Urteil schon vor der Anhörung feststeht?«

»Dein Urteil wird in Den Haag gefällt. Ich helfe dabei, die Anklage vorzubereiten.«

Noch immer sieht er sie nicht, nur die Beweise, die sie gegen ihren Vater gesammelt hat. Ein gesichtsloses Tribunal.

»Ist also ganz egal, was ich sage?«

»Nicht, solange es die Wahrheit ist. Ich würde gerne die Wahrheit von dir hören. Aber nach allem, was ich über Menschen wie dich gelernt habe, seid ihr dazu gar nicht fähig.«

Er ist empört darüber, wie sie sich erkühnen kann, ihn selbstherrlich in irgendwelche Schubladen zu stecken. »Ich bin immer noch dein Vater!«

»Ja«, sagt sie. »Vielleicht bist du sogar mein leiblicher Vater. Aber das würde nur auf einen Schlag alles beweisen, was ich herausgefunden habe.«

Sie versucht weiter zu sprechen, aber jetzt scheint sie mit Tränen beschäftigt. Sie hat die Dramaturgie ihrer Beweisführung penibel bis zu diesem Punkt geplant. Sie wollte ihm sicher nicht die Angriffsfläche ihrer Emotionalität bieten; jetzt ist es dennoch geschehen.

»Überlege es dir bitte. Nat … Natalie. Bitte. Wenn du das publik machst, dann hätte das sehr ernste Konsequenzen.«

Die Beweise verschwinden, ihr Gesicht erscheint wieder. Keine Tränen. »Das hoffe ich. Dafür mache ich das ja: Ich will, dass es ernste Konsequenzen gibt.«

»Du hast mir vorgeworfen, dass ich für Khaled arbeite. Aber ich arbeite nicht für ihn. Schon seit Jahren nicht. Sondern für … eigentlich kann ich es dir nicht sagen. Ich sammle Beweise gegen ihn. Und noch gegen andere in Berlin. Um ihn anzuklagen.«

Sie schweigt, aber sie hört ihm aufmerksam zu.

»Wenn das, woran ich arbeite, nicht klappt … eine Falle, kann man sagen …, wenn es nicht klappt … dann müssen viele junge Frauen weiter das erleben, wogegen du kämpfst. Das wird passieren, wenn du es öffentlich machst.«

Sie zieht ungläubig die Stirn in Falten und schüttelt den Kopf. »So funktioniert das nicht! Du kannst dir doch deine Strafe nicht einfach selber aussuchen! Du musst dafür büßen, was du getan hast. Weißt du etwa nicht, was das bedeutet?«

»Bitte, Natalie. Du verrennst dich.«

»Mama hat dasselbe gesagt.«

»Du hast mit ihr darüber gesprochen? Was hat sie dir erzählt?«

»Ich hatte gehofft, sie könnte mich irgendwie davon überzeugen, dass es für alles eine logische Erklärung gibt. Egal wie. Ich *wollte*, dass sie mich überzeugt. Aber sie hat nur gesagt, ich solle Vertrauen haben. Dass sich alles aufklären werde. Um deine Frage zu beantworten: Nichts hat sie mir erzählt. Absolut nichts. Aber aufgeklärt ist es trotzdem.«

Er weiß nicht, ob es Desillusionierung oder Erleichterung ist, was er in Nataschas Gesicht sieht. Woran sie geglaubt hat – ihre Herkunft –, ist eine Lüge, und sein Schweigen bestätigt es. Jetzt, in diesem Moment. Sie trägt es mit bemerkenswerter Stärke. Mit einer Wut, die sie in Kraft verwandelt. Ihre Eltern sind nicht zwei Internierte, die auf der Flucht ein verwaistes Kind an sich nahmen und in Deutschland liebevoll großzogen. Sie sind in Wahrheit …

»Was war sie? Mama? Keine Gefangene jedenfalls. Wie habt ihr euch wirklich kennengelernt?«

Sie wartet auf seine Antwort, ohne damit zu rechnen. »Ich kann mir nicht vorstellen, dass eine bosnische Gefangene – vergewaltigt, gefoltert, was weiß ich nicht noch alles – mit ihrem Aufseher flieht. Und ihn dann auch noch heiratet.«

»Sie … ich …«

»Ihr seid nicht vor den Serben geflohen. Ihr seid vor der UN geflohen.«

»So war das nicht.« Es gibt weiter nichts, was er sagen könnte. Nicht: »Natalie, du musst das verstehen.« Nicht: »Es tut mir leid.« Auch nicht: »Glaub mir, wir wollten es dir erzählen.« Sie wollten es ihr gewiss niemals erzählen. Nicht ihr und auch sonst niemandem. Sie haben seitdem nicht einmal mehr untereinander darüber gesprochen.

»Zu dem Bild bosnischer Kriegsflüchtlinge fehlte noch ein Kind. Am besten ein Baby. Und Babys gab es genug. Waisen. Ihr habt mich mitgenommen, um euch zu retten.«

»So war es nicht, Natalie.«

»Ich werde herausfinden, wie es gewesen ist. *Papa*. Mit oder ohne eure Hilfe.«

Ihre Brust hebt und senkt sich heftig, ihre Augen sind gerötet und feucht, aber sie weint nicht. Sie wird nicht dramatisch; sie sagt nur, was sie weiß und was sie mit diesem Wissen tun wird. »Und dann bringe ich euch vor Gericht.«

1 | 1

Wie lange er geschlafen hat, kann er nicht sagen. Draußen ist es nicht Nacht, aber auch nicht mehr so gleißend hell wie in den vergangenen Wochen und Monaten. Er steht auf und stellt fest, dass sein gesamter linker Arm eine einzige Prellung ist, rot und grün und blau vom Handgelenk bis zur Schulter. Er kann ihn bewegen, unter Schmerzen zwar, aber doch ohne nennenswerte Einschränkung; es scheint nichts gebrochen zu sein. Den Hals kann er nicht drehen, aber das scheint wiederum ein Resultat der Prellung zu sein. Sein Kissen ist voller Blut, das von der Platzwunde am Kopf stammt. Ansonsten scheint ihm nichts zu fehlen. Davon abgesehen, dass ihm alles genommen wurde.

Das Zwielicht erklärt sich durch eine dünne Wolkendecke, es sieht aus, als ziehe ein Gewitter auf. Auf seinem Telefon haben sich dreizehn unbeantwortete Anrufe angesammelt. Die meisten Nummern davon kennt er nicht, bis auf Annikas; sie hat es dreimal versucht. Vielleicht hat sie einen Anruf von der Polizei bekommen, wie auch immer man auf sie gekommen sein mag. Bei dem Gedanken sackt sein Magen ab. Ist es möglich, dass er jemanden verletzt hat? Es hat nicht danach ausgesehen, aber man kann wahrlich nicht sagen, dass er sich in diesem Moment sonderlich dafür interessiert hätte. Der Gedanke, rechtzeitig bei Enno zu sein, war alles, was für ihn gezählt hat. Er hat ein Chaos angerichtet und es einfach hinter sich gelassen. Jetzt ist er ein Flüchtiger.

Die ersten halbwegs geordneten Gedanken, die sich in seinem Gehirn formieren, gelten Enno. Fremde Leute haben ihn von der Schule abgeholt und zu seinen Großeltern gebracht. Er wird nicht verstehen, was geschehen ist; er wird Angst haben; er wird zu seinem Vater wollen. Aber dafür ist es zu spät. Robert und Marlene werden ihn so schnell wie möglich mit nach Hannover nehmen. Er könnte dorthin fahren, aber das wäre zwecklos. Er muss Enno weitere Dramen ersparen.

Es läutet an der Tür. Vorsichtig sieht er aus dem Fenster: Am Straßenrand steht ein Polizeiwagen. Er schleicht auf Zehenspitzen zur Wohnungstür und sieht durch den Spion: Tatsächlich, da stehen zwei Beamte. Sie klingeln erneut; Jonas hält den Atem an und vermeidet jede Bewegung.

»Scheint nicht da zu sein«, sagt einer der beiden. Nach einem weiteren Klingeln ziehen sie wieder ab. Am Fenster beobachtet Jonas, wie sie in den Streifenwagen steigen und wegfahren. Er könnte erleichtert sein, aber von Erleichterung ist nichts zu spüren.

Seine Gedanken kreisen ziellos um die Tatsache, dass man ihm Enno weggenommen hat. Wie war das möglich? Irgendjemand muss das Jugendamt auf ihn angesetzt haben. Irgendjemand, der dort Gehör findet und Einfluss hat. Unwahrscheinlich, dass es Milić selbst gewesen ist.

Sofort denkt er an den mysteriösen Beifahrer und sucht Mesuts Nummer aus der Kontaktliste. Mesut hat sich seit seiner Bitte, im Krankenhaus nachzuforschen, nicht mehr bei ihm gemeldet. Jonas überlegt, dass das vielleicht guten Grund hat. Er unterdrückt in den Einstellungen seine Rufnummer und wählt erst dann Mesuts Kontakt. Nach dem dritten Klingeln geht er ran. »Du hast es also nicht getan. Du warst nicht im Urban.«

»Jonas«, sagt Mesut verlegen.

»Wusste ich doch, was von deiner Hilfsbereitschaft zu halten ist.«

Mesut bleibt einen Augenblick lang stumm. Jonas rechnet damit, dass er einfach auflegen wird. Aber dann sagt er: »Ich war dort.«

»Und?«

Wieder diese Stille, als würde Mesut sich eine Antwort zurechtlegen. »Es gab an dem Abend niemanden mit Beinverletzung.«

»Das glaube ich nicht«, sagt Jonas sofort.

Ein drittes Mal bleibt die Leitung lange still.

Dann sagt Mesut: »Hör zu. Hör mir zu, Jonas.«

Es soll eindringlich klingen, und das tut es auch, aber was immer Mesut sagen wird, Jonas wird sich nicht ablenken lassen, nicht beschwichtigen, nicht vertrösten.

»Du musst diese ganze Sache vergessen, Jonas. Ich weiß, es ist schwer, aber es führt dich nirgendwo hin. Bitte glaub mir. Da ist absolut Endstation.«

»Wer ist der Mann? Sag es mir!«

»Das kann ich nicht!« Mesuts Stimme ist fast flehend. »Du musst mir das glauben, wirklich, Jonas, ich mach keinen Spaß. Ich will mein Leben weiterleben.«

»Ich aber nicht«, sagt Jonas zynisch. »Willst du ernsthaft derjenige sein, der dafür sorgt, dass die damit durchkommen? Du hast irgendwas rausgefunden, irgendeine Riesenschweinerei. Glaubst du wirklich, ich werde jetzt Ruhe geben? Glaubst du, ich werde es einfach dabei belassen?« Er wartet, oder denkt nach, ob er noch mehr zu sagen hat. Er hat. »Ich werde es auf jeden Fall herausfinden, mit oder ohne dich. Ich weiß es sowieso schon. Wer soll der Mann schon sein, wenn du solchen Schiss bekommst? Jemand Offizielles. Ein Politiker. Was weiß ich. Du hast nicht Angst um mich. Du hast Angst, dass man dich abschießt, weil du rumgeschnüffelt hast. Wer ist der Mann?«

»Ich kann es dir nicht sagen.«

Was, wenn Milić mit der Polizei zusammengearbeitet hat? Daran hat er schon öfter gedacht. »Vielleicht ist er ein V-Mann.« Er hält den Atem an, weil er sich aus Mesuts Reaktion irgendeinen Hinweis erhofft. »Ist er ein Spitzel?«

»Ich bin raus, Jonas. Ich wünsch dir viel Glück. Pass auf dich auf. Bitte. Es tut mir leid.« Er hat aufgelegt. Auch die nächsten Versuche beantwortet er nicht.

Jonas bleibt allein zurück mit der Unklarheit, die er hinterlassen hat. Und mit der Klarheit, die sich daraus ergibt.

An der Wand im Flur hängt ein Bild, auf dem sie alle vier zu sehen sind, die ganze Familie. Es ist großformatig und gerahmt, der Abzug eines Fotos, das er mit Selbstauslöser gemacht hat. Der Moment war perfekt getroffen: Familie auf Heuboden, im Hintergrund ein schartiger Fensterausschnitt mit dem Blick auf sattgrüne irische Hügel, Natursteinmauern und Schafe, davor Vera und er, dem Anschein nach gerade erwacht und von den Zwillingen mit einem Heuregen in den Tag begrüßt. Das Lachen ist echt, alles andere nicht. Den pittoresken Fensterhintergrund, obwohl wirklich vorhanden, hat er separat fotografiert und nachträglich eingefügt, weil der Blitz nur den funzeligen Schober ausgeleuchtet hatte; und es war auch nicht früher Morgen, sondern später Nachmittag gewesen. Die ganze Szenerie war gestellt, auch wenn Enno und Mats später tatsächlich versucht hatten, auf dem Dachboden einzuschlafen, während

Vera und er draußen beim Feuer die paar Minuten warteten, bis es ihnen unheimlich wurde und sie doch lieber in ihre Betten wollten.

Das haben all ihre Familienfotos gemein: Fast immer sind sie nachträglich bearbeitet. Sie zeigen eher die Idealversion des jeweiligen Moments, nicht diesen selbst, und zwar, weil sie zugleich als Familienerinnerung wie auch als Content ihrer Homepage dienen müssen. Sie sind nicht direkt Fake, aber es ist, als ob Vera und er entweder ihr Privatleben zum Gelderwerb ausgebeutet oder aber sich das Leben, das ihre Follower sehen wollten, zurechtgelebt haben.

Jetzt schaut er dieses Foto an und stellt sich ganz und gar nicht die Frage, was an den Bildern oder ob sie überhaupt »echt« sind. Er weiß, dass sie es sind. Vera, Enno, Mats und er, so fröhlich und ungezwungen, wie sie es tatsächlich waren, tief miteinander verbunden, eine junge Familie, die, wie er immer wieder gehört hat, »ihren Traum lebt«. Er kann keinen Moment länger hinsehen.

Vielleicht, denkt er, ist der Schmerz, den er jetzt empfindet, die Strafe dafür, unbedacht Kinder in diese Welt gesetzt zu haben, vollkommen gleichgültig gegen die Verantwortung, mit der man sich und sie belädt, obwohl man tief in seinem Inneren weiß, dass niemand ihr gerecht werden kann. Sie müssen in einer Welt leben, in der alles Lebenswerte schwindet – die Unbeschwertheit, der Wohlstand, die Möglichkeiten –, und ihre Eltern wussten es und haben sich über dieses Wissen hinweggesetzt, um auf Kosten der Kinder irgendeinem fatalen Idealbild zu entsprechen, das eine Leerstelle füllen soll, die letztlich nicht zu füllen ist. Und damit haben sie ihre Kinder dazu verurteilt, ihren Selbstbetrug in Zukunft fortzusetzen, allerdings mit weitaus weniger Ressourcen und Perspektiven. Für diese Verachtung der eigenen sogenannten moralischen Werte, dieser Verhöhnung des Rechts auf Selbstbestimmung, Freiheit und Glück, das sie als Eltern ihren eigenen Kindern sozusagen schon im Aufkeimen wieder entrissen haben, gebührt dir eine Strafe, Jonas, die Dantes Höllenfeuer gleichkommt, ewig und unerträglich, ohne Aussicht auf Erlösung.

Aber gebührt wirklich dir diese Strafe, oder gebührt sie in Wirklichkeit jemand anderem? Jemandem, der dafür zur Rechenschaft gezogen werden sollte, sich dieser Rechenschaft aber auf jede nur erdenkliche Weise zu entziehen imstande ist?

Sein stumm geschaltetes Telefon vibriert. Müde schaut er auf das Display, er erwartet nichts Gutes mehr von einem Anruf. Aber es ist Esther.

»Wie geht es dir, Jonas? Ich hab mir Sorgen gemacht. Ich erreiche dich nicht.«

»Ja«, sagt er. »Schön, dass du anrufst.«

»Ist alles in Ordnung? Wie geht es Enno?«

Alles ist sehr weit entfernt davon, in Ordnung zu sein, das weiß im Grunde auch sie. »Es gab ein paar Probleme, aber jetzt ist alles in Ordnung.«

»Jonas, du klingst so abwesend. Hast du … irgendwas genommen?«

»Enno ist weg«, sagt er.

»Was heißt das, Enno ist weg?« In ihrer Stimme schwingt Panik. »Was ist mit ihm?«

»Robert und Marlene haben ihn.«

Sie sagt nicht gleich etwas dazu; er schließt daraus, dass auch sie erleichtert ist, es vielleicht sogar schon wusste. »Wie ist das gekommen?«, fragt sie dennoch.

»Ich kann dir nicht mehr dazu sagen, Esther. Zu deiner eigenen Sicherheit.«

»Was meinst du damit, zu meiner eigenen Sicherheit?«

»Ich kann dir nicht mehr sagen. Ich denke, die hören mein Telefon ab.«

»Dein Telefon?« Sie reagiert so, wie jeder arglose Mensch reagieren würde. Er würde ihr das alles gern erzählen. Es würde lange dauern, es ihr so zu erzählen, dass sie es glauben würde. Sie würde ihm zuhören, aber er zweifelt dennoch, dass es ihm gelingen würde. Sie ist seine Schwester, sie sind sich nahe, aber er ist sich nicht nahe. Seine Stimme klingt, als hätte er vor langer Zeit etwas auf einen Anrufbeantworter gesprochen, und nun ist sie für ihn kaum noch zu erkennen. Er wird niemanden mehr überzeugen.

»Die hören alles mit, Esther. Es ist besser, wenn wir eine Weile nicht telefonieren. Glaub mir.«

»Jonas, soll ich kommen? Sag mir einfach …«

»Du musst dir keine Sorgen machen, Esther. Ich melde mich bald wieder.«

Er beendet die Verbindung und schaltet das Telefon aus.

Jonas muss sich darüber klar werden, wie weit ihn sein Bedürfnis nach Gerechtigkeit tragen wird. Die Tatsache, dass er kaum Erfahrungen mit Gewalt hat – nicht mit Gewalt als Thema, sondern als Handlung –, würde ihn sehr wahrscheinlich daran hindern, zu Milić zu fahren, zu klingeln und ihn zu erschießen. Irgendetwas würde ihn, wenn er es versuchte, davon abbringen. Die Gegenwart eines Menschen verändert die Vorstellung, die wir uns von der Begegnung gemacht haben. Plötzlich ist alles anders: Die leibliche Präsenz erzeugt das Gefühl von Autorität und Dominanz des anderen oder vermittelt, im Gegenteil, Empathie, vielleicht sogar Verletzlichkeit. Plötzlich sieht man etwas in dem anderen Menschen, das man vorher nicht gesehen hat. Das

Gehirn nimmt subtilste Botschaften wahr, und plötzlich entspricht der andere nicht mehr dem Bild, das wir uns von ihm gemacht haben. Der Hass, der die geplante Tat antreiben sollte, schwindet. Wir können sie nicht ausführen, weil wir den anderen jetzt wahrgenommen haben und nicht mehr wegsehen können.

Fang also lieber mit der Frage an, ob du dich selbst töten könntest. Du bist dir viel näher als ein anderer. Deine Präsenz ist für dich keine Überraschung mehr.

Zunächst müsste er sich für eine Methode entscheiden. Das allein ist schon fast unüberwindlich schwer, denn an welche Erfahrungswerte könnte er sich dabei halten? So viel steht fest: auf der Spitze eines Hochhauses oder an einer Gleiskante zu stehen und zu springen, aus diesem Holz ist Jonas nicht gemacht. Die mechanische Gewalt, mit der sein Körper zerschmettert werden würde, stößt ihn ab, ebenso der Gedanke, anderen Menschen seinen Anblick zuzumuten, nicht zu reden von der widerwärtigen Arbeit, seine Knochen- und Fleischfetzen vom Gehsteig oder aus dem Schotterbett der Gleise zu klauben und sie irgendeiner Art von Abfallbeseitigung zuzuführen.

Möglich erscheint ihm dagegen ein Schuss in die Schläfe. Schon während er den Schuss hörte, würde er tot umfallen. Dass die Kugel mit ebenfalls gewaltiger Energie seinen Schädelknochen durchschlagen und eine Schneise durch sein Hirngewebe fräsen würde, ist zwar ebenfalls eine abstoßende Vorstellung, aber es würde schnell gehen und wäre auf ein einziges Körperteil begrenzt. Ein entscheidender Vorteil wäre: Er ist nicht an einen bestimmten Ort gebunden, an ein Hochhaus oder Bahngleis, sondern kann das Ereignis – die Demonstration – überall zur Aufführung bringen.

Können, das heißt auch: den Plan dazu über eine gewisse Zeit aufrecht und lebendig zu halten. So lange, wie es eben dauert, Adressverzeichnisse im Darknet zu durchforsten, geeignete Angebote zu sichten, in Chats herauszufinden, welche Verkäufer zuverlässig sind, sein letztes Geld über einen Onlinebroker in Bitcoin zu investieren, sich einen gecrackten Packstation-Code zu besorgen, eine erschwingliche Waffe zu bestellen und in einem Zustand, als hätte er die Welt durch eine Tür verlassen, die hinter ihm langsam ins Schloss fällt, auf ihre Ankunft zu warten. Und so lange, wie all das dauert, schläft er nicht, isst kaum mehr und nimmt den Tag nur noch wie durch eine dicke Schicht Wundkompressen wahr, weil er die ganze Zeit an das Eindringen der Kugel in seinen Schädel denken muss, von Sonnenauf- bis Sonnenuntergang, bis es finster wird und seine Schlaflosigkeit ihn zwingt, weiter daran zu denken, immer weiter, in endloser Schleife.

Diese Schleife endet an dem Tag – der zufällig der heutige ist –, an dem über seinen Inkognito-Mailaccount die Nachricht eintrifft, dass sein Paket in der Packstation liegt. Er wartet bis zur Dunkelheit und verlässt das Haus durch den Kellereingang. Die Wahrscheinlichkeit, dass er beobachtet wird, ist hoch. Statt sofort zur Packstation am Volkspark zu gehen, steigt er zunächst zum U-Bahnhof Alexanderplatz hinunter und wartet bei der U8 auf das Eintreffen der Bahn. Der Bahnsteig ist um diese Zeit noch gut besucht, aber er entdeckt niemanden, der als ein Verfolger infrage käme. Die Bahn Richtung Norden ist die Erste, die einfährt. Er tut so, als müsse er in die Gegenrichtung, wartet auf den Warnton, der das Schließen der Türen ankündigt, rennt dann quer über den Bahnsteig und ist der Letzte, der in die Bahn springt, gerade als die Türen sich schließen. Der Tunnel verschluckt ihn; jetzt ist er unsichtbar.

Um Unbeteiligte – Unschuldige – mit dem Anblick, den er in Kürze bieten wird, zu verschonen, drängt sich Jonas automatisch die Idee auf, seine Tat von einem Schuldigen bezeugen zu lassen. Dieser soll nicht geschont, sondern im Gegenteil erschüttert werden. Jonas will – er ist geradezu besessen von diesem Wunsch –, dass Milić leidet. Er will, dass sein Leben nie wieder so sein wird wie früher. Dass er beim Anblick seiner Haustür, seines Flurs, seiner Terrasse nie wieder an dem Blut vorbeisehen kann, das ein Mensch dort seinetwegen vergossen hat. Jonas will, dass Milić in der Nacht keinen Schlaf mehr finden wird und am Tag kein Glück, keine Zufriedenheit, nicht einmal mehr einen ruhigen Moment, in dem ihn nicht das Bild quält, wie Jonas vor seinen Augen sein Leben beendet.

Aber bestrafst du damit nicht auch dich?

Nicht, wenn du dir damit einen Gefallen tust. Vom Hier und Jetzt aus betrachtet, wäre nicht mehr zu sein die Erlösung. Du müsstest nicht mehr den Gedanken an das Leben ertragen, das du nie wieder leben kannst. Du müsstest dich nie wieder vor der Sekunde des Aufwachens fürchten, in der dir klar wird, dass du nicht aus, sondern *in* deinem schlimmsten Albtraum erwachst. Du musst dich nicht mehr schuldig fühlen für die winzigen Momente der Ablenkung, von denen du weißt, dass sie flüchtig, falsch und wertlos sind. Und du musst nicht mehr damit leben, dass du etwas wie Glück oder Schönheit nur noch als Plagiat empfinden kannst. Stattdessen akzeptierst du, dass es keinen Ort und keinen Zustand mehr gibt, wohin du entrinnen kannst, außer durch die Zerstörung deines Bewusstseins. Des Bewusstseins darüber, dass dein Leben schon immer sinnlos war und nun sogar jenen bescheidenen Inhalt verloren hat, den du ohne Selbsttäuschung als erfüllend empfinden konntest.

Aber du hast noch einen Sohn. Vergiss das nicht. Er braucht dich.

Du bist nur noch eine leblose Hülle, Jonas. Was hast du ihm zu bieten? Du willst, mehr als irgendetwas anderes, tot sein und in der tiefen Erde zu Staub zerfallen. Kann Enno mit einem wie dir zu einem gesunden Menschen heranwachsen, nach allem, was du ihm angetan hast? Ist er dort, wo er jetzt ist, nicht besser aufgehoben, erfährt Liebe und Aufmerksamkeit, wird behütet und umsorgt?

Dein Verschwinden wird eine Befreiung sein. Du wirst dich in Übereinstimmung mit deinem wahren Zustand befinden: der Bedeutungslosigkeit. Es ist Zeit, der Wahrheit ins Auge zu sehen: Dein wahres Leben ist der Tod.

1|1

Seit einer Stunde klingelt das Telefon. Ununterbrochen. Inzwischen hat er es lautlos gestellt. Ganz ausschalten will er es nicht, auch nicht, als er das Taxi gerufen hat; er will den Newsfeed des Flughafens und die Verkehrsmeldungen im Blick behalten. Sein Flug geht um 12:31 von Tegel, der Trolley steht im Flur bereit. Es sind noch zwei Stunden bis zu seiner ersten Reise in den Libanon: ein fremdes Land, in dem niemand auf ihn wartet.

Er läuft ruhelos im Haus umher, in den Garten, ans Ufer des Sees. Jugendliche liegen in kleinen Badebuchten oder einfach im Unterholz, hören Musik, albern herum; auf Fahrrädern kommen weitere hinzu. Sie alle genießen das Spätsommerwetter, obwohl sich jetzt, zum ersten Mal seit Wochen, der Himmel gelb zu färben beginnt, wie vor einem Unwetter. Fast zwei Monate ist kein Regen gefallen, es wird höchste Zeit. Das gelbe Licht steht im Kontrast zu den unbeschwerten Badegeräuschen, die die aufsteigende Luft zu ihm herüberträgt. Die Szenerie wirkt lieblich und idyllisch, aber das fahle Licht vergiftet sie zunehmend; man kann nicht übersehen, dass etwas daran nicht stimmt und dass etwas Unangenehmes bevorsteht.

Er weiß, weswegen sie anrufen. Er hat es gesehen auf seinem Facebook-Account, auf Twitter und in dem Telegram-Kanal, den Nimrod neu gegründet hat. Die Anrufer wollen ihm nicht nur ein paar freundliche Fragen stellen. Sie wollen ihm ihr Urteil überbringen.

Zwar sind das alles immer noch unbewiesene Behauptungen, Nimrod stochert im Nebel. Aber es reicht, um das, was von seiner Glaubwürdigkeit übrig war, restlos zu zerstören. Allein das Wort *V-Mann* wird für seine Kompagnons wie das Schrillen eines Weckers sein, den sie die ganze Zeit schon angestarrt haben. Er ist mit seinen Ausflüchten am Ende.

Er steigt die Treppe nach oben. An der Tür zu Nataschas altem Zimmer bleibt er stehen. Er sieht ihren Schreibtisch und das Bett, in dem sie noch vor Kurzem geschlafen hat. Es ist für ihren nächsten Besuch frisch bezogen, eine Tagesdecke liegt darüber, und doch erinnert es an eine museale Gedenkstätte. Es wird keinen nächsten Besuch mehr geben. Er hat seine Tochter verloren. Sie ist nicht einfach erwachsen geworden und in die Welt hinausgegangen, sondern hat sich von ihm abgewendet. Von ihm und von Theresia.

»Was ist mit dir?«

Unbemerkt, er weiß nicht woher, ist sie hinter ihn getreten. Vielleicht hat sie auf dem Schlafzimmerbalkon gesessen. Ihre Stimme ist besorgt; nicht die pflichtschuldige, routinierte Sorge, die sie sich über Jahre angesichts der Sturheit ihres Mannes zugelegt hat. Diese Art Sorge hat sie letztlich auch seine Reise in den Libanon akzeptieren lassen, da sie wusste, sie würde kein Mittel finden, um sie zu verhindern: Appell an seine Vernunft, moralische Belehrung, Drohung – das alles würde ihn nicht davon abbringen und die Distanz zwischen ihnen zusätzlich vergrößern, jetzt, da sie so kurz vor dem ersehnten Lebensabend stehen. So hat sie sich auch mit dieser einsamen Entscheidung abgefunden.

Doch jetzt, das ist nicht zu übersehen, spürt sie, dass etwas nicht stimmt.

»Er hat herausgefunden, dass Gell bei mir war. Nimrod. Hat es in meine Timeline geschrieben. Dass jemand vom BKA im Auto saß.«

Die Farbe weicht aus ihrem Gesicht, aus tiefliegenden Augen starrt Theresia ihn an. »Wie kann er das wissen?« Sie tritt einen Schritt zurück und lehnt sich an das Treppengeländer hinter ihr. »Wie kann er das denn herausgefunden haben?«

Er schüttelt den Kopf zum Zeichen, dass er keine Erklärung dafür hat. Vielleicht hat er nur geraten. Aber er hat richtig geraten.

»Sie rufen an. Alle: Khaled, Sherif, Gell. Sogar Fatih. Den ganzen Vormittag schon.«

»Grundgütiger.« Theresia fasst sich an den Kettenanhänger, den sie unter ihrer Bluse trägt, ein Geschenk von ihm: ein orthodoxes Kreuz aus Weißgold. Doch sie wird nur noch einen winzigen Augenblick in ihrer fassungslosen Haltung gefangen bleiben. Dann reißt sie sich los und geht entschlossen ins Schlafzimmer. Sie öffnet die Schranktüren und beginnt damit, Kleidungsstücke auf das Bett zu legen.

»Was tust du da?«

»Ich packe«, antwortet sie.

Er versteht nicht. Will sie ihn in den Libanon begleiten? Warum sollte er überhaupt noch dorthin fliegen? Diese Geschichte wird über kurz oder lang in der Zeitung landen, nicht nur in Deutschland; der Wellenschlag wird auch die östliche Mittelmeerküste erreichen. Davon einmal abgesehen: was für ein Geschäft sollte er Jalayer noch anbieten? Er hat keine Klienten mehr.

»Wir können nicht hierbleiben«, sagt sie. »Wir müssen

sofort weg. Wir nehmen ein Taxi und gehen in ein Hotel. Morgen fliegen wir mit der ersten Maschine nach Zypern. Sobald wir da sind, transferieren wir unser Geld.« Sie dreht sich zu ihm um. »Wir lassen alles hier, was wir nicht brauchen. Fangen noch mal von vorne an. Das haben wir schon mal gemacht, weißt du noch? Wir können es wieder tun. Niemand weiß von dem Haus.«

Er hat nicht einmal die Kraft, den Kopf zu schütteln. Schließlich sagt er leise: »Natascha.«

Sie unterbricht ihr fieberhaftes Packen und sieht aus dem Fenster. »Natascha weiß nichts.«

»Doch«, sagt er. »Alles weiß sie.«

Theresia fährt herum, ihr Gesicht ist noch immer fahl und obendrein von Angst und Ärger zur Unkenntlichkeit verzerrt. »Sie weiß nichts, hörst du?« Sie schreit beinahe. Sie weigert sich zu akzeptieren, dass ihre Zukunft in dem Moment beendet ist, in dem sie hätte beginnen sollen.

Er schweigt.

»Wir müssen weg von hier, Radi. Ruf ein Taxi!«

Er hat nicht die Absicht, irgendwohin zu gehen oder zu fahren. Dennoch sagt er: »Habe ich schon.«

Theresia wertet dies offenbar als umfassende Zustimmung und fährt fort, das Nötigste einzupacken.

Ohne bestimmten Grund geht er die Treppe wieder hinunter. Er ist noch nicht unten angekommen, da klingelt es.

»Ist das schon das Taxi?«, ruft Theresia aus dem Schlafzimmer.

Er weiß nicht, wer oder was an der Tür ist. Eine seltsame Teilnahmslosigkeit ergreift von ihm Besitz. Wenn man nicht weiß, was man tun soll, weil es letztlich keine Rolle mehr spielt, dann kann man tun, was gerade möglich ist. Ihm ist möglich, die Tür zu öffnen.

Davor steht Khaled.

Unwillkürlich schaut Radomir an ihm vorbei, auf der Suche nach seinen Schergen. Er sieht keine.

»Ich will mit dir reden«, sagte Khaled und macht Anstalten, einzutreten.

Radomir tritt zur Seite und lässt ihn herein.

Khaleds erster Blick fällt auf den Koffer, aber er sagt nichts. Er geht gemächlich an Radomir vorbei und sieht beiläufig in die Küche, nach oben in die erste Etage, dann in das große Wohnzimmer rechts von ihm, in das er schließlich hineingeht. Er erwartet, dass Radomir ihm folgt.

Dieser sieht sich noch einmal um und entdeckt Khaleds weißen Porsche etwas weiter die Straße hinauf. Er kann nicht erkennen, ob noch jemand darin sitzt. Dann schließt er die Haustür und geht ins Wohnzimmer.

»Was ist mit meinem Auto passiert?«, fragt Khaled mit einer Stimme, in der bemühte Beiläufigkeit sich nur knapp gegen großes Missfallen durchsetzen kann.

»Hat siebzig Mille gekostet, die Karre. Das war der Wichser, hm? Hast du gar nicht erzählt.« Er dreht sich um und bedeutet Radomir, sich auf das Sofa zu setzen, gegenüber vom Wintergarten, der auf die Veranda und in den Garten hinausführt. Er selbst nimmt in dem Fauteuil in der Ecke vor dem Bücherregal Platz – fünf Bände BGB, Strafgesetzbuch, Steuerrecht. Ein seltsamer Anblick. »Willst du verreisen?«

»Ich fliege nach Beirut«, sagt Radomir.

»Nach Beirut fliegst du«, sagt Khaled und lächelt mit gespielter Anerkennung. »Hast du mir auch nichts von erzählt.«

Radomir sagt nichts.

»Machst jetzt mehr so dein eigenes Ding, was?«

Oben poltert es.

Khaled sieht in Richtung Treppenhaus und lauscht. »Deine Frau?«

Radomir nickt.

»Fliegt die auch nach Beirut?«

Radomir schüttelt den Kopf. »Ich kläre das allein.«

»Allein klärst du das«, sagt Khaled und nickt, als hätte er einen komplizierten Sachverhalt endlich verstanden.

»Hör auf, alles zu wiederholen, was ich sage.«

Wieder lächelt Khaled, aber in seinen Augen blitzt es. »Ich bin richtig angepisst, Radi. Weißt du das?«

»Wegen dem Wagen.«

»Wegen dem Wagen, und wegen der anderen Sache.« Khaled wartet auf seine Reaktion. Er wird immer unruhiger auf seinem Stuhl. Er wird unruhiger, je länger Radomir überhaupt nichts tut. »Weißt du, welche andere Sache ich meine?«

»Was Nimrod gepostet hat, nehme ich an.«

»Ja, genau«, dies endlich so laut und aggressiv, wie es schon die ganze Zeit Khaleds Stimmung entspricht. »Was Nimrod gepostet hat! BKA und diese Scheiße! Weißt du, wie das jetzt weitergeht zwischen uns beiden?« Jetzt schreit er. »Weißt du das?«

Er holt eine Pistole aus seiner Umhängetasche und spannt den Hahn. Er zielt nicht auf Radomir, sondern legt sie auf die Lehne des Fauteuils. Die zufällig in Radomirs Richtung weist.

»Wer ist der Kerl? Vom BKA? Sein Name. Und erzähl mir keine Scheiße!«

Noch bevor Radomir darüber nachdenken kann, mit welchen Worten er die Auskunft verweigern oder wenigstens verzögern kann, warum er das tun sollte und was danach mit ihm geschehen wird, springt Khaled auf und geht an der Wand hinter ihm vor irgendwas in Deckung. Dann sieht Radomir, wovor.

»Ist der Wichser immer noch nicht tot!«

Auf der Veranda steht Nimrod, seinerseits mit einer Waffe, und zielt durch den Wintergarten auf Radomir. Der registriert es mit einem Anflug von erschöpfter Erleichterung. Er sieht, wie Nimrod den Abzug drückt, und fühlt, wie die Erleichterung sich in seinem gesamten Körper ausbreitet, als würde er von warmem, salzigem Wasser sanft emporgehoben werden und schwerelos dahingleiten. Dann birst das Glas des Wintergartens, und Nimrod fällt hintenüber ins Gras.

Radomir riecht den Schmauch des Schusses, den Khaled aus seiner Deckung abgefeuert hat. Er schaut an sich herunter: Er ist unverletzt. Kaum liegt Nimrod am Boden, ist Khaled schon mit drei großen Schritten beim Wintergarten und feuert einen weiteren Schuss auf den Liegenden. Radomir steht ohne zu zögern auf, nimmt den Schürhaken, der sich in seiner Hand unnatürlich kalt und schwer anfühlt, aus dem Ständer neben dem Kamin und holt aus. Ohne Kontrolle darüber, mit welcher Seite des Hakens er treffen wird, schwingt er das Schmiedeeisen mit aller Kraft von schräg oben auf Khaleds Hinterkopf. Er hört ein leises Geräusch, wie wenn ein Tischtennisball auf einer Steinplatte aufschlägt, dann bricht Khaled zusammen. Er ist getroffen, aber nicht geschlagen. Er stöhnt, rappelt sich halb auf und befühlt seinen Kopf. Seine Hand ist sofort blutig. Radomir schiebt mit dem Fuß seine Waffe außer Reichweite. Khaled versucht aufzustehen, verliert die Balance und greift nach Radomir, bekommt ihn aber nicht zu fassen. Er stürzt zu Boden und versucht stöhnend, in Richtung der Pistole zu kriechen. Es sind nur zwei Meter, Khaled wird nicht aufgeben. Ohne weiter darüber nachzudenken, holt Radomir ein zweites Mal aus. Er zielt auf den Rücken, trifft jedoch abermals den Kopf. Das Geräusch der brechenden Schädelplatte ist jetzt nicht zu überhören, Khaled fällt leblos zurück auf den Boden und bewegt sich endgültig nicht mehr.

Hinter sich hört Radomir einen unterdrückten Laut des Entsetzens.

Theresia steht in der Tür. Radomir stürzt durch den Wintergarten nach draußen und kniet sich neben Nimrod, der auf dem Rücken liegt. Sein linkes Bein zittert, seine Augen sind geöffnet. Einer der beiden Schüsse hat ihn in der Schulter getroffen, der andere unterhalb der Brust, vermutlich in die Lunge. Unter der Hand, mit der er die Wunde bedeckt, quillt ein unablässiger Strom Blut hervor. »Schnell, ein Handtuch!«

Theresia eilt in die Küche und kommt mit einem Stoß Trockenhandtüchern zurück, von denen er zwei nimmt und auf die Wunde drückt, nachdem er Nimrods Hand sanft neben seinem Körper abgelegt hat.

Neben der zerstörten Garage tauchen zwei Gestalten auf, einer von ihnen bewaffnet. Bevor dieser mit seiner Pistole auf ihn anlegen kann, feuert Radomir eine Kugel in seine ungefähre Richtung, die in der verkohlten Mauer der Garage einschlägt. Der Mann mit der Waffe, in dem er nun Jamal erkennt, zögert und bleibt stehen.

»Legt die Pistolen weg. Beide!« Radomir bedeutet Theresia mit einem Handzeichen, sie solle die Versorgung von Nimrods Verletzung übernehmen.

»Ich hab kein Problem mit euch. Ihr gebt mir einfach eure Waffen. Hat nichts mit euch zu tun, das hier.«

Jamal hebt seine linke, unbewaffnete Hand und geht langsam in die Hocke, um mit der anderen Hand die Pistole im Gras abzulegen.

Der hintere Mann, den Radomir nicht kennt, sagt: »Ich hab keine!«

Radomir bedeutet den beiden, sich umzudrehen und die Hände gegen die Wand zu lehnen. Dann winkt er Theresia heran, die seine Waffe übernimmt, während er die beiden durchsucht.

Tatsächlich, keine weiteren Waffen. Er steckt Jamals Pistole in den Hosenbund und nimmt die von Theresia wieder an sich. Dann sagt er zu Jamal, indem er auf Nimrod deutet: »Ihr tragt ihn zum Wagen.«

Jamal scheint nicht zu verstehen.

»Ihr seid mit dem Auto gekommen! Der Mann muss ins Krankenhaus!«

Jamal sieht noch immer verständnislos seinen Kumpanen an; zumindest tut er, als sei er verständnislos.

Theresia tritt neben Radomir und sagt leise: »Ruf den Rettungswagen. Die sind in ein paar Minuten hier. Wir nehmen das Auto und fahren zum Flughafen. Radi! Bitte!«

Aber Radomir schüttelt den Kopf. »Ich fahre nicht zum Flughafen.« Und zu den beiden Männern: »Ihr habt's gehört! Einer vorne, einer hinten. Schnell.«

»Der blutet den ganzen Wagen voll«, sagt Jamal.

»Schnell, hab ich gesagt!«

Als sie Nimrod anheben, stöhnt dieser leise. Seine Augen sind noch immer offen, aber er ist kaum noch bei Bewusstsein. Die beiden Handtücher, die Theresia mit einer Gardinenkordel um seinen Bauch gezurrt hat, sind tiefrot verfärbt, darunter sickert ohne Unterlass Blut hervor.

Jamal und der andere tragen Nimrod nach vorne zur Straße. Dort steht Khaleds weißer Cayenne sowie ein Taxi mit laufendem Motor. Der Fahrer des Taxis klingelt eben an der Haustür. Radomir öffnet den Fond des Porsche und bedeutet den beiden Trägern, Nimrod auf den Rücksitz zu befördern. Der Taxifahrer bemerkt jetzt die Gruppe und geht einen Schritt auf sie zu, wie um besser sehen zu können. Es bleibt bei diesem einen.

»Das Taxi brauchen wir nicht mehr«, ruft Radomir, während er hilft, Nimrod auf die weiße Lederrückbank zu ziehen. Innerhalb von Sekunden ist das Interieur des Wagens blutbefleckt. Nimrod röchelt; Blut strömt jetzt auch aus seinem Mund.

Einige Nachbarn sind neugierig vor ihre Häuser getreten und beobachten die Ereignisse mit wachsendem Unglauben.

»Ans Steuer«, bedeutet er Jamal und setzt sich auf den Beifahrersitz.

Die nächste Klinik mit einer Notaufnahme ist das Krankenhaus Waldfriede, vier Minuten von hier entfernt. Drei, wenn man sich nicht um seine Fahrerlaubnis sorgt.

»Argentinische Allee«, sagt Radomir zu Jamal. »Schnell.«

»Kannst du mal woanders hinzielen?«

»Wenn wir da sind. Los.«

»Seh ich aus wie ein Taxi, oder was? Ich kenn mich null aus hier. Khaled bringt mich um, wenn …«

»Keiner wird umgebracht«, sagt Radomir und zielt auf Jamals Oberschenkel. »Die Straße runter und dann links. Ich zeig dir den Weg. Fahr los.«

Jamal fährt, wie Radomir gehofft hat. Die Terrassenstraße ist eine enge Wohnstraße, in der vereinzelt Autos am Straßenrand parken, sodass sie noch schmaler wirkt. Jamal beschleunigt den Porsche, als sei sie eine Rennstrecke, auf fast hundert Stundenkilometer, bis er abbremst und den Wagen in den etwas breiteren Elvirasteig lenkt. Auch hier parken

Autos, diesmal beidseitig, auch hier beschleunigt er so rücksichtslos, dass Anwohner ihm kopfschüttelnd hinterherblicken und ein entgegenkommendes Auto langgezogen hupt. Beim Vorüberfahren schmiert der Hupton von hoch nach tief ab und verstummt schließlich. Bis zur Hauptstraße ignoriert Jamal sämtliche Vorfahrtsregeln, einmal kann ein von rechts kommender Mercedes nur noch knapp bremsen und so einen Crash verhindern.

»Schicke Gegend«, sagt Jamal.

»Jetzt rechts«, sagt Radomir, als sie die Fischerhüttenstraße erreichen. Er fragt sich, ob sich Jamal für den Verwundeten so ins Zeug legt, oder weil er es schlicht genießt, keine Verwarnung befürchten zu müssen, wo er schon mal mit einer Schusswaffe zum Rasen gezwungen wird.

Radomir dreht sich zu Nimrod um. Dessen Atem geht flach und gurgelnd, seine Augen sind jetzt geschlossen.

»Wir sind fast da«, sagt Radomir und dreht sich wieder nach vorne. »An der Ecke.« Schon ist die Einfahrt zum Parkplatz zu sehen, ein Schild weist zur Notaufnahme, vor der sie zum Stehen kommen. »Schnell«, ruft Radomir beim Aussteigen und winkt den Fahrer eines Rettungswagens heran, der gerade Kaffee aus einem Pappbecher trinkt.

»Schussverletzung!«, ruft Radomir.

»Was fü 'n Ding?« Als der Sanitäter näher an den Porsche tritt, sieht er das Blut, schleudert den Kaffeebecher von sich und kommt nur Augenblicke später mit einer fahrbaren Pritsche und Verstärkung aus der Notaufnahme zurück. Zu dritt bugsieren sie Nimrod vorsichtig aus dem Wagen und legen ihn behutsam auf die Trage. Im selben Moment gibt Jamal, der bei alldem im Wagen sitzen geblieben ist, Gas und fährt mit quietschenden Reifen davon. Die geöffneten Beifahrertüren schließen sich durch die Beschleunigung beinahe simultan.

Der Gang, auf dem er sitzt, ist kahl und leer. Was für ein gespenstischer Ort doch ein Krankenhaus ist, denkt er. Ohne Fenster, ohne Sonnenlicht. Grau und lebensfeindlich. Ein beschissener Ort.

Er wartet bereits seit etwa einer Stunde, ohne irgendjemanden auf dem Gang gesehen zu haben, so, als hätten die Menschen bei dem Wetter anderes zu tun, als krank zu sein. Es ist kein tröstlicher Gedanke. Radomirs Gedanken – wenn es Gedanken sind – konzentrieren sich auf die Gegenwart, in der er alleine in diesem Krankenhausgang sitzt. Schon daran zu denken, wie Nimrods Operation ausgeht, überfordert ihn, er will sich nicht vorstellen, was danach geschieht. Noch nie in seinem Leben war er so erwartungslos bezüglich seiner Zukunft. Da ist kein inneres Bild, kein Antrieb, keinerlei Impuls, zu fliehen. Wenn es nach ihm geht, könnte er noch eine ganze Weile einfach hier sitzen, ohne an etwas zu denken. Wenn es etwas gibt, an das ihn die vollkommen schnörkellose Sachlichkeit dieses Ganges überhaupt erinnert, dann an ein Gerichtsgebäude.

»Sind Sie ein Angehöriger?« Die Ärztin ist geräuschlos auf den Flur getreten. Sie trägt einen Mundschutz.

»Nein«, sagt Radomir. »Ich habe ihn hergebracht.«

»Sind seine Angehörigen hier?«

»Nein.«

»Können Sie sie informieren?«

»Ich kenne sie nicht«, sagt Radomir. Nachdenklich fügt er hinzu: »Seine Frau ist tot.«

Die Ärztin zieht die Augenbrauen zusammen und tritt instinktiv einen Schritt zurück. »Und wer sind Sie?«

»Ich habe ihn hergebracht«, wiederholt Radomir. »Wird er gesund?«

»Nein«, sagt die Ärztin, offenbar zu ihrer eigenen Überraschung. Verlegen streift sie ihren Mundschutz ab. »Also … wissen Sie, wen wir informieren könnten?«

»Er ist gestorben?«

Als die Ärztin, statt zu antworten, nervös auf ihre Unterlippe beißt, dreht er sich wortlos um und geht langsam in Richtung des Foyers und Ausgangs.

»Moment mal!«, sagt die Ärztin. »Wir brauchen eine Karte. Haben Sie die Versicherungskarte des Patienten? Wie heißen Sie?«

Er hört, wie sie einen zaghaften Schritt macht, als wollte sie ihm folgen, es aber letztlich sein lässt.

Ohne langsamer zu werden oder sich umzudrehen folgt er weiter dem leeren Gang. Schon sieht er das sonnendurchflutete Foyer. Die große gläserne Eingangstür öffnet sich; in ihrer gewohnten Geradlinigkeit tritt Theresia ein und schaut sich suchend nach ihm um.

Noch einige Sekunden dürfen seine Gedanken still sein. Sobald er sie erreicht hat, wird es beginnen. Er spürt ihre Erwartung, auch diejenige Gells, er spürt die Enttäuschung und Wut derer, die er verraten oder beinahe umgebracht hat. Aber den Impuls, sich allen zu fügen, wie damals bei seiner Rückkehr nach Prijedor, hat er nicht mehr. Er weiß, was er getan hat. Er wird einen weiten Weg zu gehen haben, den ganzen Weg zurück. Und am Ende wird niemand anderer auf ihn warten als er selbst.

Das Gewitter ist ausgeblieben, denkt Radomir.

Sascha Reh
Großes Kino
Roman
320 Seiten. Klappenbroschur.
ISBN: 978-3-89561-089-9

Carsten Wuppke kann einfach seinen Mund nicht halten. Warum muss der Neuköllner Sozialarbeiter, der gerade Schwierigkeiten mit dem Gesetz hat, sich an der Supermarktkasse auch mit einem Polizisten anlegen? Und dann ausgerechnet einen Roller »ausborgen«, der Ali al-Safa, genannt »der Chinese«, gehört? Prompt verdonnert ihn der Clanchef zu ein paar Gefälligkeiten: Erst muss Wuppke seine Jungs in gewaltfreier Kommunikation coachen und dann ein krummes Immobiliengeschäft auf Sylt für ihn zurechtbiegen, das mit dem Naturschutz und dem Bürgermeisterwahlkampf in Konflikt steht. Aber mit Konflikten kennt Wuppke sich aus – denkt er zumindest, bis er auf die Familie des obersten Naturschützers und Bürgermeisterkandidaten trifft. Als ihm der Chinese auch noch seine Leute auf den Hals jagt, wird es brenzlig für Wuppke.
Der neue Roman von Sascha Reh ist eine zitatgespickte Gangsterkomödie voller Sprachwitz und absurder Situationskomik, deren Held sich mit Eloquenz und Chuzpe durch die Inselhalbwelt mauschelt.

»Ein intelligenter, humoristischer Roman, der sich selbst nicht allzu ernst nimmt. Das können zurzeit in Deutschland nicht viele.«
Enno Stahl, DEUTSCHLANDFUNK BÜCHERMARKT

»Das Krimidebüt von Sascha Reh ist eine große Krimikomödie.«
Jürgen Wittner, KULTURNEWS

»Wenn der Erzähler souverän tänzelnd durch die Ereignisse führt, immer Zitate aus Filmen zur Hand, dann entsteht Lesefreude.«
Rainer Rönsch, LITERATURKRITIK.DE

»Reh beherrscht das Vokabular aller Milieus und Schichten des Romans ebenso überzeugend wie spielerisch wie naheliegend.«
Stephan Opitz, SCHLESWIG-HOLSTEINISCHE ZEITUNG

Sascha Reh

Aurora

Roman

184 Seiten. Gebunden.

ISBN: 978-3-89561-088-2

Kurz vor Heiligabend bricht ein gewaltiger Schneesturm über die sonst so milde Insel Bornholm herein. Ole, der Lokalreporter einer Tageszeitung, soll darüber berichten, obwohl er sich eher zur Analyse von Weltereignissen berufen fühlt. Per Zufall verschlägt es ihn in einen Schützenpanzer, mit dem der junge Soldat Eric dringlich unterwegs ist: Eine Frau erwartet in einem vom Schnee abgeschnittenen Ort ein Kind, und Eric hat angeblich den Auftrag, die Hebamme zu ihr zu bringen. Doch kaum ist Tamara zugestiegen, braut sich nicht nur draußen, sondern vor allem zwischen den drei höchst unterschiedlichen Menschen mehr als nur eine Sturmfront zusammen. Als der Panzer im Schneegestöber stecken bleibt, führt für den Reporter nur noch ein Weg zu der großen Story, die er dringend braucht: ins Innere seiner Mitfahrer.

In *Aurora* erzählt Sascha Reh nicht nur eine ganz andere Art Weihnachtsgeschichte, sein Roman ist auch eine intime Momentaufnahme des Status quo zwischen Männern und Frauen in der heutigen Gesellschaft – beklemmend, temporeich und voller Dialogwitz.

»Ein temporeicher und spannender Roman, dem gleichzeitig das Kunststück gelingt, das Innere seiner Protagonisten nach außen zu kehren.«
Roana Brogsitter, BAYRISCHER RUNDFUNK

»Sorgen und Nöte heutiger Männer, ihre hilflosen, panzergleichen Selbstbehauptungsversuche, ihr Scheitern und ihre inneren Vereisungen – so fein verpackt in eine atemberaubend rasante Story.«
Britta Heidemann, WAZ

»Sascha Reh lässt in dieser einzigen Nacht über drei verzweifelte Menschen in einem Schützenpanzer einen ganzen gesellschaftlichen Kosmos entstehen. Ein anregendes und kurzweiliges Leseerlebnis.«
Hadwiga Fertsch-Röver, HR2 KULTUR

»Voller überraschender Wendungen.«
Ronald Schneider, EKZ BIBLIOTHEKSSERVICE

Sascha Reh

Gegen die Zeit

Roman

360 Seiten. Gebunden.

ISBN: 978-3-89561-087-5

Anfang der siebziger Jahre herrscht Aufbruchsstimmung in Santiago de Chile: Der sozialistische Präsident Salvador Allende ist fest entschlossen, das Land aus seiner wirtschaftlichen Abhängigkeit zu führen und die Not der verarmten Bevölkerung zu mildern. Dafür setzt er auf ein kühnes Projekt: Die Fabriken des unwegsamen Andenstaates sollen vernetzt und von einem zentralen Rechner gesteuert werden. Ein internationales Team, unter ihnen der junge deutsche Industriedesigner Hans Everding, wird beauftragt, das Datennetzwerk aufzubauen. Begeistert ergreift Hans die Chance, an der Revolution mitzuwirken und für eine gerechtere Gesellschaft zu kämpfen.

Der Putsch des Militärs setzt diesem Traum jäh ein Ende. Alle, die an dem Netzwerk mitgearbeitet haben, geraten in Lebensgefahr. Niemand weiß, wer Freund und wer Feind ist, und die gesammelten Daten dürfen keinesfalls in falsche Hände geraten.

Gegen die Zeit erinnert an ein historisches Experiment mit überraschender Aktualität: eine dramatische Geschichte von Aufbruch und Enttäuschung, von Vertrauen und Verrat.

»Die sehr weitreichenden Fragen, die in diesem Roman verhandelt werden, sind in der deutschsprachigen Gegenwartsliteratur wahrscheinlich nie plastischer inszeniert worden.«

Kai Sina, FRANKFURTER ALLGEMEINE ZEITUNG

»Ein eminent politischer Roman, der diese Zeit unwahrscheinlich gut einfängt.«

Gerrit Bartels, DEUTSCHLANDRADIO KULTUR

»Das Chile Allendes wirkt in *Gegen die Zeit* wie ein spannendes Experiment mit verblüffenden Berührungspunkten zur Gegenwart.«

Helmut Böttiger, SÜDDEUTSCHE ZEITUNG

»Bunt, grell, revolutionär, spannend.«

René Hamann, DIE TAGESZEITUNG